U0719562

国家出版基金项目
NATIONAL PUBLICATION FOUNDATION

一片叶子

王旭烽 著

浙江出版联合集团　　浙江文艺出版社

序

一生二　二生三　三生万物

　　这的确就是关于一片叶子的故事，或者说，是从一片叶子开始生发的与大千世界的对话。

　　这片叶子，长在一株独一无二的茶树上，从前她或许还有过一些亲戚朋友，渐渐地越来越少，最终似乎就只留下了这一株。好在她有幸地遇到了人类——在江南，有高高的山冈、深深的溪涧、孤独的山民，更有善良的人家。这家人姓桂，这是多么不可思议的缘分——赵钱孙李周吴郑王都不姓，却姓了桂花树的"桂"，与茶树的"茶"是多么天造地设的一对。姓桂的人家，用了十三代的时光虔诚地将她守住。这究竟是植物与人之间的惺惺相惜，还是天时地利人和的恩赐。

　　这片叶子，在大多数世人眼中，曾经是一种残缺怪异的事物，因为当别的叶子在特定的季节里正常地绽放绿色时，她却绽放了银白，况且她还是只开花不结果的，有多少人看得上她呢？中国两千多年封建历史，一向就将祥瑞异端征兆视为天意，如这片白叶般不合时宜，原本是经不起一些"正人君子"的推敲的，幸得勤劳勇敢善良智慧的安吉人民的守护，否则谁说得准她能否活到今天！

　　物以稀为贵，这片叶子的确是真正的人间珍宝，她终于被山外的人们发现了，安吉真是一个安且吉兮的好地方啊，和谐的生态环境中，这片叶子被呵护了下来。接着，她被这一方土地的守望者点石成金，她被开发了，利用了，普及了。数百年的石女生涯一朝结束，她成为多子多福的母亲，再回头养育这方土地的男女老少。这

王旭烽

个大自然与人类相互感恩、相互促进、共生共荣、生死相依的过程，是多么令人感慨啊……

一片叶子的故事，可不是一个虚构的传说，而是一个真实的事件。许多年前，身为中共浙江省委书记的习近平来到了安吉，见证了那片叶子的神奇。他看到，因为一片叶子，光棍村的人娶上了媳妇，泥脚板的人开上了轿车，绿水青山就此变成了金山银山，穷山恶水变成了美丽乡村。习近平同志说："一片叶子，富了一方百姓。"

就是这样，一片叶子，一生二，二生三，三生万物，她的世界如神话一般地被改变了。如今的中国，凡能种茶的地方，常常就有这一片叶子的身影。

我常常这样想，以前在别的地方，真的就没有这样的白茶了吗？应该也是有的吧！或许因为稀少，没被人发现；或者发现了也不被人重视；或者重视了也不得法；或者得法了也不具备天时地利人和；或者什么都有了，就是晚了一步，晚了一步就有可能步步都晚，失之毫厘，差之千里……总之，缺了哪一点都难让那一片叶子生成万物。而我们安吉桂家十三代人保护下来的这株白茶树真是好幸运啊！在无涯的时空里，不早不晚，她被发现了，从一变成二，从二变成三，从三变成万万千。

而我，现在就将以每一个节气为点，来叙述因为这片叶子而生发的故事了。需要申明的是，我爱安吉白茶，我也爱天下一切茶，因此，这既是安吉白茶的故事，也是天下之茶的故事，更是所有茶人的故事。当然，我不否认，这也是我自己的故事。

第一季

春

茶事

第二季

夏

茶事

第三季

秋

之
茶

第四季

冬

之茶

春

立春

梦中那株白茶树

东风解冻，
蛰虫始振，
鱼上冰。
天荒坪上闻鸟报春，
白茶母亲将欲醒。

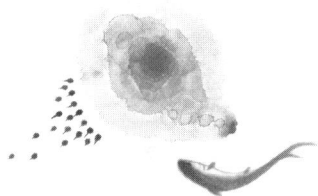

立春·过年的那些茶俗

　　旧时的湖州安吉人，大年初二开始走亲访友，特别是有长辈的，必定要上门拜年。客人进门先是互祝新春，问候长辈，然后入座待茶。主人会先上一杯甜茶，祝客人一年甜到头。甜茶是用糯米锅巴和糖泡成的，糯米煮成饭，把饭贴在热铁锅上，烧结成一片片锅巴，泡成甜茶既香又糯，十分可口。第二道茶是熏豆茶，通常有六种配料，包括芝麻、笋干、胡萝卜干、烘青豆、橘子皮、花生等，其配置十分得当。　餐后奉上第三道茶——一杯清茶，饮后可清涤肠胃油腻。这新春三道茶，既合乎礼仪，又合乎保健原理，江南习俗，流传至今。

唉，一觉醒来，错过了今年立春节点——2013 年 2 月 4 日 0 时 13 分 25 秒。赶紧起床，从今日开始，以立春打头，就着茶味，我且要抡圆了过一遍二十四节气的年头岁尾。

茶柜里放满了各色茶品，伏坐于前，就着暖灯，细细慢慢地收拾茶藏——不好意思，心中实在压不住如守财奴半夜打开百宝箱般的窃喜。

我品茶，多年来一直是有年度主题的：2007 年，雅安藏茶；2008 年，西湖龙井；2009 年，开化龙顶；2010 年，罗洋曲毫；2011 年，普洱；2012 年，苏博红……当然，就如音乐的主旋律要配上副旋律，就如文学的发展总目标要配上百花齐放，就如一把茶壶怎么着也得配上几只茶杯，主题茶之外，我也顺便喝一些别种品相之茶。因此，我的茶柜里少不得各色品种储藏，以备不时之需。

近年来，茶界的口号是："全国山河一片红。"走到哪儿都在制红茶，我也就沾光了。茶柜里现成放着滇红，是杭州水源合的晓荷馆主送我的，我曾间歇地喝了整整一年；苏博红来自我的同事苏祝成教授，他创制什么茶都好喝，而这一款新茶我们干脆让它姓了苏；龙井红乃是我的一位山中茶农朋友制作，那木盒子上刻着一个人物头像，像是著《聊斋志异》的蒲松龄；我还藏有带着松烟气的正山小种，您想都想不到我是从哪里带回的——它竟然是从美国波士顿茶叶党船博物馆的茶室里买的。参观完那个极具特色的船形博物馆后，以 18 世纪裙装为工作服的女服务生，手拿一只绣花绷子，一边飞针走线，一边热情地与我交流。我告诉她，她推荐给我们的红茶有一种松烟气，应该是来自遥远的中国南方；我还告诉她，1773 年底，她的祖先倾倒在波士顿海港的三百四十二箱茶叶,全都来自中国的南方。她惊讶得张大了嘴。

除了红茶,我这里还有黄茶,不过只有一个品种:莫干黄芽。这是隔年的陈茶了,之所以保留到现在,完全是因为物以稀为贵,舍不得喝。我记得那是个狂风暴雨、雷电交加的下午,湖州市德清县组织有关莫干黄芽的茶业研讨会,我上了莫干山,见到了久违的莫干黄芽。话说那"莫干黄芽"四个字还是茶界泰斗庄晚芳先生题的。20世纪50年代,他曾在莫干山从一个农妇手中买得十元钱一斤的芽茶,品饮后赋诗一首:"塔山古产今何在,卖者何来实未明。"见过黄茶的人真是不多,但那真是名贵的好茶。有人说,《红楼梦》中的史太君当年喝的"老君眉"来自湖南,今天的君山银针,那就是黄茶。

青茶是万万不能没有的,它就是我们常说的乌龙茶啊。我这里有大红袍、铁观音、凤凰单枞、冻顶乌龙,还有前年从台湾带回的文山包种,还没有开封呢。台湾的乌龙茶实在是好喝,那种内在的香韵、带有韧劲的张力无以言表。这让我奇怪地联想到了台湾男性说话的腔调,无论是电视上看到的马英九,还是接待我们的台湾朋友,无论知识分子、政府要员,或者僧人释尼,言谈举止中都有一股仿佛被乌龙茶滋润过的劲儿,带点中性气质,却又非常美好,是和酒劲儿完全不一样的。

绿茶,那更不用说了,江浙人谁不爱喝绿茶!作为杭州人,龙井就在家门口,龙井茶又是国礼,但这些年我反倒是喝得少了。如今,常喝我的少年邻居、茶农赵建文从千岛湖寄来的老虎湾原生态茶。赵建文乃当年的浙江农业大学茶学系1977级学生,他的故事可以写成一部长篇小说。现在,他修成正果,围着一岛的茶树果树,成为了岛上"神仙"。

我也喝我公公自炒的山茶。那来自我婆家桐庐合村麻境山中的不知名的野茶,就着山泉喝,想评价几句它的好,却无从说起,只在心底吟诵刘禹锡的《西山兰若试茶歌》:"斯须炒成满室香,便酌砌下金沙水……"

黑茶中的普洱熟茶,我本来喝得并不多,但那一罐小包装的普洱茶我却一直放在案头,断断续续地喝了一年。那是前些年,我的学生黄溪鸿去云南,代我专访了王甸先生,王甸先生送我此茶,托小黄小心翼翼带回的。王甸先生作为中共云南省委老宣传部长,年轻时在浙东曾经有过一段锥心刺骨的红色爱情故事，后来进入了我的纪实文学作品《主义之花》。我曾带着这茶去他年轻时的情人李敏烈士墓地祭奠。这茶的意义非同寻常。

　　而当下的主题是非常清晰的——安吉白茶。那是我在浙北天荒坪镇大溪村横坑坞八百米高山上那株白茶祖前慎重的承诺，我以为她是听到了的。但凡提及安吉白茶的母茶——白茶祖，我都尊称为"她"。

　　安吉是一个古老的地方。中国有许多古老的城邑，但安吉算得上是古老中的古老。其地建县于公元185年，并以《诗经·唐风·无衣》中的"安且吉兮"而得名。安吉县域面积一千八百八十六平方公里，有四十六万常住人口。居住在这"七山二水一分田"中，对"美"的需求，是安吉人的内在动力，天长日久，便有了"科学规划布局美，村容整洁环境美，创业增收生活美，乡风文明素质美"的"安吉四美"。安吉成了名副其实的"中国绿肺"。

　　小城故事多，安吉已是一个国际化的小城。2012年9月6日，在意大利那不勒斯举行的第六届世界城市论坛上，联合国人居署颁发了2012年作为全球人居领域最高奖项的"联合国人居奖"。专家们从安吉建设绿色生态城市、打造中国最佳人居的实践，包括建设背景、行动、国际合作、影响和可持续性、可推广性、创新性、认知度等方面进行综合评价，结合当年世界人居日"改变城市、创造机遇"的主题，最后确定安吉县为当年中国唯一获奖单位，成为当年五个奖项中唯一的城市奖项，安吉也成为中国首个获得"联合国人居奖"的县。

　　就在这样一个地方，有一株伟大的茶树，我要歌唱她。

　　二十年前，当我第一次在一本名不见经传的内部小册子上闻见于她，那种一心想要把她描述下来，并强烈希望她能够与我笔下的茶人发生命运纠葛的念想就此"控制"了我。为了这株传说中的白茶，我在"茶人三部曲"的第一部《南方有嘉木》中安排了这样一位使者：他在全书的最后一页出现，他在20世纪20年代一个极其寒冷的大雪天诞生，他是一个雪白雪白的与众不同的异样的婴儿，他那飘荡在西子湖一叶小舟上奄奄一息的祖父，茶人杭天醉，为他取名"忘忧"——这是汉语"茶"的众多精彩别称中最令人心动的爱称,我将这个名字赋予这株白茶在人间的使者之身——

> 这是一个多么奇异的新生儿啊,他雪白雪白,连胎毛也是白的,连眼睫毛也是白的。他的哭声又细又柔,却绵绵不绝——这是一个多么奇异的新生儿啊!

在"茶人三部曲"的第二部《不夜之侯》中,我让这株白茶与这个洁白的孩子在浙北的山中相遇。我想象她与他是心有灵犀的,在历尽磨难和颠沛流离之后,已经失去母亲的孤儿,坚定地从平原奔向山中的她。

> ……似乎就在这个时候,有一件重大的事件就要发生。因此,林忘忧迟迟疑疑地用手遮了额头,然后,慢慢地抬起头来。顿时,他便被这株茶树的光芒射得睁不开眼睛——
> 这是一株芽叶全白的茶树,它像玉兰花一样在万绿丛中闪着奇异的白光。它毛茸茸的,银子一般高贵,又像仙人显灵似的神秘。在白色的芽叶中,似乎为了显示它的血脉的来历,它们的主脉却是浅绿色的。忘忧第一眼看到它的时候,突然心里面感到难受,眼睛也眩了,因此他一下子就蒙住了自己的脸,跌坐在了地上。

八年抗日战争,这个雪白的孩子在这株白茶树下,度过了少年时代,然后,20世纪下半叶的波澜壮阔与错综复杂就此开始了。在"茶人三部曲"第三部《筑草为城》中,这位杭家茶人始终留守在大白茶树下。

> 守林人林忘忧已过天命之年,像一杯茶那样,并不让人时时记得。他守在山中,仿佛就是等着山外人的召唤,一旦大事了却,他便重归山林。

雪白的林忘忧,您可曾想到,您守着的那株白茶,已溢出了我的想象,如今那伟大母亲的子孙遍布江南,实实在在地呈现在我眼前。浙西丘陵漫山遍野的十几万亩白茶,那养育滋润了这一方土地的子民的山中瑞草,全部都是从这株曾经因为不会繁殖而被人们称为"石女茶"的白茶腹胎中而来。我再一次被她的后代吸引,初因只在她的美丽——请原谅我总是首先被外在形象诱惑。初识安吉白茶,就像邂逅刚刚入学的女大学生,如果一定要找个形象代言人,应该是影片《山楂树之恋》中的那个静秋吧。再次吸引我的则是她的奉献精神。2003 年,习近平主席在中共浙江省委书记任上时,曾视察安吉茶乡,并对安吉白茶作过一个评语:"一片叶子,富了一方百姓。"那是千真万确的。

此刻要做的第一件事情,便是将她从众多的茶品中呈现出来。

亲人们全都不在身边,这是我一个人的立春。昨日已经做了准备,去超市买了杭白菊,立春开始喝花茶,那可是个传统。虽然茶专家们给的饮茶思路很宽,建议在立春后,除花茶之外,可适当喝点红茶、黑茶等,说是有利于祛散冬天积蓄在体内的寒邪,促进人体阳气的生发,兼具暖胃、养肝之功效。但我选择花茶,并非完全因为它浓郁芬芳、清香爽口、提神醒脑、消除睡意——我图的更多的是它的美。

我的花茶是临时搭配的,白茶加白菊。但仅仅有那"白"的平方可是不够的,得加上茶点。茶点现成有,老祖宗早就为我们定好了食谱——咬春。立春之日,咬的主要是春饼、萝卜、五辛盘,南方还流行吃春卷。奇怪,为什么要吃萝卜?民间说是可以解春困。专家们可不那么说,他们认为除解困外,主要是通气,使人保持青春不老。还有那五辛盘,则是用葱、蒜、椒、姜、芥五种辛辣食材调和而成的,作为佐餐的调味品。春卷则是现成的,超市买就成,我会做蛋饺,却做不好春卷,只知道这是传统杭食,最早见于南宋吴自牧的《梦粱录》,书中曾提到过"薄皮春卷"和"子母春卷"。春卷在立春日吃,是最名正言顺的。五辛盘得自己做了,这个不难,少年时,父母分居两地工作,我负责照顾父亲,虽然不是李铁梅,算不上是穷人的孩子,但照样早早地就当了家,衣食住行,无一不操心,做饭烧菜,不在话下。

水为茶之母,器为茶之父。水,我选了桶装的虎跑水。还是不够虔诚啊,杭州很多爱茶人凌晨两点就跑到虎跑去汲泉水。我将就着用桶装虎跑水了，阿弥陀佛，菩萨保佑，千万别给我来一桶冒牌货。器，我是可以自己选择的，家中茶器不少，且待细细观来。我放弃了紫砂壶，它太深刻了，我怕它耻笑我的"浮躁"，留着冬藏日吧。今天，我选择了一种浮在水面上的生活，并且要让这生活泛起一些美丽的小涟漪，那可是苏东坡的"水光潋滟晴方好"般带有印象派风格的西湖生活呢。

我选择了玻璃壶，作壶泡法；同时我又选择了青瓷杯，作杯泡法。壶泡法就是在壶里泡好了，将茶水倒入盏中，看到茶汤看不到茶叶；杯泡法则是使茶叶与水相融一器。这两种喝法是很不一样的，一种是清澈别透型，重于味；一种是秀色可餐型，重于色。可我两样都要，我就轮着喝。

玻璃壶必须洗干净，要"烹茶尽具"，这不是我说的，是两千年前的汉代儒生王褒说的；青瓷杯要选择得讲究一些，刚开了封的新器，豆沙绿的杯色，"九秋风露越窑开，夺得千峰翠色来"，这不是我吟的，是晚唐与皮日休齐名的诗人陆龟蒙作的。

有水有茶有食有器，还不行，还得有盆花。昨日，舟山花农作家方平君来看我，他从前送我两盆兰花，我就一直养着，从不上心，因为从前我上心的兰花，全让我养死了，这不上心的花，却长得生机勃勃。他走后我突然觉得对不起那兰花，虽然它们全活着，但犹如灶下婢，赶紧洗盆、擦叶、修枝，君子就是君子，略一抚拭，气质沛然。

户外依旧是湿冷的，温度不会在十摄氏度以上，前几日晴了些许，今天又开始阴云密布，但总算不至于遭遇北方的雾霾。一楼小院的方寸之地，山茱萸和石榴光秃秃地伸着枝丫，沉着脸不动声色，红梅绽出米粒大的似有似无的花苞。院子里有一株绣球花，光秃秃的老枝干上跳出些许芽头，而养在水仙盆里的水仙，已经雄壮得如扎在泥土中的蒜苗一般，厚叶瓣中挺出了花蕊。春天的序幕并未拉开，但前奏已经响了。从现在开始的十五天将被分为三候："一候东风解冻，二候蛰虫始振，三候鱼陟负冰。"东风送暖，大地解冻，蛰虫苏醒，河冰融化，鱼负浮冰，睡眠一冬的茶蓬们就要醒来了。

社区里安静极了，院中没有人，不知有谁会想到今日立春。"立春雨水到，早起晚睡觉"，从前的农耕时代，今天是要热闹死的。《事物纪原》记载："周公始制立春土牛，盖出土牛以示农耕早晚。"原来这一日，天子要亲率诸侯、大夫迎春于东郊，行布德施惠之令、鞭春之礼，意在鼓励农耕。彼时万人空巷，老百姓全出来看天子作秀了。杭州郊外至今还有从前供皇家耕种的八卦田，只是一百多年前的辛亥革命，使中国从此不再有那装模作样鞭春牛的天子，皇上不知何处去，此地空余八卦田。

我曾好奇：为何非要到都城东郊祭礼？查资料才知道，原来祭礼活动中那位句芒神是居住在东方的。这人面鸟身、手执规矩、主掌春事的春神和生命之神，早在周代就生活在中国人的精神世界中了。

句芒神也管着茶事吧。立春，春回大地，万物复苏，茶树由休眠期逐步进入生长期，茶树开始缓慢萌动，它少不了阳光、雨水，少不了春耕。我虽不是茶农，但习茶多年，也算是知道了茶叶种植的诸多环节。老话说，立春前十八天，春气就开始转了。立春一过，人们就得开始给茶树施肥。当然，施的是肥效长且不会让土壤板结的农家肥。春天给茶树上肥是做基肥的，催发出肥效，茶树就能够萌芽了。此时着手的茶事，还包括茶园的浅耕锄草、茶蓬修剪。我听说，有一年，立春过后，湖北省竹山县城关镇刘家山村的茶农孟吉武，曾专门聘请了八名安吉白茶修剪工，为三百亩老茶蓬统一修剪、施肥呢！看来安吉茶农的那一套技术已经很吃香了。

不知那株山中的白茶祖今年如何，只记得 2011 年冬天一场大雪，竟然冻坏了她。茶学家们不得不拿一把大剪刀，以壮士断腕之心，剪去了她左边那片僵死的茶枝。我亲眼看到看守茶树的桂家杂屋门口那一蓬长长的枯枝，好大一堆，桂家的女主人说，她舍不得拿来当柴烧，整整一年了，还搁在那里呢。

山里寒，白茶祖年纪也大了，总要比山下的儿孙们晚醒十天半个月的，然而茶农们可不会因此省心。二月春风似剪刀，是春打六九头的日子，春寒料峭，防寒抗冻、防风避霜，一样都不能少操心。还有，千万别以为那些害虫都冻死了，它们的生命力顽强着呢，什么虫囊（蓑蛾）、虫苞（卷叶蛾）、卵块（茶毛虫），你要不赶紧地刮除蚧类、苔藓、地衣，清洁茶园，修剪枯枝，天气稍稍暖和，它们就钻出来了，到那时再对付它们就晚了。今年立春又赶在春节前一个星期，想必茶农们过年时节就惦记着山上的茶树了。

现在,我终于可以一个人静静地品一次安吉白茶了。取来洁白的赏茶荷,将约四克白茶的干茶银叶置入其中。今日取出的白茶属长炒青,银叶是针状茶,挺拔秀气,像打太极拳的瘦削少年。叶叶相叠,如火柴棒堆在一起,相互架着,和贴在一起像碗钉般的龙井茶相比,是别有一番风韵的。干茶本来三克就够了,因为白茶鲜淡,我愿意多放一点。杯盏是一定要烫过的,不烫的茶器,犹如不会微笑的主人,冷心冷面的样子,是接待不好朋友的。

将干茶分别置入玻璃盏和青瓷杯中,再分置杭白菊数枚,以九十摄氏度的热水冲之。菊花衬着白茶,浮上青瓷杯,肥壮起来,撑住了整个杯面,几乎看不到下面的茶汤了,好似杯中插了一大把小鲜花。我没有喝这杯茶,这是一幅画——“雨过天青云破处,者般颜色作将来”——那是用来欣赏的水丹青,秀色可餐,我不喝的。

我喝的是另一盏壶泡白茶,茶水起初透亮,几乎不像是茶水,两分钟之后开始晶莹中透黄,然后冲到小杯中,一阵阵香气,一口口品味,就着刚炸好的春卷,惬意到骨子里。

在如此这般时刻,如何能够不想往苏东坡,不在心头吟诵他的诗行呢?宋元丰七年(1084)的立春日,苏轼由黄州调任汝州。赴任途中,与友人在泗州附近的南山游玩。正是微寒天气,东坡诗情遂发,词云:

细雨斜风作晓寒,淡烟疏柳媚晴滩。入淮清洛渐漫漫。

雪沫乳花浮午盏,蓼茸蒿笋试春盘。人间有味是清欢。

雪白的茶,碧绿的菜,苏东坡说的正是立春的民间习俗:初晴微寒的河滩,广袤的原野,久违的诗友,未知的人生,忧伤中的希望,构成并非虚无的人生。苏东坡有本事给这所谓平凡的生活一个讲究的理由:有滋有味的生活。而这种生活是干净的、与自然吻合的、纯洁的。但这生活并不排斥物质,它不是纯粹精神性的、柏拉图式的,它是欢乐的、愉悦的,是包含着生命中灵肉的快感的。

此刻,那一波一波涌上心头的小小的诗情画意,令我微微有些陶醉,真的,幸福生活一旦落在实处,就脱不了一个“小”字。那是谁说的?“小的是美好的……"啊,舒马赫,20世纪70年代英国经济学家舒马赫!他写了一本书名诗情画意极了的读物《小的是美好的》,可内容却力透纸背,成为声讨现代工业文明弊病的经典著作。舒马赫提倡人类应当超越对大的盲目追求,提倡要适当,提倡小型,甚至微小……

陶醉于茶中,忽被电话铃声惊醒,提醒我明天得去学校。明天是个有重要意义的日子,因为要接待塞尔维亚诺维萨德大学的校长和院长们,他们正积极与我们共同推进建设全球第一所茶文化孔子学院。我们已经为之奋斗了整整六年,今年我们能够成功吗?

带上了一盒宋茗白茶,安吉白茶中著名的一款,白茶祖的子孙,盒里是金色的三克小包装,说明书上赫然写着:"说道不如做道。"宋茗公司是一家集茶叶种植、加工、研发、销售于一体的安吉白茶龙头企业,我有几个学生毕业后留在了那里,还有好几个在校生正在那里实习。我们就拿这样的好茶来接待多瑙河畔的朋友吧,好茶终究是要用来祝福好人的。

雨水

东风解冻散为雨

獭祭鱼，
候雁北，
草木萌动。
白茶承甘霖，
小小银珠缀枝头。

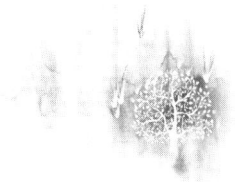

雨水·整理茶园的日子

雨水时节，安吉白茶茶园证颁发工作全面展开了。在安吉县溪龙乡溪龙村，我们看到，村里的茶农们陆陆续续来到村委会的大厅里，填写安吉白茶茶园登记申请表。颁发茶园证，规范了安吉白茶证明商标和地理标志的使用，让市场有了"照妖镜"。

据悉，相关部门已经和金融部门进行沟通，茶农获得茶园证后，即能以茶园经营权进行抵押，从银行获得短期贷款，以解决生产所需。

　　如果说，立春是春天的第一乐章"奏鸣曲"，可谓春意萌发，春寒料峭，那么雨水之后，便进入了春天的第二乐章"变奏曲"——七九河开，八九雁来，冬末春初，乍暖还寒。

　　你抬头望天，雨不知从何下起，你也看不到雨水到底是从哪里来的。你只能说雨水是从天上来的，然而天看得到摸不着，天是一种哲学上的"无"，而雨，则是有形状有体量有温度的。雨水，仿佛是一种无中生有的神秘产物。

　　古人将雨水节气分为"三候"："一候獭祭鱼，二候候雁北，三候草木萌动。""獭祭鱼"，说的是水獭开始捕鱼了，它们还有雅兴将收获物挨个儿摆在河岸边上呢。天真的先民们就将动物人性化，以为彼等亦知吃饭前要祷告上天。吾乃江南水泽女儿，尚未见识过此类先祭后食的奇观，却由此联想到美国影片《纳尼亚传奇》中正义而又滑稽的水獭家族。

　　"二候"中的"候雁北"，我却是从小就目睹过的。少小丫头，古镇生长，河边渡桥，但见高空一行大雁自南而北，"一"字竖排。我坚定地站在桥上远眺，一直看到它们排列成"人"字形，长空一抹，远飞如点，这才松一口气，仿佛自己是它们的族长，对它们的队列负有使命。这么自我承担的时候，"三候"的草木开始萌动了，两只穿球鞋的小脚也就越来越热、越来越痒了。空气中弥漫着淡淡的青草气，眼前晃动着紫荆花的枝条……而大雁已远去，它们飞到哪里了呢？那里有什么样的生活呢？小姑娘甜蜜而悲伤地在河边长有青苔的石阶上走着想着，她还不知道这种感觉叫"惆怅"。

　　现在我想起了我们茶中的圣人。史书告诉我们，有一个人，名叫陆羽，字鸿渐，一名疾，字季疵，复州竟陵人。也不知道他是打哪儿来的，只听说他出生时被丢在湖边，天上大雁飞来，看到弃婴，徐徐下降，张开大翅，就用羽毛盖住温暖了他。那么，从逻辑上说，我们是否可以推理，大雁与茶实际上是有关联的。一千多年前，如果没有大雁，便不可能有我们的茶圣，没有茶圣便不可能有《茶经》，没有《茶经》便没有……最后可以推论到没有《茶经》，我不会成为一个茶人——完全是一副多米诺骨牌。

早晨起来，看后山雨势。春雨贵如油，果然，山峦间是亮晶晶的湿。我看到山溪边的核桃树发芽了，长着高高的、象牙白的身躯，连枝干也是白的，好像擦了粉，枝头上爆出了橘红的叶芽，美！

下午，雨又收了回去，它要等一等，看一看人间对它的态度。欢迎它吧，雨，早春的雨水。这个季节，茶在争取着爆芽，早茶已经开始挣出第一片叶芽了。

雨天凭窗释古卷，真是一大经典意境。伴着雨声继续喝白茶，翻古籍，搞清楚什么是白茶。

一定得知道，自古以来，但凡中国的名茶，大多是要和皇帝或者文人或者神仙或者精怪"搞"到一起去的。这当中，皇帝的认可度无疑最重要。但最好的事物总是超越时代与人的生存局限的，我喜欢白茶，宋徽宗也喜欢白茶，我对此并不感到惊讶。宋徽宗赵佶酷爱饮茶，精于茶道，善于点茶，北宋大观年间著有《茶论》，后人称之《大观茶论》。再过不到二十年光景，这位皇帝就要成为阶下囚，被发配至北方——今天的黑龙江省依兰县了，而那时的他还一本正经地沉醉在他的茶世界中。《大观茶论》分序、地产、天时、采择、蒸压、制造、鉴辨、白茶、罗碾、盏、筅、瓶、杓、水、点、味、香、色、藏焙、品名、外焙二十一节，白茶是其中的一节。且让我们看看这位皇帝茶人是如何描述的：

白茶自为一种，与常茶不同，其条敷阐，其叶莹薄。崖林之间偶然生出，盖非人力所可致，正焙之有者不过四五家，生者不过一二株，所造止于二三铃而已。芽英不多，尤难蒸焙。汤火一失，则已变而为常品。须制造精微，运度得宜，则表里昭彻。如玉之在璞，他无与伦也。浅焙亦有之，但品不及。

还是把它翻译成白话文来解读吧：

白茶自成一类品种。她与一般普通的茶树是不同的。这种茶树枝条柔软，容易铺散开，而她的叶子，叶片薄而呈浅黄白玉石色泽。山崖丛林之间，偶然扎根生出，那可不是人工可以栽培的。贡茶产地中心地带的焙茶工场，只有四五家生产白茶，活着的白茶树不过一两株，而生产出来的茶饼也只有两三铃。新发出的芽叶本来就不多，制作加工又是那么精难。品饮时，在冲点过程中万一失了分寸，那茶立刻就沦为常品。所以，制造时必须精益求精，点茶时又必须掌握得当。这样，茶才能做到外观浅黄明亮，汤色清澈。白茶就好像一块白玉镶嵌在矿石中，构成无与伦比之美。贡茶中心产地以外的茶山也有生产白茶的，但品质就不及中心产地所产的白茶了。

枝条柔软，绰约散落，叶片莹薄，如玉在璞。作为文艺大家，赵佶真是了不起，将白茶描述得又精确又美。

我曾不止一次去现场考察，亲眼看到春天里的安吉白茶祖，万绿丛中透出一丛浅黄奶白，的确就是那样的。

千万别以为天下的白茶就都是六大茶类"绿、红、青、黑、黄、白"中的白茶，有不少白茶不是真白茶，比如安吉白茶，它就不是白茶，它是绿茶。古今中外，到底有多少名义上的"白茶"呢？后人总结了一下，大约有这么一些：

第一，中国古代，主要是宋代的白叶茶，人们就叫它白茶，它被制作成蒸青团茶。记住啊，它属于绿茶。

第二，明清之际，人们在福建发现了一种名叫白鸡冠的茶，您可以想象一下白鸡冠是什么样。然而，制作后的白鸡冠茶既不属于白茶，也不属于绿茶，它属于乌龙茶。白鸡冠茶是中国现存生产历史最长的白化茶树品种。

第三，在绿茶的生产重地安徽，歙县蜈蚣岭一带，历史上出现了一种地方群体变异种，人们叫它惠州白茶，它的茶类其实也是绿茶。

第四，就在绿茶之都浙江，这里可说是盛产着不少白茶，其中包括：安吉的白叶一号，人们就叫它安吉白茶；还有宁波的四明雪芽，人们称它为宁波白茶；还有浙南丽水的黄金芽、金光、千年雪、景白1—4号等，人们称它们为惠明白茶。这些茶虽然叫白茶，其实都是绿茶。

挂一漏万啊，别处也有类似的白茶，容我不一一记录了。

国外也有这一类的茶。18世纪末，日本福冈星野村便栽有一株从别处移植来的白茶树。20世纪70年代，日本就薮北种与其他品种杂交而成的白叶茶树做过研究，它们都是以煎茶法制作而成的，其实也都是绿茶。

那么，真正的白茶在哪里呢？福建的白毫银针和白牡丹是采用白毫多的茶树品种的芽叶制成的，外观色泽呈白色，这种白茶，才是名副其实的白茶。它们主要是以晒青的方式完成的，所以也有人以制作方式来界定茶类，认为只要主要以晒青方式制作的有白毫的茶，就可以称为白茶。在中国，福鼎白茶应该说是经典的白茶。

福鼎白茶可用一句话概括：它们是用白毫多的绿色芽叶制成的白茶。而安吉白茶这一类白茶，也可用一句话概括：它们是用偏白色芽叶制成的绿茶。

听上去挺拗口的吧，白的是绿的，绿的是白的。科学就那么回事，你不能搞什么神似形不似，形散神不散。像这种让你感觉心烦的文字描述，你必须一字不漏地认真琢磨，才能真正明白那是怎么回事。

概念太多接受不了，咱们还是只说那"白的是绿的"吧。

茶叶专家告诉我们：所谓的安吉白茶，是产生遗传突变而形成的特异品种。每到早春低温时，突变体茶树生长出的芽叶，就会有叶绿素缺失的现象，此时的嫩芽叶是乳白黄色的，直到日均温度达到十九摄氏度以上时，叶色才开始慢慢复绿。陈椽先生在他所著的《茶业通史》中说："白叶茶的特性是，在最初发芽的第一生长期中出现缺乏叶绿素的白色或黄色幼叶。这白叶随着叶的展开逐渐以主脉为中心，生长恢复成绿色。白叶生长及硬化时的残留有白色部分,但在下一个生长期(相当于夏季)以后,大体上变成正常的绿叶。翌年春茶期再度出现白叶,第二年以后,这些白叶再度变为绿叶,如此周期反复。"

其实,关于中国有白茶这一说,最早还是可以上溯到《茶经·七之事》。陆羽在其中写道:"《永嘉图经》:'永嘉县东三百里有白茶山。'"这是公元780年前后的记录了。近三百年后,宋代宋子安的《东溪试茶录》问世,此人生活在近千年前,身世如嵌在历史山谷狭缝中的碎片,我实在是剔不出来。但从茶史家考证看,他应该是北宋建安人。在《东溪试茶录·茶名》中,他记述道:

> 茶之名有七:一曰白叶茶,民间大重,出于近岁,园焙时有之。地不以山川远近,发不以社之先后,芽叶如纸,民间以为茶瑞,取其第一者为斗茶。而气味殊薄,非食茶之比。今出壑源之大窠者六,叶仲元、叶世万、叶世荣、叶勇、叶世积、叶相。壑源岩下一,叶务滋。源头二,叶团、叶肱。壑源后坑,叶久。壑源岭根三,叶公、叶品、叶居。林坑黄漈一,游容。丘坑一,游用章。毕源一,王大照。佛岭尾一,游道生。沙溪之大梨漈上一,谢汀。高石岩一,云擦院。大梨一,吕演。砰溪岭根一,任道者。

宋子安在这里记载的白叶茶共有二十一株,而且这些茶树还各有主人,这些白茶树留传到现在了吗?如果还活着,那就都算是"千年白茶老母"了。

正因为有这些前人的观察记录,才有了1107年宋徽宗《大观茶论》中记录下来的白茶。

北宋末年,君臣还沉浸在斗茶的乐趣中。茶史中大名鼎鼎的北宋大书法家蔡襄在《茶记》中记载了这样一则故事:

> 王家白茶闻于天下,其人名大诏。白茶唯一株,岁可作五七饼,如五铢钱大。方其盛时,高视茶山,莫敢与之角。一饼值钱一千,非其亲故,不可得也。终为园家以计枯其株。予过建安,大诏垂涕为余言其

事。今年枯蘗辄生一枝,造成一饼,小于五铢。大诏越四千里,特携以来京师见余,喜发颜面。予之好茶固深矣,而大诏不远数千里之役,其勤如此,意谓非予莫之省也,可怜哉。乙巳初月朔日书。

这个大诏即《东溪试茶录》中提到的王大照,也算是个奇人了。他有一株白茶,那就是一株摇钱树,一年也就做那么五至七个茶饼,却名扬四海。因此,不免就遭人忌恨,有人竟然将这株白茶害死了。茶官蔡襄到建安时,王大照曾哭诉到蔡襄那里。没想到那白茶生命力也够顽强,枝芽竟然死而复生,不过比原来那株要小得多,只做出一个小小的茶饼。王大照喜极,竟然不远千里来到京城见蔡襄,只为了报喜。蔡襄想到自己已经是个够痴的茶人了,没想到还有人比他更痴。王大照这举动,让蔡襄看来,真是"可怜哉"。这个"可怜",当是又赞叹又感慨吧。

还是苏东坡潇洒,在《寄周安孺茶》这首长诗中,盛赞白茶的品质,说:"自云叶家白,颇胜中山醁。"说的是建州叶家白茶胜过美酒,因为宋子安在《东溪试茶录》中记述的建州白茶培植者大多姓叶,那白茶也便跟着主人家姓了叶。

又不知过了几朝几代,进入了19世纪。1864年,有个名叫张星焕的人写了一份《皖游纪闻》的文字,他说:

白茶,皖省产茶之区甚多,惟六安之名最著,其实皆产于霍山……壬戌冬日,雪霁,偶遇程兰生学博,煮茗倾谈。兰生言,石埭某山近日间产白茶。其味绝殊,但不可多得,或千百株中偶有一株变白,或今年白,明年仍可复原色,土人以为瑞茶,得则珍藏之,不以出售,且绝少,不中售,故人罕见者。

白茶在这里,好像是一个飘忽不定的仙女美人,可遇而不可求也。

想起我第一次到安吉县溪龙乡,看到他们的白茶馆里的解说词,将安吉白茶定位为宋徽宗在《大观茶论》中说到的那种白茶,心里还是挺纳闷的。

因为在我的印象中,宋徽宗所说的白茶应该就是福鼎白茶。关于这个问题,后来我还咨询过一些专家,得到的回答亦各不相同,直到我遇见程启坤先生。程先生是中国茶叶研究所前所长,茶业界顶尖专家,他给了我一篇他署名的文章——《〈大观茶论〉与安吉白茶》。文中摘要说:

> 安吉白茶是绿茶,与福建白茶不同;安吉白茶的品种属"白叶茶"一类;经实地考察和史料研究证实,安吉白茶就是宋徽宗《大观茶论》中所指的"白茶";安吉白茶具有特异的生化特性与品质特征,因而安吉白茶具有独特的保健功效与利用价值,是不可多得的优质保健饮料。

或有人问:那白茶到底是怎么回事? 它为什么会变白? 为什么会突变啊?

程先生告诉我们:

> 白叶茶,是一种低温情况下产生叶绿素缺失的遗传变异体,是茶树中的特异性品种。由于这种茶树代谢机能的特异性,低温时抑制了叶绿素的合成,但由于蛋白质水解酶的活性显著提高,从而大大地提高了游离氨基酸的生成量。因此,早春白叶茶的游离氨基酸含量一般在 6％以上,高者甚至达 9％。这时其他一般品种的含量只有 2％—4％。由于白叶茶中游离氨基酸的含量很高,因此有利于提高成品茶的香气和滋味的鲜爽性。

我知道对某些读者来说,这一串专业术语已经让人头昏眼花了,我当初也如是。所以教你们一个办法,记住"氨基酸"三个字就可以了,这个氨基酸,就是茶里面的"味精",白茶中多的就是这个氨基酸,所以喝时鲜爽极了。

我对程先生的学问一直是很敬佩的,跟他讨论到这个问题时,他特别强调这一点:宋徽宗提到的白茶,就是我们现在看到的安吉白茶品种。但是,宋徽宗提到的白茶,并不一定就是我们现在看到的那株白茶祖。因为这样的白茶,虽然罕见,但在别的地方,你也不能说一定就没有。他的话,让我想起了当初浙江省作家协会搞"瓯江文学大漂流"活动的时候,我们到了景宁县的敕木山,我当时就在敕木山的一株白茶树下拍了照片,那里的茶厂还专门用了我的小说《南方有嘉木》的情节做了茶叶广告。从那时候起,我就知道,敕木山中有白茶。我知道宁波地区也产白茶,应该是在宁海县的大山之中。另外,福建的建瓯地区也是有白茶的。只是,这些白茶都非常稀少,非常珍贵。从这方面说,皇帝的金口开得很精确:"白茶自为一种,与常茶不同,其条敷阐,其叶莹薄。崖林之间偶然生出,盖非人力所可致……"

好了,皇帝谈得太多了,他们坐在一切风物的终端,大张着口,贡品就进了他们的腹。吃完了一抹嘴,评价道:好吃! 弄得我们后人一谈风物必谈皇帝。而现在,此刻,雨水季节,恰是茶生命的开始,是劳动人民培育茶生命的时节,皇帝就靠边站吧。

"好雨知时节,当春乃发生",好雨到底知什么时节,为什么当春乃发生啊? 说来再简单不过,农事需要啊! 因为有许多的种子要在这时候播入土地,其中就包括我们的茶种。

农历二月中旬始,茶区降水量便逐渐开始增加。这可是播种的季节啊。关于这一点,老一辈是有很多真知灼见的,什么"春前播种早,春后播种迟,雨水惊蛰最适宜",还有"正月早,三月迟,二月播种正当时",还有"雨水种茶用手捺,春分种茶用脚踏,清明种茶用锄夯也夯不活",等等。

不由得记起茶圣陆羽在《茶经·一之源》中说到的种茶:"法如种瓜,三岁可采。艺而不实,植而罕茂。"这十六个字,多少年我参过来参过去,以为参到底了。此刻,在雨水的季节里,恍如看到一千多年前的茶圣陆羽,是怎样头戴青箬笠,身穿绿蓑衣,斜风细雨中并未垂钓江畔,却卷起裤腿,弯腰躬身在高山茶园里,播种着茶籽。他蹲在地上,满脚沾泥,用双手一下一下实实地捺着泥土……这才明白了,这十六个字是因为经了雨水,才湿漉漉又沉甸甸的啊……

惊蛰

喊茶的日子

春促遴时雨,
雷始发东隅。
众蛰各潜骇,
草木纵横舒。
山农齐呼……茶发芽!

惊蛰·打扫茶场准备开工

惊蛰，茶发芽的节气，安吉的茶农们已经忙碌起来，准备迎接又一年的茶季了。要打扫整理厂房，保证机器运行良好；要开始联系采茶工、制茶工；员工的衣食住行也要开始准备起来了。这是一个担心大于忙碌的阶段，担心天气，担心工钱，担心客户，但快乐也就藏在了这些担心之中了。

安吉白茶不属于那种醒得过早的茶,但也不需要人们去催醒她。古代的茶农,将一些迟发芽的茶唤作"聋子茶",也有优雅些的名字,称作"梦茶"。想起多年前,浙江农林大学茶文化舞台呈现的我参与主创的《中国茶谣》:一面大鼓立于台上,旅游系那个饰演山民的光膀子男生,背对观众,手持双棍,激烈捶击,越擂越猛。俄顷,幕后有人领喊,几近声嘶力竭:"茶发芽……茶发芽……茶发芽了……"台上台下顿时一片众喝:"茶发芽了,茶发芽了……"一群手持大鼓的小伙子随即冲上了舞台,激烈地以手击鼓,跳将起来……他们都是我们茶文化学院第一届和第二届的男生。他们表现的是古代茶事——喊茶。一千年前的人们,就已经知道要以鼓击山,来惊醒那冬眠的仍在梦中的春茶了。

关于喊茶,北宋欧阳修曾经在《尝新茶呈圣俞》一诗中这样描述:"建安三千五百里,京师三月尝新茶。人情好先务取胜,百物贵早相矜夸。年穷腊尽春欲动,蛰雷未起驱龙蛇。夜闻击鼓满山谷,千人助叫声喊呀。万木寒痴睡不醒,惟有此树先萌芽。乃知此为最灵物,宜其独得天地之英华……"

茶因天子之命独先发芽,并非宋代诗人最早感慨,唐代卢仝就已经在他的《走笔谢孟谏议寄新茶》诗中如此描绘:"闻道新年入山里,蛰虫惊动春风起。天子须尝阳羡茶,百草不敢先开花。仁风暗结珠琲瓃,先春抽出黄金芽……"

都是惊蛰之际,都因天子须尝,唐代的百草是让着阳羡茶,不敢开花;宋代的建安茶是半夜三更硬被喊醒,要去伺候皇上。为什么天子就盯着这两款茶了呢?其实很简单,因为唐代的顶级茶是阳羡茶,而宋代的绝品茶在建安嘛。

　　我先前也只是追溯到这一层罢了。直到吃了茶文化这碗饭才知晓，因为宋代中国江南的平均气温比唐代低，故而清明时节，那阳羡茶也发不了芽了，百草再不敢先开花也没辙了。清明尝不到新茶，无论对皇帝本人，还是皇亲国戚那一大帮子寄生者而言，都是极郁闷的。但根本问题还不在这里，毕竟新茶不是荔枝，多放几天也不会坏，杨贵妃可是独此一家，马嵬坡上一命呜呼后再无分店。关键问题是茶这种风物，是神圣而有品味的，它是要作为仪式中的象征物去被供奉的。清明是祭祖扫墓的日子，那一天无论如何少不了新茶。古代皇帝祭祖祭天，有用干茶祭祀的，有用茶水祭祀的，甚至还有用干茶焚烧着祭祀的。所以，清明无新茶，就不光是"天子须尝阳羡茶"，或者"京师三月尝新茶"的问题了。天子可以不喝新茶，但天的事情是不能够变通的，"天"是不可以不喝新茶的，而中国古代的皇帝，都是"奉天承运"的，因此，位于江西、浙江一带清明时节尚未发芽的阳羡茶，就被位于更南方的处在闽北的已经发芽的建安茶取代了。

　　喊茶这个风俗究竟有没有呢？当然是有的，武夷山的茶园祭祀还专门设置了场官与工员，场官主管岁贡之事。1326年，崇安县令张瑞本在御茶园的左右侧各建一场，上悬挂"茶场"大匾。1332年，那建宁县的总管也不示弱，在通仙井畔建筑起一个高五尺的高台，直接就称为"喊山台"，山上建喊山寺，供奉茶神。每年惊蛰之日，御茶园官吏一定要携县丞等一干人，亲自登临喊山台，来祭祀茶神。祭文是这样写的："惟神默运化机，地钟和气，物产灵芽，先春特异，石乳流香，龙团佳味，贡于天下，万年无替！资尔神功，用申当祭。"

　　民间活动开始，隶卒们敲锣击鼓，鞭炮声响，红烛高烧；茶农们便拥集台下，同声高喊："茶发芽！茶发芽！"喊声此起彼落，响彻山谷，回音不绝。就在这一声声回音不绝的喊茶声中，通仙井的井水慢慢上溢了。"茶神享醴，井水上溢"，当地的茶农，称通仙井的井水为"呼来泉"。看来，茶神知道无水便无茶，茶民们一喊茶，茶神不但给了茶，还顺便把泡茶的水也一并送来了。

　　这种仪式，其实还可以解读为一种上山采茶时的热身运动。古代茶山，多生野茶，草木杂共，其中难免会有动物野兽，打着火把，举着棒子，一路喊着上山,也是为了赶走那草木下的蛇虫百脚;再一个,半夜三更上山采茶,谁不心里发怵,相互喊着,前后有个人声,心里踏实;喊着上山,还有一个原因,也就是蹚路吧。那走在前面的人喊着,走着,在山坡茶蓬中蹚开一条小路,后面的人被引领着,脚下的碎石、滚石,被前行者踩到了一边,夜半三更时的劳作人,内心多少也安全一些,温暖一些吧。

此刻,我还突然想到,那上山采茶的人中,会有女性吗?今天的采茶,几乎都是女性的活儿,如果在欧阳修的时代,上山采茶者也有女性,那么,男性的喊茶声中,应该还有那保护女性的气概在其中吧。须知我们女性是一种多么敏感的生物,大地下那蛰虫的微微振动,远山传来的闷闷隐雷声,伸手不见五指的黎明前的黑暗,迎面吹来的让人心生孤独凄凉感的寒风,交集在那多思而又细嫩的心里。而当你伸手采茶之际,如果有一柄火把斜斜地过来,照着你的手,却小心地不燎着你的发,如果那是一个健壮明朗的山民,火把半明半暗地照出他脸的轮廓,你的心中,会生出怎样的茶芽般的萌动呢!

当然,所有这一切生命的真正惊蛰,是要附丽在一个庄严无比的神圣仪式上的。人们需要那么喊一喊,振奋一下生活,让普通的劳作也更加深刻,因其精神性而变得容易承受。就像人们泡茶时会进行"凤凰三点头",表示对客人的尊敬,但其实它还有一个非常切实的目标,便是用水冲击和翻动茶叶,使其受热均匀。人们在那么喊着"茶发芽"的时候,梦想也随之产生,内在的灵魂的愉悦会从丹田升起,茶的灵性与物性便同时汇集在那一声声的呐喊中了。

惊蛰之际,有幸读到了安吉茶企恒盛公司陈锁先生在博客上写的日记。这些文字接地气,不需要我再做什么加工,最好的办法就是做一个"搬运工",将它们直接搬到书中。

2013 年 3 月 8 日

昨天早上从四川出发,今天凌晨两点才赶回安吉,一大早就起来赶往茶场。公司新大楼的装修还在最后冲刺中,木工和泥水工已经完成,只有漆工还在干,看来还需要十天才能完成,我也只好耐心地等待。乡党委宣传委员来电话,说等会儿有记者要来,好像他们知道我今天回来一样,我只好等待。记者最关心的无外乎采摘前准备得怎么样,今年的行情预计会怎么样,茶叶大概什么时候能采摘,很是关心。我也就把自己的一些想法如实地表达。等送走了记者,马上和公司的几个年轻人一起品尝了我从四川带回来的茶,大家感觉不一,喜好各不相同,茶就是这样,不同的人有不同的感受,这才是茶的魅力所在。

品完茶,我就带上余下的茶品匆匆地赶往县城,廖总(安吉最大的茶商之一)早早地就要求我必须带点新茶让他品鉴。廖总对我带回来的茶赞赏有加,说干茶色泽鲜活,金黄隐翠,说明此茶的白化度特好,加工也不错,只是清香稍欠,滋味不够厚实。我倒感觉滋味并非不厚实,而是过于鲜了,也许是新茶园的缘故。还是那句话,每个人的感觉是不一样的。

下午我去了包装厂设在安吉的仓库,看了包装,我安排他们把已经发到仓库的包装给拉回来。在仓库门口的花园里看到一个难得见到的景象,这边梅花还在开放,那边樱花已经绽开!看来这反常气候,让花儿也不知道工作时间了!

离开包装仓库,赶往茶山,山下池塘清澈见底,说明这茶还早呢,因为地气还没有动,这茶只是白天长一点点,晚上依然在睡觉。茶山上的桃花刚刚露出点点的红润,茶芽也刚刚露白,白茶按照正常时间,还需要半个月以上才能采摘。

回到公司,正好赶上郑州来的客商从园区观光回来,我们聊了很多,从茶园的管理,到茶叶的品质,再到市场的营销,还有包装的设计,等等,感觉他们的一些理念值得我们好好地学习,只是他们要去第一滴水茶艺馆参观并要赶往杭州,没有时间长谈。反正以后有的是机会,一定要好好地学习!

送走客人,迎来了乡里的孙书记和农办钱主任,他们是来了解企业的一些生产前的准备和对今年销售形势的判断,特别是今年气候反常,加上目前市场前景的不明朗,对我们茶农、茶企和政府都是一个考验。我倒感觉这并非坏事,我们迟早要面临这一天,这会进一步加快我们产业的转型升级,促使我们进行市场定位的调整,只有这样才能使我们的产业可持续健康地发展。

2013 年 3 月 9 日

昨天最高气温二十九摄氏度,今天一下又升了三摄氏度,达到了三十二摄氏度,正月还没有过完,气温急剧上升。前几天还在过冬,穿棉袄,现在一下就进入了初夏,穿起了衬衫,这样的天气是我种茶以来没有碰到过的。

今天去茶山,发现茶叶也和这天气一样,变化极快,昨天还在冬眠,今天就显露尖尖角。今年采摘时间肯定提前,我昨天预计要十多天才能开采,今天要改变预计,如果后期温度稳定正常,3 月 15 日就可能有新茶了。不过明天气温要经历过山车,最高温度只有十摄氏度,一下降低了二十多摄氏度,天气真让人捉摸不透啊!

上午参加了安吉县白茶协会举办的安吉白茶质量安全讲座,中国农业科学院茶叶研究所肖强老师主讲。肖强老师是中国茶叶植保专家,他从茶园病虫害防治入手,强调茶园管理的生物防治、物理防治和其他综合防治相结合,减少化学农药的使用,提高安吉白茶的质量安全。肖老师用一个个生动的实例阐述了安吉白茶不使用化学农药的可行性和必要性,使得大家对提高安吉白茶的品质和质量安全有了全新的认识。这种活动,政府每年都举办,说明政府把农产品的质量安全作为确保安吉白茶可持续发展的重点来抓。今年,政府又把确保采摘工的人身安全纳入了监控范围,对各个茶厂茶山基地临时住房的安全进行了全面检查。我也接到了整改通知书,要求我们配置应急灯、灭火器等相关的设施。明天要去落实这些!

2013 年 3 月 10 日

今天安吉的气温是五至十摄氏度,和昨天的温度相比,简直是夏和冬的区别。天气变化太快,无法适应了!

去公司上班,看到我们公司装修得乱七八糟的景象,心里真的很是着急,可也没有办法,只能期待他们快点帮我们做好。

除了装修以外,最担心的还是包装不能及时到位。我又一次去了包装厂仓库。路过龙王山茶场,和潘总聊了半个小时,我让潘总看了我昨天拍摄的茶园照片,潘总说不敢相信茶已经长这么大了,中午公司得召开开采前的紧急会议。这天气让潘总这些安吉白茶的"老江湖"都有点措手不及了。

为了掌握第一手资料,我中午时分还是去了一趟茶山,拍了一些照片,感觉这茶比昨天又有进步,在茶园已露尖尖角的茶树,又有了新的变化。

晚上,把来"千道湾"和"恒盛"实习的浙江农林大学实习生接到了我们公司。为了我们的可持续发展,要把这些实习的学生服务好,只有服务好他们,来年才能吸引更多的学生积极主动要求来"千道湾"和"恒盛"实习。

明天气温依然很低,还是低一点好,我们慢慢适应,不然我们真的要迷茫了!

2013 年 3 月 11 日

今天气温慢慢地回升,最高温度十三摄氏度,最低是六摄氏度。明天又要大幅度升温,预报最高气温二十七摄氏度,这天气真是变化无常!

昨夜一场春雨,茶园有了雨露滋润,茶叶应该长了些。早上,隔壁茶山的老板打电话给我,说我们家茶园的茶可以采摘了。我知道他看到茶园小区域的茶长得茂盛,但心里还是放心不下,急着想去茶园看看。于是,安排了一下,带上昨天来公司的实习生一同去了茶山,一来看看茶到底长了多少,二来也可以带他们去茶园感受一下,看看安吉白茶茶园的景观,看看即将开采的安吉白茶是怎样的。

下午,我们开了个短会,大家一起探讨生产季节的相关安排,眼看采摘的时间越来越近,我们真的被这天气整得忙忙碌碌。装修的事情只能按照原来的计划做,我们现在是要重点把加工车间尽快地整理完成，好随时投入生产，新增的烘干设备还没有调试，明天必须要完成。

《茶博览》的风铃大哥来电询问今年春茶采摘的情况，很是感激。每年在《茶博览》做的两期广告还要继续，品牌的宣传还是要做的。安吉县新闻中心也来帮我们做宣传，安吉的大屏幕广告也要做三个月。广而告之还是要的，不然谁能知道我们"恒盛"？

我们计划在茶季做个活动，举办首届恒盛安吉白茶经销商订货会暨恒盛公司新大楼落成庆典。活动将牵涉我们相当多的精力，但又必须做好。欢迎大家报名参加！

2013 年 3 月 12 日

最高气温如预报的一样，达到了二十七摄氏度！一些茶农今天开始采摘龙井 43，预示着 2013 年安吉茶叶开始了采摘，这也是安吉茶叶开采时间最早的年份之一。我记得 2007 年也是 3 月 12 日开采，但后来受冷空气影响，也一直拖到 3 月 24 日以后才大面积采摘，估计今年和那一年一样。早上去茶园拍了些照片，看了看茶，感觉和昨天差不多。

中午时分，和乡农办钱主任碰面，聊起现在的茶叶，他说了他的担心。现在部分茶园有些茶可以开采，但量不是很大，如果明天开始降温，以后近一个星期都是低温，茶基本上不会生长。如果茶农把远在千里之外的茶工运来，只采了一天，要休息等待一周，这岂不是太浪费？但天气变化无常，如果三天温度稳定在二十摄氏度以上，茶工不到位就会带来巨大的损失！难，难，难！

我们还是积极地准备着采摘前的一切，清洗摊青设备，明天要去采办照明设备，还要铺贴墙纸，这活啊真是一个接着一个，好在油漆工经过加班加点，已基本完工了。明天安排全体员工和十多个临时工全面打扫卫生。

今天晚上，我们和总公司合作开办的安吉白茶的培训中心试开课。他们让我第一个上课，赶鸭子上架，准备不足，两个小时的课时，我一个小时就完成了。明天还是要挤出时间备好课，慢慢地讲述安吉白茶的发展史,让这些年轻人能够对安吉白茶的发展有进一步的了解!

2013 年 3 月 13 日

气象预报很准确,下午温度急剧下降,冷得人直哆嗦,气温再一次经历了过山车,昨天和今天的温差达到近二十摄氏度,今天的气温是零至九摄氏度!

上午下雨,我们组织公司所有员工打扫生产车间卫生,新办公楼也进入后期的打扫阶段,灯具的安装也在紧张进行中。快接近中午时分,《湖州晚报》的丁记者来采访,问安吉白茶什么时候开采,我把我 2007 年的采摘记录找来给他看,那年是 3 月初就采摘龙井 43,十几号也开始少量采摘白茶了,采摘后由于长期低温,一直到 3 月 24 日才真正大面积开采。今年的天气与 2007 年有点相似,真的很难预测什么时候能大面积开采。我下午去茶山拍了一些照片,我那块茶山迎风处和树荫下几乎已经可以采摘了,但面积很小,大面积的茶园还没有芽头,什么时候能采只能看天气了。好多客户看了我空间的照片都以为马上可以采茶了,我今天就把好采摘的和其他大面积的茶园图片放在一起对比一下,大家不要被我那美丽的茶芽所迷惑!

晚上参加公司举办的茶艺培训,虽然培训还有许多地方需要改进,但我们还是迈出了第一步,培训的目的已经达到,后面只是怎么去改进,怎么去完善,怎么去充实。期待再期待吧!

2013 年 3 月 14 日

今天晴,气温零至十一摄氏度,早上有霜冻,部分缓坡的茶园受到不同程度的冻害。已经可以采摘的龙井 43 不同程度地受到了影响,明天早上最低温度还会在零摄氏度,还有霜冻。我今天在青叶交易市场就看到部分鲜叶被冻伤了,拍了照片。

下午,德清县茶叶站的胡站长电话联系我,关心我的茶园是否受到冻害。我的茶园坡度较大,加上长出茶叶的地方都在树荫下,受到霜冻的影响不是很大,谢谢胡站长的关心。胡站长告诉我,他们德清的早熟品种今天损失惨重。农产品就是靠天吃饭的东西,没有办法,只能祈祷气温稳定,不要这样大起大落地变化!

我的茶没有冻坏,人却被这变化无常的天气折腾得喉咙发痒,咳嗽不止。下午,我们家"领导"帮我去配药,茶没冻坏,人却冻感冒了啊!

溪龙乡白茶街的青叶交易市场已经有少量的鲜叶在销售,头采的茶本来品质就一般,加上今天早上的霜冻,好多茶都是受损的茶芽,来市场观望的人较多,真正交易的不多。下午到茶山拍照片,走了一大圈,茶和昨天几乎一样,采了几片叶子放在杯子里拍了照片,好漂亮啊!

2013 年 3 月 15 日

今天天气晴朗,早上山区还是有霜冻,最高气温回升到十七摄氏度,晚上依然阴冷无比,昼夜温差还是很大,晚上茶肯定不会生长。

新大楼的油漆总算完成了,外大门今天也能安装好,明天去打扫卫生。下午去了县城,走了灯具市场,选择新大楼的灯具。去了转椅市场,淘办公座椅。货比三家,安吉卖转椅的太多了,有点看花了眼。从转椅市场出来,又去了花鸟市场,办公大楼里,花花草草还是需要的。忙忙碌碌,又是大半天过去了。

晚饭时分,我去了白茶街的青叶交易市场,整个市场鲜叶不到几百斤,车辆估计有上百辆,全是来看市场行情的茶农和茶商,还有一些收茶去加工的小贩。还是和昨天看到的一样,头采的茶品质一般,采摘得又不是很标准,加上今天的霜冻,有少量鲜叶还有冻伤,质量不一。鲜叶价格高低不等,最高的要价三百元,最低的在二百元以下,只有等大面积上市,鲜叶的价格才会相对稳定。

晚上,"龙王山"潘总说,有龙井 43 要炒制,我和小马哥带上来公司实习的学生一同前往参观,一交流,二沟通,三学习。

我们自己家的茶山明天要采茶了,我们家"领导"说,明天凌晨三点采摘工就会运到。我赶快写完日记,好去休息,明天凌晨还要起来接茶工!

2013 年 3 月 16 日

今天晴转雨！气温十一至二十二摄氏度，温度稳步回升。下雨既利于茶叶生长，也影响茶叶的采摘。今天凌晨三点多钟，手机铃响了，从安徽请来的采摘工到了。赶到茶山，把她们安顿好，已经是五点多钟。这一百多人，一天的伙食也必须安排好，我急匆匆地去白茶街为她们订购早餐，又去了菜市场买菜和油盐酱醋。等办完这些已经是早上八点多钟。

在白茶街碰到大山吞的黄老板，他说他昨天加工了一些新茶让我去尝尝。喝了这杯茶，我才算是尝到了 2013 年第一杯真正的安吉白茶。

去公司安排了今天的一些杂务，接待了来自山东滕州的一个客户。接着，又迎来了四川大竹的客人，刚从四川回来，在浙江又见到他们感觉特亲切。可我事情比较多，也没有好好陪他们，实在是抱歉！

下午，我那茶园要开采了。关注了这么久的茶山，今天终于可以采摘了。当我爬上茶山时，看到这一百多名采茶工正围着树下迎风口的那一点点可以采摘的白茶直呼："这哪有茶可以采摘啊！"我也知道这点茶找二十几个人采摘就可以了，可来了这一百多人你不让谁去采摘，谁都会跟你急。我只能让她们注重采摘质量，少采点没有关系，现在只是练练手，以后等茶长出来有的她们采。唉，不让她们来，她们吵着要来，说某某已经运茶工了，再不来，预订的茶工全被别人拉走了，可拉来她们，她们说没有茶采摘你拉我们来干啥。我们安吉的茶老板都快得精神病了，左右不是人。

下午三点不到就开始下雨了，茶山上的采摘只好停下了，两个多小时，一百多人只采摘了二十七斤鲜叶！亏死！

晚上把那一点点茶小心翼翼地给加工出来，本厂职工加上实习生一共十多人，就加工了几斤干茶，但这安吉白茶的鲜香飘逸在车间的空气里，让人感觉特别清新。"恒盛"2013 年的第一锅安吉白茶今天开炒了！

最后还要说说这茶什么时候能大面积采摘。根据跟踪观察，明天下雨降温,后天多云,开始升温,我们家茶园真正的大面积采摘估计要到 3 月 20 日左右,安吉白茶普遍采摘估计还要晚几天。

2013 年 3 月 17 日

今天一天阴雨绵绵,气温也偏低,只有十至十八摄氏度。我的感冒也没好,人也和天气一样昏昏沉沉,估计茶山上的茶叶也和我一样迷迷糊糊,不知道怎样适应了! 市场上今天没有鲜叶交易,雨天大家都停工,没有采摘。

今天茶山上也没有去,一是下雨,二是怕那些采茶工要烦我,下午喝了一杯我家"领导"从外地带回来的一款茶,单芽采摘,竹叶青的加工工艺,白叶一号的鲜叶原料。这茶泡在杯子里颗颗竖立,很是整齐。

天气不好,人的心情也受影响,写日记的动力也没了!

2013 年 3 月 18 日

天气放晴,温度回升,气温十至二十二摄氏度,安吉白茶青叶交易市场一片繁忙。溪龙乡白茶街今天开始实施交通管制,这预示着 2013 年安吉白茶即将拉开大规模采摘的序幕。

下午去茶山,一百多人采摘了一百多斤鲜叶,茶还是没有太多的量,加上采摘标准比较严格,一个人才采摘了一斤鲜叶。今晚气温还算有利,期待茶叶快快长啊!

公司装修到了最后的阶段,贴墙纸今天完工,楼梯的扶手也安装完毕,后大厅的地板也铺设完成,就是电工和灯具还差最后的"一把火"。明天要安排人去采购花花草草,还要采购办公设备,由于刚刚装修完成,我们考虑诸多因素,办公暂时还在老的大楼里,新的办公楼只是作展示用。

2013 年 3 月 19 日

今天晴转阴有雨,气温七至二十一摄氏度。茶长出来了,但今年的市场行情确实有点阴冷,今天鲜叶市场的鲜叶明显少于昨天,下午又下雨,采摘得更少,价格还在一百元到二百元之间徘徊!明天又有冷空气影响,气象预报说山区最低气温会低于零摄氏度。这下有点玄了,如果这次寒潮强烈,那今年安吉白茶将要遭受巨大的损失,这头茶工工资等成本急剧上升,市场价格疲软,那头再来上这个天灾,今年的大部分茶农将欲哭无泪了。

昨夜咳嗽不止,一夜未眠,早上起来就到了公司。安排了一下,我就去县城医院看病,感冒引起的咽喉疼痛和不停的咳嗽已经好多天了。以前我感冒喝点药马上就好,这次连续十多天,吃药无数,还一天天加重。我参加了十二年的医保,今天终于开始使用了。化验配药,看那发票五百多元,自己只付了十元不到。

新大楼所有的灯具安装完成,晚上开了灯,加上摆放了一些花草,效果看上去还是不错的!

2013 年 3 月 20 日

今天阴转小雨,气温一至十六摄氏度。一天的阴冷,下午还细雨绵绵。茶山上的采摘工都冷得发抖。怪天气!茶农都接到降温,甚至明天可能有霜冻的通知,能采摘的茶园全部抢采。晚上白茶街异常热闹,车山人海,卖茶的,收购鲜叶的,还有那满载着茶工的大巴,把白茶街各条通道挤得水泄不通!这场景未来的二十多天估计会天天见到。

上午,我们加工了昨天留下的鲜叶。炒茶的工人全是新手,要全面培训,鲜叶又不多,几十个人挤在那儿,一个一个地试手,炒这几十斤茶比炒几百斤茶还累!我们新的机械采取理条和杀青分开操作的方式,感觉茶叶的鲜活度和匀整度大幅度提升,但工序相对复杂,生产量要相对下降。明天再继续试验,看看如何调整工艺,使得我们的茶能有自己的特色。

下午,抛开一切工作,去医院继续挂盐水,昨天的盐水效果明显,一夜好梦,没有咳嗽,我们家"领导"也加入了挂盐水的行列。明天再继续挂一天的盐水,希望能彻底地去除我那十多天的咳嗽和咽喉的疼痛!

茶山上有二百多人采摘,一天的鲜叶产量达到了高峰时的一半。

安吉白茶叶片

浙江农林大学茶文化学院的舞台艺术呈现《中国茶谣·茶萌动》

春季的安吉白茶山

安吉白茶的摊青

安吉白茶的加工制作

茶农们喜迎采茶季

期待明天的低温不要影响太大，不然茶农都要哭天喊地了！

我总感觉今年整个公司的各个流程不是很顺：炒茶的全是新手，要全面培训；接待部门由于人员调整，也不是很流畅；后勤保障也有点跟不上，大楼是建好了，可这许多配套的东西还差一大截，网线、供水等问题多多，还要忙上几天才能跟上。

2013 年 3 月 21 日

晴天，气温八至十五摄氏度，早上的低温没有气象预报说的那么严重。谢天谢地！大家都放下了悬着的心，气象预报说，明天又是雨天，气温会逐步回升，但好像又有冷空气影响。老天怎么了？早上白茶街的采摘工临工市场相当热闹。昨天阴冷，今天几乎没人来找采摘工，估计他们只好打道回府了。

昨天的鲜叶到今天早上才开始加工。由于气温低，鲜叶摊青还是不怎么到位，加工过程中还是出现一些红梗，经过反复试验调整，最后确定了现在的生产工艺。明天还要调整摊青的相关细节，减少红梗。一个上午的试验调整，大多数炒茶工慢慢地开始熟练；中午时分，新购的烘干机也投入了使用，机器效率较高，效果也好，毕竟价格也不菲啊！

吃完中饭我忙碌到三点，才去医院挂最后一天的盐水，挂完盐水，已经是晚上六点了。

茶叶已经开始慢慢地上市了。由于各种原因，今年市场行情一直不佳，整个白茶街没有往年人来车往的采购场景，家家都生意清淡，估计是今年茶叶上市早的原因，更重要的是今年国家控制政府消费，礼品茶的消费市场受到前所未有的影响。安吉白茶现在采摘工每天的成本在一百二十元以上，一天只能采摘两斤鲜叶，这一斤鲜叶的采摘成本就在六十元以上，按照这样的行情计算，安吉白茶产地的成本就要三百元一斤。成本不断地增加，市场又如此疲软，估计在 3 月 25 日以后开采的茶园今年几乎没有利润。安吉白茶应该是所有茶叶产区茶农利润相对高的区域，其他地区的茶农今年恐怕更加难熬。

2013 年 3 月 23 日

昨天忙碌了一天，日记也没有写，今天一大早补上！

3月22日，气温七至二十一摄氏度，上午雨，下午转多云。一夜的雷雨交加，加上温度的逐渐回升，这样的天气，茶开始长了，但明天还要经历又一次降温，最高温度又要跌回二十摄氏度以下。

一上午的小雨，几乎没有茶农采摘，下午天气好转，可采摘的茶园开始采茶，白茶街的青叶交易市场又变得热闹起来。由于茶叶采摘量较少，鲜叶价格也在稳定中稍有回升，采摘符合标准的也可以卖到一百八十元一斤。盼望这茶价能稳定几天！

下午，茶叶加工这块开始慢慢稳定，从不熟练慢慢变得熟练，各个环节的人员也调整安排到位。经过反复的试运作，我们基本上确定了整个加工流程。我们发现，今年加工的茶叶条索紧直，干茶的色泽也鲜活了许多，特别是去年经销商普遍反映的净度问题得到大幅度改善，看来加工这个环节步入了正轨。

今天，有客户上门了。开始有了忙碌的感觉，但总觉得我们销售接待的环节还不够顺畅。晚上召集了接待组商讨，反复强调将要面临的接待压力，每个人要按照对应的流程做好自己的工作。明天再观察一下，看看哪些地方还需要改进。

半夜，宋茗公司生产部卓主任带着浙江农林大学的实习生来到公司。这些实习生真的很认真。真正的忙碌开始了，估计这日记也没法每天更新了。我们已准备得基本到位，要采购安吉白茶的茶商和企业老板可以出发到安吉来，品白茶，吃竹笋，感受春天茶山竹海的无穷魅力！"恒盛"安吉白茶真诚期待您的光临！

春分

素面朝天承雨露

元鸟至，
雷发声，
电始闪。
正是社前时节早，
白茶始采撷。

春分·采摘是个技术活儿

如果气象条件允许，安吉白茶一般在春分前后就零星可采了。最迟不过清明，鲜叶就可大批量开采。安吉白茶娇贵，它的采摘也是大有讲究的。

第一点：安吉白茶要分批多次采摘。其中包括早采、嫩采，要做到勤采、净采、不漏采。

第二点：安吉白茶采摘要符合特定要求。

（一）要求一芽一叶，芽叶成朵，大小均匀，不能采碎叶，不带蒂头、老叶，不采奶叶、鱼叶，留柄要短。

（二）鲜叶要提手采，轻采轻放，用竹篓盛装、竹筐贮运，防止重力挤压鲜叶，确保鲜叶质量。

第三点：采摘安吉白茶要做到"五分开"。

（一）幼龄茶树叶与成年茶树叶要分开。

（二）长势不同的鲜叶要分开，特别是受过冻害、病虫害，老叶少的茶树。

（三）晴天叶与雨水叶要分开。

（四）不同地块的鲜叶要分开，特别是阳坡的与阴坡的要分开，山上的和水田的要分开。

（五）上午采的叶与下午采的叶要分开。

如旋风一般,带着我的学生们,直奔安吉。我见到了陈锁日记中的生产白茶的村庄,我还要去见一见这个村里的一位传奇人物。

走进宋昌美所在的溪龙乡黄杜村,幢幢别墅,户户轿车,显示着富足。想起了当地村民的话:"村里一幢别墅,城里一套洋房,白天茶园里忙,晚上歌厅里唱,闲时开着小车游四方。"

白茶仙子宋昌美,安吉县溪龙乡女子茶叶专业合作社社长、党支部书记,荣获全国农村妇女"双学双比"女能手、全国三八红旗手、浙江省三八红旗手、浙江省优秀共产党员、浙江省党员干部现代远程教育"致富能手"等荣誉,是中共十八大代表。这是一位美丽的少妇,一脸的细皮嫩肉,绝无那种风霜雨雪中走出来的沧桑,和她对我讲的奋斗历程完全对不上号。她那个办公室也是舒服得很,坐在沙发上,喝着最新的白茶,听她讲故事,就是享受。

我们这个黄杜村,人家说是安吉最穷最穷的一个村子,没人敢嫁进来的。全村总面积达十二点五平方公里,但仅有水田九百十五亩,其余都是荒山荒坡,祖祖辈辈靠着两年一季的毛竹维持生计,一家一年总的经济来源只有一千多元。二十三岁那年,我从相邻的梅溪镇嫁到这里,人家还不相信,问我:"你是外面嫁进去的吗?"我说:"是啊,我是从外面嫁进来的呀。"别人又说:"你怎么嫁到那么穷的村呀!"1990年时,我们村都是泥巴路,车子开进来全部带泥的。后来我想把别的姑娘介绍到这里来,她们都不愿意来,谁想过穷日子啊。

后来呢，有一个偶然的机会，通过大山坞盛家的关系，我认识了杭州的老师，中国农业科学院茶叶研究所要招我们这里的两个人去学习茶叶技术，说要去学炒茶。那时我对茶叶可以说是一点概念都没有，以前也从来没有碰到过。最多就是在山上管理管理，做出来的茶叶拿出去卖，几块钱一斤都卖不掉。记得有一次我们还碰上了一个骗子，被他骗去了大概价值十几万元的茶叶。我觉得要想不被骗，就得学习，缴费也要学习，这样我们就去了杭州的茶科所（即茶叶研究院）。

学费按现在来说不贵，只有一千多元，但当时一千元对我来说可是一个天文数字，要知道我们一家的收入，那时一年也只有一千多元。还好那时候我们是一个大家庭一起住的，所以这个钱还是我公公出的，我们小家庭根本没钱。

我和一个女同伴一起去了杭州，一看班里的其他同学都是有单位的人，公家出钱来让他们培训的，所以，他们不像我们那样拼命。我们在那里艰苦了一个月，吃住都和采茶工一起，起早贪黑，学来技术，考试合格，心情高兴。我是结了婚的人啊，比较成熟，跟小姑娘不一样。毕竟我自己家里承包一块茶山的嘛，看看他们茶科所的茶叶都卖几百块一斤，内心真的非常羡慕：只要我们也有这样的工艺，就能把茶叶炒出这么好的品质，就能卖出好价格。然后我就大着胆子对茶科所管茶叶经营的经理说，假如我这个技术学了回去，我的茶也炒得好，您能把我们的茶叶收购去吗？没想到他说可以收的，我就把这句话记住了。这样，回去我就想发展这个茶叶了，就这么开始了。

那时候，我们虽说承包了一座茶山，但一年收入不高，还是公公婆婆当家，也不好意思再去问他们要，我这才想到我们自己组织几个村子里的人炒，然后再拿到茶科所去卖。记得当时就炒了五斤茶，拎着就去了杭州茶科所，每斤几百元钱，挣了几千元钱，简直把我高兴坏了。那么一看，有了效益，就要去发展嘛。怎么发展呢？争取贷款啊！但我们什么都没有，有谁给你贷款呢？银行给你贷款也得要资产担保啊，但农村哪有什么资产啊，所以这件事情就做不起来。这样才逼得我想着要走出去创业。和丈夫一起到湖州去开店，两年挣了十万元，我就拿着这十万元回来投资了，种了十亩白茶。这一回，我们就跟杭州的茶科所讲好，他们技术投资，我们资金投入，搞一个合作。1996 年全家收入增加到两万多元。1997 年又开垦四十亩荒山种白茶，和丈夫一起护着茶园。1997 年正式去办了营业执照。到现在，我们已经建起了五百多亩白茶园，且全部进入盛产期，每亩可产干茶二十斤左右；发展了三百多家订单农户，总面积已达一万多亩，年销售总额超过七千万元。

这个白茶仙子的确是个传奇，2000 年，她注册了"溪龙仙子"商标。2010 年 10 月，她在政府支持下，联合了十三名安吉茶农，走进北京钓鱼台国宾馆，举办了安吉白茶质量追溯暨品牌推荐新闻发布会，发布质量宣言。茶农在北京钓鱼台国宾馆举行新闻发布会，这可是一个破天荒的壮举。

她帮大家一起致富，那是真帮。想种茶的人没有钱投入，她就去银行替人担保，至今已经用自家的资产为茶农担保了四百多万元贷款；别人没有茶苗，她就提供自己扦插的白茶苗；种有机茶须严守标准，她就采取统一购肥、统一配药、统一操作时间等方法；没有炒茶技术，每次炒茶时，她都把村里的妇女叫来，手把手教；白茶没有销路，她又以高于市场价格回收鲜叶的方式包销。

2001 年 4 月，她成立了安吉县溪龙乡女子茶叶专业合作社，吸收五十多户中小茶农联合二百多位农村妇女共同种植白茶。2008 年，她又投资兴建了一座集白茶加工、研发、销售、文化、教育于一体的白茶服务中心综合大楼，专门开辟了可容纳四十余人学习的远程教育播放室，配备了电脑、投影仪等设备。现在，这幢楼已成了合作社的销售中心、文化中心和教育培训中心。

每天早晨开着锃亮的白色宝马小轿车来到茶园旁，为采摘茶叶的外地茶姑分配农活，这是宋昌美每年采茶季节例行之事。这辆宝马车，也可说是她在白茶园里淘足了"金"的象征。黄杜村茶农仅靠白茶一项，人均纯收入达到两万六千九百余元，村里三百八十户人家共有小轿车四百多辆，村里村外无人不知宋昌美，都说："昌美就是我们的白茶仙子。"

　　真所谓"春风得意马蹄疾,一日看尽长安花"。现在是春分时节,春天过了一半,茶谚云:"惊蛰过,茶脱壳;春分茶冒尖;清明茶开园。"春分前后,茶芽吐新,如果没有较严重的倒春寒现象,就是采制春分茶的最佳时机。此时气候宜人,新茶上市,本是啜茗品茶的好时光,我正好来看望我的白茶。

　　这几年,每年春天都来拜访安吉白茶,因为白茶只采一季,过了春天,茶树往往就齐齐地修剪一次,再想看到白茶明媚通透的鲜叶,就要待来年了。

　　白茶只采春季,这和龙井茶一样,享受的是国礼茶的待遇。不由得想到了从前杭州翁隆盛茶号中的那副旧联:"三前摘翠,陆卢经品。""陆卢经品"是很可以理解的,无非说是经过茶圣陆羽和亚圣卢仝检验过的好茶;而那"三前摘翠"似乎也并不难理解,社前、明前、雨前。顾名思义,明前茶就是清明节前采制的茶叶,雨前茶则是清明后谷雨前采制的茶叶。看了陈锁的博客,应该清楚,安吉白茶就有明前茶和雨前茶。

　　明前、雨前都好解释,往往是了解社前茶的人少。学生们总会问我:社前是什么时候呢? 社前是什么意思呢?

　　此处的"社",就是春社的意思。古代在立春后的第五个戊日祭土神,那天叫春社,故而有了社前茶这一说。然而,这个说法还是太简约了吧,正好在这里将社前茶好好地梳理一番。

　　这事情还是得从根上说起,先把土神给整明白了。我想,全世界所有的先民,都是泛神论者吧。中国人连一张床都得安排两个神,一个公的喝茶,一个母的饮酒——何况天空与大地呢。所以,万物生长的土地是一定会有土神的。

　　金木水火土,这是中国人认为的世界的本源,这五行皆由神来统领,土神便成了五行神之一。这五行还个个有德,便被称为"五德之帝"。这当中,木神名叫勾芒,是仁慈的;金神名叫蓐收,是讲义理的;火神名叫祝融,是崇礼仪的;水神名叫玄冥,是智慧的;那土神独称后者,是个讲诚信的神。古人说,土神之所以叫后,是君主的意思。土神位居五行当中,统领四行,所以才被称为君。"人君之尊,其犹土神乎!"我们的先人就这样由衷地击节赞叹着。

　　先人们甚至也有干脆将神农封为土神的。因为,所谓神农,也就是农神啊。您想想农靠什么,还不就靠着土嘛!所以,说神农是土神,挺有道理。而神农又是第一个发现茶的人,土神就这样和茶结合在了一起。

土神既然这样重要,祭拜他便成了人们的重中之重。春耕秋收都离不开土神保佑,春天一次,秋天一次,这就有了两个日子。这两个日子,就分别叫作"春社"和"秋社",合称"社日"。春社日,人们摆上丰盛的祭品,向土神祈求五谷丰登;秋社时,则答谢土神赐予一年的丰收。

什么时候才是"春社"和"秋社"呢?

春社,就是立春后的第五个戊日;秋社,就是立秋后的第五个戊日。又一个新的问题出现了:什么是"第五个戊日"呢?

还得回到古代去,说一说天干地支。立春后第五个戊日,就是从立春那天开始,第五个以天干"戊"搭配某个地支纪日的日子。

2013 年的"春社"是几月几日?从日历上看,2013 年 3 月 23 日,也就是农历的二月十二日,便是春社之日。陈锁的博客恰恰写到 3 月 23 日,他记录的恰恰都是社前的白茶。我以往一直以为现在的人们要采到社前茶是不太可能的,我从前甚至并不相信社前茶真正存在,以为是罕见的偶然现象,或者是一种广告式的噱头——大棚里的茶除外,因为那不在我的统计范围内,我们要的可是一切纯天然的东西。

物种是多么奇妙的存在啊!行进在溪龙乡的白茶丛中,这里的白茶并不像我曾见过的浙东宁海山中大片大片的大手笔茶园梯田,也不像从前我在浙南遂昌看到的那一圈圈干干净净的除了茶蓬什么都不留的茶坡,它也不是丽水景宁山中一小朵一小朵的茶蓬,更不是杭州城西龙井茶园那一块块大盆景似的景观茶地。安吉的白茶园,有不少是种在平地上的,或许从前这里曾是一片片稻田吧,如今许多都成了茶田,一块一块间隔地种在田野里,与玉米、小麦、稻秧、豆菽毗邻相伴。

当然,安吉白茶的家主要建在山峦上,因为白茶具有低温敏感的种性,海拔越高,白化程度越明显,品质越好。海拔高度在六百五十米至七百五十米的坡地,那就是白茶姑娘的豪宅了。

浙西丘陵地带的山坡并不算太高,但曲线是柔和的,像舞裙的飘带,唰的一下甩出去了,连绵不绝,一波又一波。齐腰的茶树就温柔地排列缀镶在那上面,像一道道裙带上的蕾丝花边。茶垄中间整齐地间种了一些树木,有桂花,有杨梅,还有银杏,这种套种的方式正好应了陆羽《茶经》中所说的阳崖阴林。春风拂来,热了,我把毛衣脱下来扎在腰间,满眼都是银光闪闪的亮斑,一片片,像夏天正午阳光下的水面,反光得耀眼。那些白茶的芽头其实并非洁白,而是象牙黄的,但在蓝天下,被阳光一照,就变得晶莹明亮,像半透明的砂纸,像薄薄的毛玻璃,像朝天张开的小雏鸟的小黄嘴。轻风一吹,它们就窸窸窣窣地一片片抖动,像跳蒙古舞的姑娘们颤动肩膀,发出仿佛是仙女下凡时裙带上玉佩的叮当声。当你在这样的山坡上缓缓地行走时,春风吹来,你就会感慨:我的妈呀,多少年没吹到春风了,我把春风的味道都给忘了! 你抬头看着瓦蓝瓦蓝的蓝天,不相信自己的眼睛:我不会是在做梦吧? 竟然,在这里,在白茶园的上空,我还能够看到高远的蓝天。

安吉白茶属于白化茶。白化在生物界是普遍存在的,对于一个物种而言又是偶发的退化与返祖现象。白化茶,是指受遗传因素或外界因素影响,体内叶绿素受阻而含量较少,茶叶色泽趋向白色的茶树。

不过,安吉白茶和别的物种白化方式不同,那就是它先白出来,然后又绿回去。科学家给这种现象定了一个性:可逆性白化。新梢茶叶刚长出来时,叶绿素急剧下降,氨基酸显著上升,等到春茶后期,就眼看着茶叶一天天地逐渐返绿,那氨基酸含量也就恢复到正常,前后变来变去的,就那么一个月左右。比如安吉白茶在清明前萌发的嫩芽为白色,等到了谷雨前,颜色渐淡,多数呈玉白色。谷雨后至夏至前,逐渐转为白绿相间的花叶。至夏,芽叶恢复为全绿,与一般绿茶无异。

浙江大学和中国农业科学院茶叶研究所分别于 1989 年和 1993 年测定表明:安吉白茶氨基酸含量在 6.19%～6.92%,比普通绿茶高一倍;茶多酚含量 3.72%～10%,仅为普通绿茶的 $1/2$。

科普一下吧! 茶多酚和氨基酸是形成茶叶品质的重要指标,茶多酚能抗氧化、抗突变、抗辐射,主茶叶中的涩味,氨基酸能让茶叶鲜爽。较低的茶多酚含量、较高的氨基酸含量决定了安吉白茶鲜爽的品质,奠定了其滋味鲜醇的物质基础。说得再文艺一点吧,茶多酚像一家子中的男人,氨基酸是一家子中的女人，男人理性扛得住，女性感性能动人，无论男主外还是女主外，结合得好总能相得益彰，各有千秋。而安吉白茶这一家人，显然是女主外的了。

我把安吉白茶定位在女性化的茶上，不仅因其美丽鲜嫩，还因其极度敏感、情绪化。科学家说，安吉白茶是典型的温度敏感突变体，低温仅在芽萌发的初期发挥作用，正常的复绿温度在十六至十八摄氏度，新梢白化期的温度在二十至二十二摄氏度。所以，这白茶姑娘还真是一身三变：萌发时，她是黄白色的；含苞初放时，是玉白色的；袅娜伸展后，是翠绿色的。

这白茶姑娘既然那么美丽动人，她怎么就不能够直接生孩子呢？她为什么要靠无性繁殖呢？

最直接的原因，就是姑娘虽美，但生殖能力是弱的。白茶祖虽然开花，但不怎么结籽，要不然怎么就叫"石女茶"呢？石女就是旧时人对因生理异常不会生孩子的女人的称呼嘛。当然也不是真的一个不能生，而是生得少，而且下种后长出来的身体也不怎么好，长得还不太像她的母亲。按"九斤老太"的说法，是一代不如一代；按科学家的专业术语，有性繁殖的后代极易发生性状分化，很难保持母本的性状，故其种植规模始终得不到扩大。

直到茶学家们发明了安吉白茶的短穗扦插，白茶祖的"小宇宙"才得到了空前的大爆炸，一株白茶变成了十多万亩白茶。这短穗扦插具有无性繁殖的优点，不但保持了基因的良种特征，后代性状一致，而且插穗短、材料省、繁殖系数高、土地利用经济，成龄茶树枝条和幼茶树的修剪枝条还都可利用，扦插后发根快，根群发达，移栽成活率高。因此，短穗扦插就成了白茶茶树无性繁殖的主要手段。

在溪龙乡山坡上转了好久，看到一家家茶场企业分别从外地请来的采茶团队，正下山交茶吃饭，有盛家"大山坞"的，有陈锁的"恒盛"的，有学生们正在实习的"千道湾"的，有白茶仙子宋昌美的"溪龙仙子"的。远看茶园山道，只见一条逶迤的花线，急促地流下，但并不是我们平时照片里看到的那些穿蓝布印衫摆造型秀茶园的少女，她们可都是真正的中老年劳动妇女，从贵州、河南、河北、广西、江西和安徽等地而来。不少人头上扎一个绿红花格子的头巾,皮肤发皱,腰上挎个篓子。急促的步子走近了,问她们采了多少,她们大多笑而不答,兴冲冲地甩着胯,迈着大步就走,茶篓里的白茶亮晶晶的、白晃晃的一片。

采摘这种劳动方式,其实一点也不神秘,在古老到不能够再古老的岁月中,它是人类最早的生存方式之一。原始部落的人要生存,无非几种手段:一是采摘植物中的可食之物,二是打猎,三是捕鱼。人类学根据生存手段的不同,将原始部落归类为以采集为主的部落、以渔猎为主的部落和两者兼而有之的部落。人类演进到今天,说到用人手采摘叶子,就主要体现在采茶上了。当然,用工具采茶的方式从古到今都有。古代人在大茶树上采茶,就拿一把砍刀,上树砍枝,下来掇之。现代机械采茶法则是一道道过去,齐刷刷的,什么一芽一叶、一芽两叶,全都一锅端。还有一种另类采茶法,就是让猴子采茶,那是罕见的现象,一般是在人类手够不着的地方,还得有现成的训练有素的全劳力猴子。我个人觉得,那是可遇不可求之事。

今天的中国名茶,总体上还是以人工采摘为主的。这就好像电脑绣花和手工绣花,档次完全不一样,中国人绝大多数还是认"手工绣花"。

交完茶才能够吃饭,采茶女们进了工场,长长地排了一队。我一直和她们站在一起,看着她们先把篓子里的茶过秤,然后,便往那大大的茶匾上一倒。周边已经摊了许多一圈一圈的白茶青匾,都算是微微地萎凋一下吧。过秤的却都是男人,用笔在纸上挨个儿给那些妇女记录采了几斤几两。采得不能太多,因为质量第一,有人采得又多又好,就加钱。也有人采得少,刚才我在山上看到有个妇女一手插在口袋里一手采茶,手里只小小一撮茶。但按天论钱,都是事先定好的,一般茶头也不会去减。大家嘻嘻哈哈地聊着笑着,推来搡去的,会让人产生一种错觉,以为采茶是很美、很舒服的。

只有像我这样从小就采过茶的人才会知道采茶有多累,古往今来那些文人墨客有几个知道采茶女们的辛苦!倒是明清时期有位名叫陈章的杭州文人,写过一首《采茶歌》:"风篁岭头春露香,青裙女儿指爪长。度涧穿云采茶去,日午归来不满筐。催贡文移下官府,那管山寒芽未吐。焙成粒粒比莲心,谁知侬比莲心苦。"这后四句的情况今天是不存在了,没什么官府来催,催的是市场。

采茶女们多从北方来,她们吃不惯湖州的大米,都是自己搭起灶来蒸馒头、煮面条吃。这里的茶场主们早就专门给她们建起了宿舍,一年一回,来接去送,她们中的许多人都已经来去七八回了。

听说还有茶场主为她们举办文娱活动,给她们上夜校。总之,这一个月要让她们心情愉快地劳动,开心地来,满意地走。

人工采摘的结果,诞生了采茶候鸟族,我因此想到我曾去过的浙江台州临海的羊岩山中,那里有专门为采茶工建造的房子。他们春节过后从北方老家出来,要到年终才回去过春节。在这里采完了茶就挖笋,挖了笋再采桑,采了桑再摘橘子,一年到头地忙。有人在这里谈恋爱,在这里生孩子,孩子在这里读小学,天长日久,都成了这里的人了。

安吉的采茶女工不一样,她们迅速地来,拼命地工作,旋即完成便走,甚至不和安吉本地的土著们有什么来往。她们像一群辛苦的蜜蜂,到一个人生地不熟的地方,有花便行,采够了,展翅就飞。想一想,其实,她们个个都是有秘密的人,我们不知道罢了。

清明

且将新火试新茶

山僧后檐茶数丛，
春来映竹抽新茸。
宛然为客振衣起，
自傍芳丛摘鹰觜。
桂家老树发新簇。

清明·新茶出锅的日子

清明时节，一般是安吉白茶大批量产出的时节，大小茶厂（场）的鲜叶加工也往往是通宵达旦地进行。

安吉白茶有"龙形"、"凤形"之分："凤形"白茶产量占了大头，此为烘青绿茶；"龙形"安吉白茶（即安吉白龙井）则是炒青绿茶。

"凤形"安吉白茶加工流程为：摊青→杀青→理条→搓条初烘→摊晾→焙干→整理。

"龙形"安吉白茶加工流程为：摊青→青锅→摊晾回潮→辉锅。

清明到了,有三天放假时间,可以好好地过一把茶瘾。正清明,一路奔往乡间,乡间有新茶,桃红柳绿之间,唐诗宋词元曲中的意境扑面而来,让人招架不住。我且将"雨纷纷"的杜牧式清明放到一边,因为今年的清明真正就是"清明",俗语精准,就那八个字的套话:阳光明媚,鸟语花香。

清明亦有"三候":"一候桐始华",那是说白桐花开放了。一路想看白桐花,却没有看到,好花不为常人开,白桐花你到哪里去了?"二候田鼠化为鴽",那本是说喜欢在阴暗的地底下蹿行的田鼠不见了。它真的化为鴽了,化成那只小尾短赤褐色羽毛的小鸟了吗?"三候虹始见",雨后的天空可以见到彩虹了。彩虹真让我忧伤,因为我想说,在我的故园,彩虹几乎消失了。没有蓝天,哪来的彩虹呢?

清明是茶事季节,前几日我在安吉白茶的故乡游历,去了大山,见了白茶老祖,又与桂家人一起喝茶品茗,享受天风。白茶祖就长在桂家那幢两层楼房的右侧,用铁栅栏圈了起来。新芽也已经细细地爆了一些,这山上的茶要比山下的起码晚发一周。

重逢白茶祖,我不再有首次见到她真身时的惊讶了。须知从前这株茶树在我的想象中,是一株高大参天的古茶树,有银光闪闪的大树冠和大房梁一样粗壮的树枝,爬上大树的孩子们可以横跨在树枝上,瞭望山下的消息。为此,我还在"茶人三部曲"系列长篇小说中安排了这样的情节:一个美国飞行员受伤后躲藏在白茶树下,那个雪白的茶人少年忘忧爬上大白茶树的树梢为他站岗放哨。直到真正登上这天荒坪大溪村的山,见到白茶祖时,我才明白，几百年前的生命也是可以这样平实、普通且貌不惊人的。

第一次朝拜白茶祖，走了几里的山路，路还没修好，一路绕着那些抬石头的民工。就在几乎走不动之时，远远地就瞧见了桂家场的两层楼房，简易干净，白墙灰廊，旁边还搭着一些木建的老房子。狗急促地吠叫起来，我看到了房子右侧有一块大约长两米、宽一米的大青石，"白茶祖"三个大红色隶书体字，一下子就跳入了眼帘，阳光下显得格外醒目，周围还有一圈被围起的铁栅栏。我惊讶地问同行人："那是白茶祖吗？"向导祝冬说："是的，那是白茶祖。"我说："白茶祖长得那么小吗？"向导说："不小不小，你走近看，她挺大的。"

走近了再看，她依然是小巧玲珑的，就是江南女性式的"她"。

原来白茶祖并不伟岸，也就一人高，一米五左右，而且看上去也完全不是乔木型的，她甚至连半乔木也不像，只是一蓬高大的灌木丛罢了。而且，那一年的白茶祖因为受到了上一年的冬雪伤害，半边身体正在休整之中。她就像一个生育过多的母亲，真的有些力不从心了。虽然春天已经到来，茶叶也已经开采，从她身边的小道上，不时走过那些忙忙碌碌的采茶女工，但她仿佛实在是打不起精神来。

桂家的女主人是个打扮入时的老太太，名叫潘春花。她细高的个儿，眉毛画得黑黑弯弯的，耳垂上挂着亮晶晶的耳环，穿一件高领毛衫，忙着在她家门口的茶桌上为我们用山泉水泡白茶，还端上了瓜子和花生。我刚才上山时，不知是不是因为低血糖，在半道上差点昏厥过去，以为上不了山了。现在坐在桂家门前的靠椅上，手捧一杯白茶，几口喝下去，山风吹来，立刻就神清气爽，什么不适都没有了。

桂家门前有一条溪，应该就是大溪吧。大溪上正在建一个活动平台，那年正是祭白茶祖的年份，民工们抬石头、砌墙基、铺台阶，忙得不亦乐乎。那株白茶祖沉着地蹲在一边，阅尽人间春色。

我跟潘大妈边喝茶边聊天，讲起了旧年的那场大雪。说实话，我非常担心白茶祖的安危，因为看上去她好像有些病态了，一头高一头低的，树枝也很稀疏。想起云南那棵八百多岁的南糯山大茶树，最后"无可奈何花落去"，就更吃不准白茶树的身体如何了。倒是潘大妈十分乐观，她说，在去年年底下那几场大雪之前,白茶祖其实一直生长得非常好。几场连续的大雪后,山里的积雪达到了近一米深,周围不少茶树都被冻死了。当时,白茶祖的枝条全被压弯了,时间一长,左边三分之二的枝条上的叶子就被冻死了,只有剩余的三分之一枝叶幸免于难。当时看着让人又心疼又担心。情急之下,桂家人也想了一些办法,但都于事无补。安吉县农业局、天荒坪镇政府得知此事,立即跑到现场查看,考虑到大部分枝叶已被冻死,只好采取修剪的方式来补救。经过商量,最后将白茶祖被冻死的枝叶修剪掉了。

"以前冬天下雪时,白茶祖也被冻过,但是从来没有像这次这样被冻死过。虽然,现在它冒出了新叶,但还是担心今年冬天下雪是不是会遭遇同样的事情。"潘大妈说道。

潘大妈告诉我们,在受冻之前,白茶祖一直非常健康。每当春天来临时,她会把白茶祖上冒出的新叶采摘下来炒制成茶叶,让那些慕名前来的游客品尝一口新茶。为了让白茶祖吸收到更多的养分,桂家还特地从山上挑来新土填在茶树周围,在适当的时候施些有机肥料。

不知道的人会以为这株茶树的所有权还属于桂家,其实不然。集体化以后,这株茶树就归了公家,即便农村重新实行体制改革,分田分地,但这棵白茶树依然是公家的。她被列入安吉县古树名木保护名录,是安吉县的一级保护对象。不过桂家与白茶祖的渊源太深了,所以国家依旧委托桂家看守这株白茶树。

一直也没有看到桂家的男主人桂全宝,我便走进屋里想去找找。堂前挂着报道白茶祖的消息,镶嵌在镜框里,说明桂家对这株老茶树的珍视。

找了一圈,竟然在厨房的门背后找到了桂大爷。他坐在矮竹椅上,独自一人,穿着旧式棉袄,呆呆的,他好像也病了,神态样子和那棵白茶祖有点像。

我坐在他的身边,朝他笑笑,他没有看我,也没有笑,他一声不吭。

我硬着头皮问:"桂大爷,您看这株白茶树没什么要紧吧？我实在是有一点担心。"

他终于看着我了,张了张嘴,突然喷出了一阵哭声,老人家哭了。

我吓了一大跳,不知道如何是好,心想:我不该问他这样揪心的问题,我不该把我的担心说出来的。

整个灶间安安静静,有一只鸡从我们身边轻轻地踱过,对面老窗子望出去便是山中的茶蓬,整个世界鸦雀无声。老人家哭了,抽泣着,边哭边跟我含含糊糊地说着话,他的方言夹着哭声,我真的没有听明白他的话,但是我完全明白他的意思。

我的鼻子发酸,可这会儿不能出去。看着那一束阳光中的尘埃舞动,我一声不吭地陪在他身边,老人渐渐地平静下来了。

关于这株白茶祖,有一个悠久的传说。清康乾年间的安徽徽州城,有一支先祖源自中原的赵姓望族,只因在京城当官的靠山突生变故,累及家族受株连。一道圣旨下来,满门被抄之际,只有一个人,恰好在外做客而幸免于难。大难不死,他急忙遁走他乡,慌不择路间只往那山高皇帝远的地方跑,天意让他选择了皖浙山路。可普天之下莫非王土,就在这样僻静的山道上,也逃不开官府的追查。这"赵氏孤儿"被官差截在了半道上,官差开口就盘问姓甚名谁。那死里逃生者哪里还敢实言,焦急万分中,眼睛直直地望去,就见前方有一棵山中老桂,阵阵香气飘来,他张开嘴,蹦出一个字:"桂!"

桂花树救命,赵姓人侥幸逃过一劫,从此改赵姓为桂姓。他流落到安吉县大溪地界,从此隐匿于这横坑坞的深山老林里。此地属于天目山脉,重峦叠嶂,人烟稀少,接近山梁的深坞里,有一处地势较为平坦的山坡,前面有一条山溪横亘东西,在山岙里汇成一泓清潭,南面则是连绵群峰。这个避难者便在这里结茅筑庐,开垦山地,扎下根来。

第二年春天的一个夜晚,避难者忽得一梦:一位须发皆白的仙翁将其领至西面山坡,随手一指,山地上破土而出一双奇葩,须臾,长成两棵白色的仙树。正惊异间,仙翁已悄然隐去。

第二天清晨,在屋后的山坡上,避难者发现生长出了不少的野茶树,而且都萌发了新芽。满山的翠绿之中,竟然还有两株茶树的芽叶是玉白色的。远远望去,这两丛茶蓬如锦团簇拥,灿若太白金星。好奇之余,便精心呵护起来。后来,他又将这些茶叶采摘下来进行焙制,取来山前的泉水一泡,滋味竟是清甘无比。更为奇妙的是,这些芽叶在碗中展开后,叶片越发显得清澈,仿佛璞中美玉,焕如晶莹春雪。从此,这一大一小仿佛情侣般的白茶树就成了"桂"姓者的至爱。春去秋来,当年落难到此的异乡人与附近的山民成了家,并生儿育女,过着平淡如茶的山里生活。斗转星移,桂家与茶为伴,繁衍生息,至今已有十数代。这个地方,后来就叫"桂家场",而那两株奇异的茶树就叫"大溪白茶"。

桂家以茶为主要营生,自祖辈开始,就立下了"分家不分茶"的规矩。因为这两丛白茶产量很有限,桂家每年将采制的白茶视为珍品,仅用来招待贵客。他们也曾尝试过茶树繁育,可奇怪的是,白茶开花但很少结籽,即便结籽,播种长大后,叶子却是绿色的,失去了白化性状,与寻常茶树一般无二。久而久之,白茶树又多了一个别名"石女茶",意思是无法传宗接代的茶。

这个故事,是 2006 年 6 月 17 日午后,在安吉县天荒坪镇大溪村横坑坞(现名"白茶谷")海拔约八百米的桂家场,由白茶守护者桂全宝老人亲自讲给我的朋友湖州茶人大茶听的,在场的还有桂全宝的妻子潘春花、儿子桂新财,《茶博览》杂志的孙状云。大茶把这个传说记录了下来,如今又进入了我的白茶的传说。

记得我当时还问过潘春花,不是有两株白茶树吗,怎么现在只有一株了呢?

说来也是话长。其实这株石女茶,明代时就有人提及了。当时曹洞宗的元来大师写禅诗,有"懒烹石女茶"之语。元来大师是安徽舒城人,和安吉灵峰寺的蕅益大师颇有法缘,他持有的石女茶很有可能就来自安吉灵峰寺。

而《安吉县志》也有记载,1930 年在孝丰镇的马铃冈,发现野生白茶树数十棵,"枝头所抽之嫩叶色白如玉,焙后微黄,为当地金光寺庙产",可惜这些白茶树后来都不知所终了。

至于另一株白茶树的下落,我那天在桂家,也听到了当地人的另一个说法。据说1958 年,安吉县文化馆就有人拍摄了白茶树的照片,我的茶学老师、著名茶学家、浙江大学茶学系的庄晚芳教授还在《人民日报》上发表过文章,并引起斯里兰卡育种专家的兴趣。正是"大跃进"的时候,因为建人民公社,有人想要把大茶树移到山下去,放到公社大院里。好事者为此还搬了一个养花的大缸,挖了那白茶,移种到大缸中,没多久,白茶树就死了。从此,大溪桂家场只剩下一株白茶树,孤寂地藏身于幽邃的山坞中。

自清康乾年间桂家由安徽迁居而来,到农业合作化以前,该树一直都属桂家所有。老人说,从他懂事起就知道有这一棵茶树,虽桂家祖孙几代分家,但这棵茶树不曾分过,属共有之产,算来有十三代了。那年桂家要建房子了,老人问儿子桂新财,是在山下建房,还是在山上建房。山下建房生活当然方便,但从此就无法守护桂家茶树了。山上盖房嘛,儿子、孙子就和老子一样,从此就继续做个山民了。桂新财对两位老人说,还是在山上盖房吧,离白茶祖近一点好。

今年再上山,大喜过望。经过一年来的休养生息,白茶祖缓过劲来了,举办祭茶祖礼后,白茶祖名气越来越大,人们对她的态度也可以说是越来越尊敬、呵护了。但也正是应了"大有大的难处"这句话,名气越大,白茶祖的保护越成问题。很长一段时间以来,白天只要有路人经过桂家门口,看到这棵白茶祖,都很好奇,经常会有人要求剪几枝拿回去扦插,开始女主人还客气劝阻,后天就变成强烈制止了。因为桂家人发现,白茶祖被剪了好几年的枝之后,真的是有些元气大伤了。

另外,晚上也是要高度提防的。总是担心有人会来偷茶,因此,桂家养了两只狗,我们还在老远的地方,就听见它们开始叫个不停。

还有件头痛的事情,就是每年4月的采茶时节,外地游客就开始慕名前来参观白茶祖了。看了也不过瘾啊,茶树的枝头上冒出了象牙白般的新芽,很多游客就手痒痒,想亲自体验采摘,不少人还要求带点茶叶回去留作纪念。就这一株茶,以前还每年采点儿炒个几两,游客们来了能尝个鲜,如今连这点茶芽也舍不得采了。桂家人守着白茶祖几百年,白茶祖活一天,他们的心魂就和白茶祖相守一天。

在白茶祖下,我想起了苏东坡。东坡的"休对故人思故国,且将新火试新茶,诗酒趁年华",从青年时代开始便是我的座右铭。虽然我并不曾真正领略酒的醇厚与放达,但在东坡看来,酒茶是相辅相成的,是异曲同工的,是惺惺相惜的,我便唯苏东坡马首是瞻。你看,"寒食后,酒醒却咨嗟",寒食之日,不得动火的日子,也就无法煎茶。故酒醒后的第二天他便"咨嗟"了,快来一盏醒酒的茶吧,我且要时不我待地、舍我其谁地用新火试新茶。记着啊,新火并非是新砍的柴烧出的火,新火就是寒食禁火之后点燃的火,那是另起一章的岁月华文,句号之后重新开始的人生。

年轻时多么不懂东坡啊,还以为他是"宋代的李白"呢,直到将茶真正喝深了,才知晓东坡与李白之间的跨度。比如这首《望江南》,只知道苏东坡来不及思故国,且忙着品新茶,却不知那后面的内心的层次。"休对故人思故国,且将新火试新茶"之迂回,那真是宋人的意境,和李白"仰天大笑出门去,我辈岂是蓬蒿人"的唐人式的天真率直相比,大有另一番欲说还休。豪迈与婉约,纯粹与繁复,超越与沉溺,调侃与排遣,苏东坡之大,大有深意啊!

我是借着清明说东坡,还是借着东坡说白茶呢? 这岁时,这人,这风物!

清明时节赶回乡间,有一件要事——亲手采一次茶。不能采白茶祖的茶,就采我丈夫老家后门的茶。

少年时在校读书,曾经到龙井村、翁家山采过几次茶,那不是玩玩儿地采茶,而是正儿八经地采茶,有些类似于当下每年春天坐着大巴从各地赶到江南来采茶的女工。记得我们那时是背着背包,网线袋中放着脸盆、毛巾,一路走到龙井茶区的,睡在农民伯伯们打扫出来的旧庙里,打着地铺,在稻草铺垫上滚来滚去,乐得要命。第二天,每人领一个竹篓,形如鱼篓,不大不小,挂在腰间,很是喜欢。很多年以后,我才知道这竹篓也是入诗入经的。且不说陆羽的《茶经·茶之具》中专门介绍了它,晚唐的大诗人"皮陆"——皮日休、陆龟蒙还专门写诗歌颂它呢。

古代的文人们将茶篓称为茶籯。皮日休的《茶中杂咏·茶籯》这样写道:"筤篣晓携去,蓦个山桑坞。开时送紫茗,负处沾清露。歇把傍云泉,归将挂烟树。满此是生涯,黄金何足数。"皮日休是唐代有名的人民诗人,他的阶级立场很鲜明,完全站在农民一边。故而,他后来在黄巢起义中跟着那冲天大将军去了,听说还当过农民起义军的丞相。所以他在对竹籯的歌唱中,充满感情,还说把竹籯里装满了茶就是真正的人生,那金玉满堂的可不值一钱。我不知道皮日休的阶级感情有没有在皮家代代相传,只知道他的儿子皮光业是个美男子,特别懂茶,当过吴越国的"外交部长",想来这份对茶的情感和相关的技能,在皮家还是有传承的。

皮日休写了诗,陆龟蒙便相应地要去对,陆龟蒙是个有点田产的隐士,他很向往陶渊明的田园生活,在顾渚山中买了十几亩茶山,便每年收点儿茶,写点儿诗,打点儿坐,修点儿禅。他在意的是"松下问童子,言师采药去"中的那个"师"。淡然之人的诗自然有一股淡然之气。在《奉和袭美茶具十咏·茶籝》一诗中,陆龟蒙说:"金刀劈翠筠,织似波文斜。制作自野老,携持伴山娃。昨日斗烟粒,今朝贮绿华。争歌调笑曲,日暮方还家。"陆氏的《茶籝》与皮氏的《茶籝》相比,皮氏的儒气更重,陆氏的道气更重,一个是革命青年,一个是文艺青年,在我看来,都是好青年,他们的茶诗我都喜欢。

我那时年少,不知"皮陆",只知道有一首《采茶舞曲》,其中有段歌词写到采茶:"左采茶来右采茶,双手两面一齐下。一手先来一手后,好比那,两只公鸡争米上又下。两个茶篓两膀挂,两手采茶要分家。"《采茶舞曲》为著名音乐家周大风先生的传世名作,词曲都是他写的。从歌词里可以看出"一天等于二十年"的速度,茶篓要挂两边,采茶要用双手,这个双手采茶法就是龙井村的采茶女子发明的,周总理为此还接见了她们,照片挂在今天的梅家坞周总理纪念室,谁去了都能看到。

我为这个事情曾和周大风先生专门去了梅家坞,那时我已和大风先生结了忘年交。大风先生一口宁波腔,方脸,发不白,脸却是红红的,他那时身体之好令人叹美。他也是个茶人,一路上跟我讲"大跃进",讲周总理,讲毛主席,还深情地唱民国时期的童谣《秋香》:"秋香,秋香,你的妈妈呢……"他沉浸在他的童年时代。我也是那时候才知道《采茶舞曲》是"大跃进"期间浙江越剧团创作演出的越剧现代戏《雨前曲》中的歌舞片段:哥哥在山下插秧,姐妹们在山上采茶,遥相呼应,不谈个恋爱岂非暴殄天物?

那天从梅家坞归,我们走在灵隐路九里松的树下,老人家突然严肃地跟我说:"我四十多岁的时候,外国专家曾经给我换过一次血,我全身的血都换成新的了,我是一个新人了,所以我现在实际上只有四十岁。"我记得,那时他已年近八十。如今想来,茶人中总会冒出这样一些想象力极其丰富的天真老顽童,大概跟喝茶有关吧。

大风先生看到的1958年的茶篓是双双挂在采茶女的腰边的,到了我采茶的年代,不要求挂双边篓了,能把一只篓装满就不错了。那时,我们半天也采不了一斤。明前的龙井好茶,一般四万到六万个芽头才能够炒出一斤呢。我们采的标准是一芽一叶,就像雀舌,那是最好的;也有一芽两叶,芽长,叶矮,两边叶子包不住芽的;再有的就是芽长成和两边叶子一样长,叫一芽两叶齐。采茶里面的学问是很多的,我们那时只管干活,不管为什么那么干。

采茶,那是看别人干的活,你自己采上半天试试,早就烦死了。劳动就是劳动,重复性的,机械性的,两只手要像公鸡啄米一般。你要是以为像旅游度假,趁早别干这个活,我们在山中才干了十天半个月,到后来也已经度日如年。

若按照陆羽的指示,那我们是不可能天天出工的,因为下雨是不能够采茶的,晴天出太阳也是不能够采茶的,要微晴之晨,阳光还未出来,那时的茶最好。茶呢,又是紫者上,绿者次;笋者上,芽者次;叶卷上,叶舒次。在我的印象中,没见过紫色芽的龙井茶,所以陆羽有可能是以顾渚山紫笋茶为母本制定规则的。古书上记载了许多采茶的方法,比如用甲还是用指,我赞成采茶必须用甲而不能用指。用甲一掐一个准,接触茶的面积小,不容易揉搓嫩芽,用指的话茶芽要受伤的。宋人采北苑茶,说是采下时要直接放在水中养着,这样下山时茶芽不会萎靡不振,这应当是专为皇帝服务想出来的招吧。宋徽宗时代的采茶法,那也是和花石纲配套的采茶法,以后的朝代没再见到这种采茶法的记录。

不知道是不是因为采茶多为青年女子,所以审美之风愈演愈烈,其实我感觉关于采茶,画个画啊,写个诗啊,唱个歌啊,跳个舞啊,这些都没关系,关键是不能够离谱。一离谱,便如中国男人欣赏女人小脚,这就有些变态了。比如说到采碧螺春茶,不止一次有人神神道道地问我,是不是这茶不能用手,得用嘴采,选美貌的处女上山,跟杂技演员咬花似的用唇采茶芽,然后也用不着茶篓了,直接把少女胸脯当作茶篓,把茶往胸口放。说是只有这样的茶才是皇帝喝的,是祖宗传下的采茶《葵花宝典》。起初我听了真是感觉如奇门遁甲,匪夷所思。采茶的基本要求是,有温度的肉体尽量少与茶芽接触,因此才要求以甲掐为上。若又有唇唾又有热胸,这样采得的茶叶还能够炒出好茶来吗? 真是违背最基本的科学原理了。

本来还以为这种变态采茶法只是极少数人嘴上说说而已,没想到近年春天,有人在新茶上市时公开拿出这《葵花宝典》来吆喝了,真是林子大了什么样的鸟都有!

清明日,近中午,到了乡间婆家,匆匆吃了饭,就拿了个塑料盆子上山采野茶去了。婆家的两个姐姐还有外甥女都和我一起来采了。想起范成大的《夔州竹枝歌》:"白头老媪簪红花,黑头女娘三髻丫。背上儿眠上山去,采桑已闲当采茶。"他诗中的茶,正是古巴蜀漫山遍野生长的茶。可是我们现在采的是春茶,桑叶还不能摘呢,范成大说的当是夏茶了吧。

我也算是尝遍天下好茶的人了,不知道为什么,近年来,越来越喜欢那不知名的山中野茶。炒出来的野茶并不亮眼,放在普通的塑料袋里,黑绿黑绿的,看上去像霉干菜,只有当你用煮开的山泉水冲泡时,才能发现那碧绿茶的好。那种香并不扑鼻,非如美女抢眼,甚至也不内敛浓香,非如高人隐士。这种茶是质朴的,是那种"礼失而求诸野"的野气。那是天地之精华气,我喝出来了。

知道我们去采茶,二老也上山了。野茶东一蓬西一蓬的,长在溪边岩上,二老今天上山采了三斤茶,我采得不多,但也可以凑数。此时厨房已经热火朝天,两只铁锅,外面那只正在煮狼蕨芽,里面那只就烫了用来炒茶。公公大约放入了一斤半鲜茶叶,翻炒十分钟左右,算是杀青吧。我想一试,被阻,说是手要烫坏的。然后,他将茶叶拿出,放在外面匾中,公公说这叫"挪",想来这是土语,应该是揉搓吧,机器中也有这样的。揉搓出一些茶汁来,香得不得了,然后就放到焙笼上,下面放个炭盆,就烘了。烘了不到一分钟,公公就把它挪开,翻一下再置上去,说是要这样弄一个多小时,最后微火烘便可。我一直看着公公的那双卷曲的大手,劳动人民的手,太神奇了。

晚上,公公捧了一袋野茶,说是用白天我们摘的茶叶炒的,真像刘禹锡的《西山兰若试茶歌》:"自傍芳丛摘鹰觜。斯须炒成满室香……"静静地洗好一只白瓷茶杯,煮开山泉水,想了想,哦,昨日山中茶人送我的安吉白茶还在囊中。打开,一股鲜气,和刚炒的野茶掺和在了一起,就像山中少女和山里汉子成亲。我泡出一盏茶来,一股不染红尘的香气徐徐而至,那是氨基酸和茶多酚的大团圆。我将这盏茶放在案头,献给我的父亲。1987年清明时节的清明时分,父亲去世了。都说一个人如果能够活过清明,他就能够再活一年。那些天阴雨绵绵,我们一直在内心盼望天晴,又盼着清明早一些过去。就在清明那天下午三时许,清明时分到来之际,天晴了,出太阳了,父亲却与我们永别了。

父亲,我一直在生活的这块茶园中事茶,在劳动,我一直在用新火试新茶,但故人和故国,的确是永远也无法忘怀的啊……

谷雨

今天您喝茶了吗

细细绿萍水上生，

鸣鸠拂其羽，

戴胜收翅降于桑。

白茶渐绿，

品饮中国五洲茶亲。

谷雨·储藏茶叶有"五忌"

到谷雨时节，安吉白茶的大规模采摘结束，春茶尾声渐近，辛苦劳作了一个多月的茶农们，要好好考虑茶叶的储藏问题了。

储藏茶叶一直就是一门讲究的学问。从古至今，茶人们总结出了茶藏有"五忌"：一忌潮湿，二忌高温，三忌阳光，四忌氧气，五忌异味。茶厂（场）一般都建有恒温恒湿的大型储藏间，茶农们一般也会有专门的冷冻柜来保证茶叶的新鲜品质。

今夕何夕,天竟难我！遭遇此生最不可思议的谷雨——如果这样的气候也叫"谷雨"——我想它完全应该叫"大寒"。

2013 年 4 月 20 日,所有赶往杭州吴山广场参加"全民饮茶日"的中外恋茶人,全都冷得像寒号鸟。墨西哥人劳尔从温暖的安吉茶山赶来,此刻却冻得鼻尖鲜红,不停地跺着脚喊:"冻死了,冻死了！"参加生态服装秀的乌克兰留学生姑娘扛不住了,她们告假归校,说走就走。我一开始听闻真着了急,这群姑娘漂亮极了,茶文化的国际化需要她们来呈现。但我也深知谷雨养生,要紧的是防湿邪侵体,须知湿邪乃"风、寒、暑、湿、燥、火"之"六淫"之一,在异国他乡冻出病来可不是闹着玩的事情,还是忍痛割爱吧。

不过牢骚还是要发的。说什么"清明断雪,谷雨断霜"哪！在这二十四节气中排行老六,也就是春季的最后一个节气里,我们深刻体验了一把李清照写的"乍暖还寒时候,最难将息"——我一直认为这首《声声慢》就是写于杭州。

谷雨可真不该这样,彼时寒潮结束,气温回升,土膏脉动,雨生百谷,柳絮飞落,杜鹃夜啼,牡丹吐蕊,樱桃红熟,正是"杨花落尽子规啼"的暮春时节。

老祖宗们将此时的物候亦一分为三,听上去那可真叫一个美:"一候萍始生,二候鸣鸠拂其羽,三候戴胜降于桑。"第一个五日是有色而静态的。池塘中星星点点的浮萍泛出水面,萍为阴物,静以承阳也,它就那么沉静地天经地义地等待阳光的爱意,而且是在春风中哦,您能想象为什么那么多中国女儿要以"萍"取名了吧。第二个五日是有声而动态的,布谷鸟追逐鸣叫着,飞过原野，"拂羽飞而翼拍，其身气使然也"。农人们扶锄而眺望，借机歇力，不过亦只有片刻，布谷远去，地里的活儿还等着，天上飞的，地上走的，全都忙啊。第三个五日是意味深长的，此时"戴胜降于桑"。按照《尔雅》的说法，戴胜者，就是头上戴有桂冠的一种鸟，暮春时节从天而降，栖于桑树巅，提醒农家，养蚕的日子到了。

用一首元代词人杨朝英的小令《水仙子·自足》作为旧时的谷雨印象，倒也恰当："杏花村里旧生涯，瘦竹疏梅处士家。深耕浅种收成罢，酒新笭鱼旋打，有鸡豚竹笋藤花。客到家常饭，僧来谷雨茶，闲时节自炼丹砂。"

然而，对我们茶人而言，谷雨完全就是属于茶的呀。半年休养生息，春梢芽叶肥硕，那一芽一嫩叶的茶叶，泡在水里像展开旌旗的冷兵器时期的枪，那就是传说中的"旗枪"；那一芽两嫩叶的茶叶则像雀类喙中之舌，那就是传说中的"雀舌"。仔细想想，劳动人民真是美的发现者，小小一个茶类，取名何等诗意呀！

总有人问我，什么时候的茶最好喝，一定就是清明前的茶吗？其实清明前喝头茶，就是喝个感觉，一冬的陈茶喝下来了，喝什么样的新茶都是好的。但要真正喝到价格公道口感又好的茶，老"茶枪"们都知道，那还是谷雨茶呀。好在哪里呢？性价比高啊！清明一过，新茶价格那就是哐哐哐一天一个价地往下跌，一直跌到谷雨前，茶客的心理价位算是跌到了，老"茶枪"们开始外出"扫荡"了。"诗写梅花月，茶煎谷雨春"，一年品茗之需，就靠此时收集了。传说真正的谷雨茶就是谷雨这天采的鲜茶叶做的干茶，而且还要规定在上午采摘，我以为这有点儿过了，但还可以听听，再往下说就有点夸张了，竟然说真正的谷雨茶喝了能让死人复活。而江南水乡人家则用一句大俗话作为评价："清明螺蛳谷雨茶。"那可不是随便说说的，是世世代代的民间"吃货"们总结出来的至理名言。明代的杭州布衣文人许次纾在他的《茶疏》中做了精辟的判断："清明太早，立夏太迟，谷雨前后，其时适中。"

野百合也有春天，"大寒"里也有茶文化。早晨五点多钟，我们就要动身前往杭州的吴山广场，参加第五届"全民饮茶日"。

"全民饮茶日"的口号永远是那一句:"今天您喝茶了吗?"

这个节日,完全是在我们这些茶人手里办起来的,我在其中应该算是做了一点核心工作,如今已经纳入杭州市法定节日,静下心来想想,还是会觉得不可思议。以往,只知道谷雨和造字的仓颉有关,仓颉造字不但夜鬼哭,而且感动天帝,下了谷雨,后人从此把祭祀仓颉的日子定名为"谷雨"。仓颉应该再感动天帝下茶雨才好啊。

一夜睡不着觉,想起每年的谷雨日,"全民饮茶日",全都看天祈祷:求求您,老天爷,今天别下雨,今天别下雨! 可是在谷雨的日子里你让它不下雨,恐怕是不符合自然规律的吧。

记得杭州市第一届"全民饮茶日"的主题是茶与健康,浙江农林大学校长周国模,茶文化学院俞益武院长、孙勤龙书记、苏祝成教授、洪昀副书记,以及马莉、方雯岚、钟斐、包小慧、黄韩丹、沈学政、李文杰、潘城等老师全来了。会议在涌金广场开,那天的雨一直下到九点二十分。九点半的会议,礼仪小姐每人一把伞站在上台者身后。九点半开始,雨停了,阳光明媚,我们开心死了! 第二届"全民饮茶日"的主题是茶与运河,在拱墅区的运河广场开会,这一回天阴着,欲下不下,仿佛是在同情我们,熬到下午三点,等我们基本撤离,雨滴才落了下来,真是阿弥陀佛,老天保佑。第三届"全民饮茶日"的主题是茶与生态,在吴山广场开会,那就是半天的春雨淅沥,我们打了半广场的大伞,天空敞亮,小雨唱个不停,不会感觉它妨碍了什么,天人合一,其乐融融。第四届"全民饮茶日"的主题是茶与青春,这一回真搞大了,整个白堤成了会场,老天爷太照应我们了,那次谷雨日竟然一滴雨也没有下,我们在孤山脚下演出了我创作导演的话剧《六羡歌》。也就在鲁迅先生的塑像旁,杭州市人大常委会副主任宣布了每年谷雨的"全民饮茶日"为法定节日。在中国,我们的茶从此有了一个正规的法定节日了。作为这个节日的发起者之一,当时看着西湖上空的蓝天白云,自问自答:"什么是天人合一啊? 这就是!"

2013 年的主题是茶与生活,这主题就把我们搁在架子上了。您想,生活是什么? 生活就是大千世界无奇不有,就是甜酸苦辣万般滋味,就是一会儿火里一会儿水里。2012 年,生活让我们过了一把"水光潋滟晴方好"的瘾，今年它要让我们领教领教什么是"山色空蒙雨亦奇"了。今天就是这样，雨从半夜开始下，先是雷声大作，然后天公便把盛夏午后之雨搬来了，到天亮也未曾有半点疲软，真是下得精神十足，看上去真和我们较上了劲。我一看不对头了，只好给我们的总协调姜涛老师打电话，我们约好多拿一点抹布到现场，可以擦桌椅的水。我在家中扫了一圈，把所有的大浴巾、毛巾和抹布什么的全带上了。

安吉白茶依旧是我们的主角，放置在广场茶桌上。我一边装茶一边突然想到，天气这么凉，白茶能够变绿吗？作为一种"低温敏感型"的茶叶，白茶树产"白茶"时间很短，就一个月左右。2013 年的白茶，此刻怕是还白着吧，多冷的天哪！

九点多钟时，雨停歇了一会儿，广场上来了数十位老外，他们由中国国际广播电台世界语部组织，代表了十个语种：英语、韩语、日语、法语、意大利语、葡萄牙语、塞尔维亚语、西班牙语、世界语、匈牙利语。我们组织了一次声势浩大的茶文化活动：品饮中国，五洲茶亲。

中国可以品饮吗？品饮的是中国的什么？中国是可以品饮的，品饮的正是博大精深的中华茶文化。为此，我们将这些来自中国国际广播电台的记者一个语种一组地分配到了各地的茶农家中，同吃同住同劳动地生活了整整三天。每天，他们都用各自的语言，将当天的茶消息发布到全世界。然后在今天，谷雨之日，他们全体被茶农们送到吴山东广场，我们要来进行一次茶人大聚会。

我们选出了十种茶服，送给十个语种的老外们，他们喜欢得不得了，一个个一上台就穿了起来，可见中国文化的确是一种特别能够在体验中呈现魅力的文化。记得在此之前，我们和老外记者们交流这个环节，其中有一位死活都不愿意上台接受中国朋友的茶服，只愿意在台下私下接受，结果我们不得不因为他一个人调整了所有的思路。谁知一到现场，我发现不是这样了，所有的老外对我们的茶服都喜欢得不得了，好几个人都当场穿起来拍照。送茶服的茶人朋友们也特别高兴。人与文化，真是一种奇妙的关系！

　　还要说一说茶亲们。来自各个地方的茶亲,都非常喜欢这次活动。代表龙井茶的杭州茶农和意大利记者结了茶亲,代表径山茶的余杭茶农和日本记者结了茶亲,代表安吉白茶的安吉茶农和西班牙语的墨西哥记者结了茶亲,代表三清茶的萧山茶农和匈牙利记者结了茶亲,代表绿剑茶的诸暨茶农和塞尔维亚记者结了茶亲,代表天目青顶茶的临安茶农和世界语记者结了茶亲,代表莫干黄芽的德清茶农和加拿大记者结了茶亲,代表瀑布仙茗的余姚茶农和葡萄牙语记者结了茶亲……

　　由于我今年的主题茶是安吉白茶,我就把重心放在了安吉白茶上,西班牙语记者劳尔就成了我重点关注的对象。

　　记者劳尔·洛佩兹·帕拉,硕士学历,毕业于拉美久负盛名的墨西哥国立自治大学。曾在墨西哥重要日报《改革》担任网络编辑,也是墨西哥国会立法委员的政治通信顾问。他曾担任社交媒体与网络课题的大学讲师,并在诸多墨西哥大学中任教,现为中国国际广播电台西班牙语部外籍员工,主要负责新媒体建设和网站的运营。

　　谈到他和中国的关系,他做了这样的自我介绍:"我是 2011 年底从墨西哥来到中国国际广播电台工作的。这里的人都很友好,这是我的第一印象。经过一年半的工作和生活,我结交了许多中国朋友,在这片土地上更是留下了许多足迹,从上海的摩天大楼,到安徽的古老小镇……我了解过西安古老的历史,学习过少林寺的武术,游览过洛阳的龙门石窟,也在三亚的海滩上晒过太阳。我在内蒙古的沙漠里骑过骆驼,参加过西双版纳的傣族泼水节,去过南京博物院,更流连于北京大大小小的胡同。我深深感谢,中国是如此地大物博。"

　　劳尔非常好相处,不停地微笑,对中国茶充满好奇。虽然他有很多的身份,但在我眼里,他还是一个大孩子。他每天的报道我都注意收集下来,白茶的消息也就出口转内销,又进入了我的囊中。

报道之一:中国茶,可饮亦可食

　　我们乘坐平均时速三百零五公里的高铁从北京出发,历经七个小时,终于到达了浙江杭州这座绿色之城,这也标志着本次中国茶文化之旅正式拉开序幕。

杭州当地气温达到了二十五摄氏度，我们终于可以脱下穿了一冬的厚外套，享受这里的温暖。此次 CRI（中国国际广播电台）派出声势浩大的采访团队，包括西班牙语、葡萄牙语、日语、世界语、意大利语、匈牙利语和塞尔维亚语等部门的同事们。我们希望在此次的旅途中与听众一起品味和分享茶文化。如今，在中国，茶已不仅是一种饮品，更是连接世界的一座友谊之桥。而这次的杭州之行，将使我们有机会深入了解茶叶的历史、种植、工业、消费，甚至烹调手法。

第一站，我们来到了浙江农林大学的茶文化学院，这里汇集了很多茶学界的精英人物。热情的东道主们为大家准备了一顿丰盛的茶宴，所有的菜肴都加入了茶的元素。首先呈现在我们面前的是一道"工夫蛋"，由工夫红茶和秘制大骨汤煮出来的鸡蛋，色泽如同咖啡，味道也鲜中带甜。接着是一道"茗菜鱼圆汤"，搭配了上好的绿茶和大麦茶，令人食欲大动。

茶宴渐渐进入高潮，两道咸甜菜品的组合——"乌龙云腿"和"杏仁茶"，冲突的滋味融合在一起，实在是妙不可言。

整套菜谱中西结合，其中"茗菜沙拉"采撷了春茶的芬芳与时蔬的清鲜，再配上浓郁的沙拉酱，真是一种意料之外的美味。

此外，餐桌上必不可少的米饭也跟茶巧妙联姻，化身成了一道别有风味的茶泡饭。

最后上来的是一道甜点——"抹茶戚风蛋糕"，纯天然的日式抹茶把这一整餐的美味都深深地留在了大家的味蕾上。值得一提的是，所有的菜肴都是茶文化学院的原创作品，老师和同学们集思广益，创造出了如此丰富的美味茶餐。

餐后，我们采访到了身兼厨师和服务生的孙典同学，在她看来，茶不仅是一种饮料，更是很多人的生活态度，她参加这次的活动，也是想证明茶有更多可以发掘的潜力与魅力。随后，我们参观了浙江农林大学茶文化学院的教室，并有幸在茶叶展示间看到了几乎所有中国茶叶的样本。

中国茅盾文学奖的获奖者王旭烽女士还给我们上了一堂别开生面的茶文化讲座。她提到,茶有六美:人之美、茶之美、水之美、器之美、境之美和艺之美。简单的言辞之间,却有许多让人思考的深意。

今天的行程结束了,中国茶叶,突破了局限,竟然成为了餐桌上美味的菜肴,实在是让我们惊喜连连。

报道之二:茶叶是一门学问,也是一门职业

自古以来,茶叶就与中国社会的发展息息相关,历朝历代都少不了它的身影。不过,想要啃透茶叶这一门学问,光懂历史还不行,实践尤为重要。

来杭州之前,我确实小瞧了茶叶。它所蕴含的文化底蕴,深厚到可以造就一门职业。更重要的是,选择这份职业可不是为了辛苦谋生,而是选择了一种精神生活方式。

今天,我们这群国际台的记者摇身一变,成了浙江农林大学茶文化学院的学生。茶文化学院创立于2006年,每届招收六十多名学生,到今天已经培养出了四百多名茶学人才,其中不乏许多慕名而来的日韩留学生。茶不只是中国的文化现象,更是亚洲文化圈中的象征符号之一,其影响力正在世界范围内传播。也正因为如此,茶文化研究才变得如此炙手可热。

此次的课程涵盖了茶文化研究的方方面面,从茶的历史,茶与文学、艺术的关系,到茶服、茶具、茶艺的展现,经验丰富的讲师们都向我们一一道来。

在我们翘首以盼的实践单元,钟斐和包小慧两位专业教师不仅向我们展示了茶艺的具体步骤,更对大家的形体动作提出了要求。站姿、坐姿、鞠躬、奉茶,各种礼仪缺一不可。如何摆放茶具,如何温杯,许多动作看似简单,要做到符合标准还真是不容易。

上完茶艺课,我们又像模像样地穿上白大褂,开始学习如何品鉴茶叶。来自茶文化学院的学生王丽热心地告诉我判断茶叶好坏的具体方法:选好茶叶后,先要放在精密的天平上称量,这一步要尤其仔细,稍稍

超出了标准,便要从头来过。然后,用热水把固定剂量的茶叶浸泡三分钟,再通过视觉、嗅觉和味觉来鉴定它的品质。我还学会了正确的喝茶方法——通过吸气让茶水从舌尖到舌根循环反复,以此来品味它由苦至甜的多重风味。种种严格的标准与技法,丝毫不逊于品酒师的专业程度。

结束了一整天的课程,我就像发现了新大陆似的,茶叶在我眼中似乎跟从前不一样了。中国有一句古话说得好:"茶,可以清心也。"所以,大家都来喝茶吧!

报道之三:浙江安吉的好山好水好茶叶

浙江之旅的第三天,我们离开浙江农林大学,把目光转向大自然。不过这一次,多天形影不离的国际台记者团要各奔东西了。十个外语语种的记者们,分别要去往十种茶叶的原产地,并住在当地的茶农家里。通过这几天接地气的生活,我们会把新茶从采摘到加工的各种步骤第一时间报道给大家。我和我的同事姚思翾,代表西班牙语部前往位于浙江省北部的安吉县,采访当地著名的安吉白茶。

我们率先出发,经过一个小时的车程,便来到了今天采访的目的地——茶祖圣境,传说中白茶祖的所在之处。据说,目前所有种植的安吉白茶,都是在这株茶祖上取的种。想见白茶祖一面可不容易,得从山脚下徒步往上爬。在狭长的山路上,我们与一队队采茶的妇女擦身而过。她们大多头戴草帽,穿着方格花纹的采茶服,背上系着装茶叶用的竹篓和一瓶解渴的茶水。女人采茶,男人制茶,是浙江茶农亘古不变的传统。

上山采茶虽然辛苦,但她们却自得其乐。看到我在给她们拍照片,隔老远就会咧嘴一笑。也有些比较害羞的,觉着自己拍出来不好看,却不知在我看来,她们劳动时的身影都是美的。有些茶农也会冲着我兴奋地喊:"外国人!外国人!"一张西方面孔出现在这片土地上,对她们来说应该也是极少见的。

这些天,上山采安吉白茶的人已经少了很多,要知道在每年的3月末,来自安徽、湖南、湖北等省的茶农们都会聚集于此,最多的时候人数能有十几万呢。安吉白茶的采茶季只有短短的一个月,所以尤其珍贵,光是一斤鲜叶的成本差不多就要八百元人民币,还不算各种人工费用。成茶主要销往上海和南方的一些省市。

连续爬了好一会儿的山,我们终于见到了白茶祖本尊,一株寿命超过数百年的老茶树。它的边上还住着一户人家,女主人潘春花知道我们要来,早已泡好茶迎接我们。她解释道,白茶祖原先有两株,如今只存活下了宝贵的一株。这个家族世世代代在这儿充当守护者,到潘春花丈夫这一辈,竟已经是第十三代了。前些年,山上还住着十几户人家,现在却都因生活不便而搬到山下去了。只有他们选择继续留守,不但没搬家,还在儿子的支持下重新盖起了新房。

潘春花嫁来这里已经三四十年了,丈夫身体不便,儿子外出做生意,孙子又要上学,所有的生活琐事都几乎由她一人承担。但这些磨炼反倒使得这位老人身体矫健,面貌年轻,还真叫人猜不出她的真实年纪。在我的追问下,她介绍了自己的喝茶秘诀:每天一杯,最好再加点山中天然的蜂蜜。无污染的茶叶和大自然给予的空气、山泉,没有比这更好的驻颜秘方了。

今天的安吉之旅收获良多,感谢这片神奇而又优美的土地。

报道之四:茶期虽短,茶企却不畏道阻且长

为了亲身体验安吉白茶从无到有的整个过程,我们住进了当地一家名为"恒盛"的茶企里,接待我们的是企业负责人陈锁和他的女儿陈茗烟小姐。

4月18日的行程从参观茶园开始,只是4月过半,上山采茶的茶农已经日益减少。这要归结于安吉白茶的一大特点——茶期极短,每年只有3月份可以采到质量上乘的好茶。外省的采茶工大部队早已撤回,此时我们在山上遇到的茶农,大多是本地人,采些末季的茶用来自家喝的。

说起安吉白茶,又不得不提到它的另一个特色——名为白茶,实为绿茶。在陈小姐的解释下,我才大致明白,原来安吉白茶的茶茎是绿色

的,叶片却比其他品种要白上许多,而且颜色越白,就越名贵,一斤甚至能卖到上千元。不过它的茶期实在过短,所以陈锁他们的企业又着手开发新的产品,例如"安吉红"——将白茶用发酵的手段制成更加便于保存的红茶,这也是为了打破多年来茶期短的局限。

我们爬上陈锁家的茶山,一眼就看到了大片嫩绿色的新茶。陈小姐告诉我,新栽的茶树得长满三年才能采摘,我们面前的这片刚到一年茶龄。

陈锁的茶企成立了六七年,仍在不断地发展,旺季的时候,有一百多个员工。以前,陈锁曾在电力部门上班,抱着对茶叶的浓厚兴趣,他最终选择辞职并投身茶事业。这样的创业史,也是近些年中国企业家们寻求成功的道路之一。

从山上下来,陈小姐又领我们去了当地著名的白茶街。在成片的店面中,有个头发花白的阿婆坐在门口用筷子拣茶,我上前问了一下,原来她都八十多岁了,没事儿的时候就帮儿子看店。

参观完白茶街,到了中午十一点,陈小姐说这会儿刚好是青叶交易市场开集的时候,我们于是又马不停蹄地赶向了那里。市场里人头攒动,茶贩们守着一筐筐刚采下来的白茶,争相叫卖着吸引买主。我采访了一位看似心情很好的大叔,他笑眯眯地对我夸下海口:"你信不信,我这一车茶不到三分钟就能全卖掉!"

回到茶企里已经是下午了,员工们早早吃完了晚饭,开始加工茶叶。十分凑巧,我们还碰到了几个在这儿实习的浙江农林大学的大三学生,于是,就跟见到了老朋友似的。她们自告奋勇地充当起我们的讲解员。别说,表现还挺专业的呢。

在她们的帮助下,我们对白茶的生产过程有了十分具体的理解。送来的鲜叶先被送进杀青机,打碎茶叶的分子结构,使酶的活性降低,让茶叶能保鲜更久。从杀青机里出来的茶叶又被装进一个个大塑料袋,进行四十分钟的自然发酵。接下来的步骤是揉茶,让茶叶的香味更加突出,我站在机器边上,果然有浓郁的茶香扑鼻而来。不过揉搓好的茶叶容易结块,还得通过人工或机器的方式打散。最后,所有的茶叶都被均匀地铺在扁竹筐里,一层层地堆放进干燥箱。接受完一百摄氏度的高温提香,茶叶加工就算正式完成了。

今天实在是太充实了,我们不仅从头到尾了解了安吉白茶的采摘和制作,作为一名见证者,更是看到了陈锁的茶企是如何在这条产业链中运作的。他的成功,同样也是安吉茶农们的成功。

报道之五:请喝下这杯友谊之茶

4月19日是我们在安吉停留的最后一日。为了不留遗憾,茶亲陈锁一家特意为我们安排了去安吉大竹海的行程。同行的朋友们前一天制茶到凌晨三点,今天的出游也是对他们辛勤工作的一次放松。

安吉大竹海,是当地有名的旅游胜地,也是武侠电影《卧虎藏龙》的取景地之一,这部作品在南美洲也颇有知名度,没想到我还真有机会置身其中。从山顶的凉亭俯瞰竹海,震撼度实在难以用语言形容,无数高达十多米的竹子拔地而起,有的竹龄已经快二十年了。更让我惊喜的是,这里还建了类似过山车的游乐设施,用不到三分钟,就可以坐小车顺着铁轨一路滑到山下。要知道,我们辛苦爬上来可花了半个多小时呢。机会难得,我赶紧体验了一把"速度与激情"。在茂密的竹林间穿梭,还真有一种大侠的感觉。

快乐总是短暂的。很快,大家便回到工厂继续工作。此时,车间里的各种加工机器正如火如荼地运转着,因为陈叔刚接到一笔"安吉红"的大订单。这种新研发出来的红茶产品,行情十分走俏。它的制作工艺其实跟白茶差不多,主要区别是对发酵的过程要求更高,并要经过多次的高温处理。

从车间出来,茶企的实习生马茹梦邀请我品尝昨天刚刚制好的红茶,并用她专业的技巧为我献上了一套茶艺表演。接过她亲手泡制的茶叶,还没入口便闻到扑鼻的芳香。这种浓郁的口感,更让我青睐有加。茶企的销售经理马云向我介绍,安吉白茶按品质高低分为四个等级——精品、特品、一级和二级。每盒茶叶的包装底部都会明确注明,以便消费者区分。他向我们展示了各式各样的产品包装,不同的材质与造型，实在令人目不暇接。

接着，我们又顺道参观了茶叶的包装车间，这也是茶叶成为正式商品前的最后一道步骤。茶叶被称重、封装、入盒，再贴上一枚印有生产日期的防伪标签，整个过程井然有序。身旁一名正在工作的员工告诉我，今天他们的任务是做完一百盒礼品包装。我原先以为，这些工序都是靠机器自动完成的，不过转念一想，我还是更欣赏这种有如手工艺般精致的包装方法。由茶农亲自采摘的茶叶，最后再由人工包装，这一个个美丽的礼盒，无不透着浓浓的人情味。

离开车间，我们又去逛了逛镇上的茶叶专卖店。任灵珠阿姨用一杯新鲜的白茶迎接了我们，在轻松的聊天中，她也向我们唠叨起自己的生意经。

天下没有不散的宴席。夜幕降临，这也是我们住在茶亲陈叔家的最后一晚了。我们送给他一个印有国际台标志的茶杯作为礼物，感激他这几天对我们采访的全力支持。给陈叔的女儿陈茗烟的，是一件来自墨西哥瓦哈卡的蛇形手工艺品。蛇在墨西哥是好运的象征，今年恰好也是中国蛇年，所以送她这件礼物，谢谢她这几天辛苦地当我们的导游。谁知如此凑巧，陈小姐竟然告诉我她正好属蛇，看来没有比这更适合的礼物了。

陈锁也回赠给了我们两盒精致的双色茶叶，我真想把它们带回墨西哥去，让我的家人和朋友们都品味一番这来自中国南方的清香。此时此刻，茶叶真的变成了一座友谊之桥，我心中的千言万语只能化作两个字："谢谢！"

报道之六：中国茶 世界情

4月20日，是这次浙江行活动的最后一天。我们回到杭州，为今天的重头戏——"全民饮茶日"做准备。西子湖边的美丽舞台上，我们这些国际台的记者纷纷亮相，向台下的观众畅谈起这些天来的所见所闻和所想所感。大家都向各自的茶亲表达了感谢，是他们为我们打开了茶叶这个未知世界的大门。

　　尽管当天有所降温,还下起了绵绵细雨,但会场上却人头攒动,热闹非凡,丝毫没有被坏天气所影响。特别是赠送给我茶服的那位设计师,她的用心让我感到异常温暖。

　　西班牙语是一种被世界上二十一个国家使用的语言。我不仅是来自墨西哥的宾客,更是西班牙语世界的文化使者。但是现在,在这段美妙的旅程结束后,我已经变成了一名茶文化的使者。我已经等不及要回到北京,向所有的听众分享自己看到、听到的一切了。

　　我还学会了一句中文——"茶,可以清心也。"一开始我不懂它的意思,但现在明白了,人们喝茶不仅仅是为了解渴,更是为了品味、思考和感受。我从茶叶里感受到了整个中华民族的情感,它不愧是一个友谊的象征。感谢茶叶,让我在浙江交到了这么多朋友,我只想对他们说两个字:"谢谢!"

夏

茶事

立夏

吃七家茶的日子

蝼蝈声声鸣，
蚯蚓柔柔出，
王瓜节节生。
大山坞，
兄弟白茶情。

立夏·安吉白茶重修剪

安吉白茶是只采一季的，也只能采一季。安吉茶农对茶树的修剪工作在春茶采摘结束不久即开始了，一般是在立夏这个节气前后。

安吉白茶采后修剪属于对茶树的重新修剪。茶农们或肩扛，或手提，用茶树修剪机修剪茶树。在马达的轰鸣声中，一丛丛枝叶应声散下，落在行道间。修剪完的茶树都换成了"板刷头"造型。往日嫩绿色裙带般的茶山，在修剪完后，被纵横交错的茶树枝干染上了另一种颜色。仿佛是前几天谁在上面不小心打翻了一杯茶水，如今已经是一片浅棕的茶色了。

茶树修剪的目的，一是防虫，二是增加来年产量，第三嘛，自然是方便来年采摘了。

　　实在想不出用什么特殊的文学修辞来形容,只好老老实实地平庸地感叹一声:多么美好的季节啊,夏天就此开始了。

　　走在乡村道路上,两旁的杨树虽不参天但也够得上高耸,你能假想蝉的鸣叫,虽然它现在还钻藏在地,和电视剧《潜伏》中的余则成一样。鸟儿确乎是在山中鸣啼着的,一阵一阵,不是城里公园中的那些莺歌燕舞,而是原生态民歌。原野中大片大片的桑树被斫挫成了侏儒,但这并不影响它茁壮成长,一头新发翠绿,好像是要为情人去殉情的没头没脑的小伙子。蚕宝宝正在出壳呢,桑叶就早早地准备起来了,让我想起早年写过的一部短篇小说中的话:"仿佛就在那漫长的岁月中,一个在等待,而另一个在成长。"

　　竹笋在山野中到处奔蹿,好像游击队员,如果拍它们生长的纪录片,我觉得应该配贺绿汀先生作曲的《游击队歌》——"在密密的树林里,到处都安排同志们的宿营地;在高高的山冈上,有我们无数的好兄弟……"有几株邻家的竹竟然蹿到我家院子中来了。

　　路过一个乡村旧居,竟然在门板上看到一首用毛笔抄下的宋代范成大的《村居即事》:"绿遍山原白满川,子规声里雨如烟。乡村四月闲人少,才了蚕桑又插田。"

　　立夏,听上去就动心。二十四个节气,每一个名字都美不胜收,现在轮到第七个节气的赞美诗了,我们要就着夏茶歌唱它。

　　立夏的第一候伴着喧哗来到,蝼蝈和蛙声一起开始了合唱,那天籁般的声音城里人是听不到的。城里人来乡间的第一个夜晚有它们相伴往往会失眠,如果那夜碰巧您还喝过乡间的野茶,就更会因为夏神驾到的宣告而一夜难眠。二候时,蚯蚓就爬出来了,在阴湿的地角,它们留下肥沃的小小的粪便,打成圈,像绑女孩子头发的褐色的牛皮筋圈,您要是照此地面向下挖去,十有八九,肥硕的肤色青红的蚯蚓就在那里等着您。我的童年是有蚯蚓相伴的,那时,在一个被没收的地主的花园里,我们常常抓蚯蚓做各种动物的食饵。三候时,王瓜迅速生长了。孟夏之日,天地始交,万物并秀,南风拂日光,繁花逾墙垣,春天播种的植物已经直立长大了。

并不是每一个节气都受到人们同样的关注的,但立夏是一个仪式感很强的季节,需要隆重对待。自周始,立夏之日,帝王便要率文武百官到京城南郊去迎夏,君臣一律得穿上朱色礼服,还得配上朱色的玉佩,连马匹、车旗都要朱红色的,那是象征着夏季的火红品相吧。

中国文化中的真理往往是相重的,永远渗透着阴阳对立。宫廷在考虑着火红时,已经同时考虑到冰白了。冰是上年冬天贮藏的,皇帝从南郊迎回了夏神,回到宫中,就吩咐打开了冰窖,"立夏日启冰,赐文武大臣"。

风雅文人永远在生活中遭遇风雅,在他们眼中,这欣欣向荣的立夏亦是一个伤感的时节,因为大好春光终究还是走了,岂非惜春,所以文人在那一天是要备足了酒食为欢,迎夏之首,末春之垂,好像送人远去。真所谓"无可奈何春去也,且将樱笋饯春归"。故,此日,人们是要借饯春之名,凑在一起撮一顿的。

我是杭人,立夏自有吃法。杭州的旧俗,立夏日烹新茶馈亲戚邻居,称"七家茶"。田汝成在他的《西湖游览志馀·熙朝乐事》中曾有记载:"立夏之日,人家各烹新茶,配以诸色细果,馈送亲戚比邻,谓之'七家茶'。富室竞侈,果皆雕刻,饰以金箔,而香汤名目,若茉莉、林檎、蔷薇、桂蕊、丁檀、苏杏,盛以哥汝瓷瓯,仅供一啜而已。"

七家茶的传统,实际上是从宋代开始的,宋人喜欢斗茶,也有在大街小巷喝茶的习惯,我们从刘松年的《斗茶图》上可以看到当年的场景。既然大家到处可以喝茶,送茶给邻居在宋代也就不显得突兀了。但两宋的富人们做事就是容易过头,本来好端端地送一送茶,意思到了便可以,但一到富人那里就成了斗富显摆的机会,茶果的精美、器具的名贵,就只为让对方喝上一口茶。

我小时候当然没有七家茶之说，你都不知道你邻居家里会不会有个反革命，你怎么敢送茶呢？不过时代发展至今，这种让大伙儿一起尝新茶的做法着实先进，是应该在今日社区中发扬的。中国各地现在不是到处有邻居节了吗？这一天让大家品新茶，是个好主意。

今年立夏，我却有我的去处，大家都知道，不管我有多忙，我都得去安吉吃七家茶，谁让我定了安吉白茶为主题茶呢？

若从欣赏茶山的景观来看，现在去安吉山中是没什么可看的。茶到立夏一夜粗，新梢生长迅速，容易老化。安吉白茶是不摘夏秋茶的，以往也从不制作红茶，所以有不少茶农就不让春茶那么浪费地生长了。在安吉茶山，我看到不少茶蓬已然被斫过了，被斫过的茶园总是不好看的，灰扑扑的一片，底下露出了去年冬天枯黑的老叶，看上去和垄上长的杂草一般高，像个缩成一团的老人。不过您别担心，长一个夏季，茶树新的胳膊和腿儿就全长出来了，到明年春天，你再来看看吧，毛茸茸的白晶晶的一片，焕然一新，那可又是凤凰涅槃的茶了。

我要去喝七家茶的地方，是安吉县大溪乡的盛家，盛家人是最早开始成批种安吉白茶的。

这是一个非常有趣的大家庭，四兄弟开一个茶场，名叫"大山坞"，地址就在黄杜村口。四兄弟原来有个统领，那便是他们的爹，人称"一代白茶王"的盛振乾。

墙上挂着这样一张相片，打头的是父亲盛振乾，后面一溜地跟着盛老大、盛老二、盛老三和盛老四，他们昂首挺胸地站在白茶园中，一律方正的国字脸，一律坚毅的嘴角。除父亲头发花白之外，其余一律满头浓浓黑发；除父亲穿夹克衫，其余一律西装笔挺；除父亲慈祥地凝视着您，其余一律满怀憧憬地眺望远方。从画面上看，绝不会让人想到"土豪"二字，因为他们是质朴的，一点也没有膨胀。他们给我一种古代义士的感觉，使人不由得想起了那样的十个字："打虎亲兄弟，上阵父子兵。"

这盛家军的后面四个，现在正生龙活虎地扑在茶事中，只有老人家于

2008年3月21日过世了。

盛振乾,1935年出生于安吉县溪龙乡黄杜村大山坞自然村,少时家贫,只念了两年小学即辍学在家务农,因为做事认真,为人诚恳厚道,二十多岁时便被乡亲们推举为生产队长。

山里人喜欢喝茶,盛振乾尤甚。因为他喜欢喝茶,便也自然地喜欢种茶。当生产队长期间,他辛辛苦苦地从山上挖来野茶,自己琢磨着栽培种植,虽然是小打小闹,却也够自己喝了。到20世纪60年代后期,村里的茶园面积居然有了二十多亩的规模。这二十多亩茶叶虽带不来多少经济收入,却解决了村里人的喝茶问题,并从实践中收获了不少种茶的经验。

我们已经知晓,白叶茶树原产于安吉县天荒坪镇大溪村海拔八百余米的桂家场,仅有一丛树龄数百年的野生形态的白茶。20世纪70年代,安吉县林业工作者发现了白茶祖。1980年8月,县政府拨款予以保护。同年,湖州市农业局林盛有把浙北茶树良种选育课题放在了安吉县林科所进行,由茶叶站的滕传英推荐,盛振乾就在这时候被聘请为茶技员,与林盛有、刘益民一起,共同参与了此课题的研究。盛振乾受托来到大溪村横坑坞,站在那株后来被称为"白茶祖"的茶树前,看着它孤单的身影,怎么也不相信这茶只是中看不中喝的。据说,1978年,安吉县土特产公司曾有人拿了此茶样品去专门鉴定,鉴定认为,白茶所含的叶绿素含量太低,没有什么利用价值。

长在山冈的白茶树,生长环境层峦叠嶂,云遮雾罩,以竹木为主组成的林木常年葱绿,由花山岗岩母岩风化成的土壤含有较多的钾、镁等微量元素。那里全年无霜期短,冬季低温时间长,以前绝对低温经常在零下十摄氏度以下,相对湿度大。在这样的生态条件下发生的突变体形成了独有的遗传特性,移到山下和平原,能行吗?

1981年,浙北茶树良种选育课题组成立。当时由课题组从大溪村横坑坞那棵白茶祖上剪来73株插穗枝条,在试验基地扦插繁育,这就是第一代母株园。

也有当事人回忆说,剪下来的白茶枝条,当时就分成两小丛,一丛在林科所刘益民的茶树母本园里,另一丛扦插在盛振乾自家茶地里。第一代白茶的开发培育就这样在溪龙乡黄杜村悄无声息地拉开了序幕!

　　盛振乾 1980 年曾到嘉兴市良种茶场学习过茶苗扦插这门技术，因此也算是内行。经过一年的努力，白茶苗生根发芽，长到了二三十厘米高。小试成功！

　　1982 年 4 月，课题组人员又从这株野生茶树上剪取插穗 537 株，在安吉县林科所进行短穗扦插，成活 288 株。1983 年 3 月，移植于良种对比试验小区，种植 82 丛，成活 75 丛，从此开始了白茶母亲的繁盛历史。

　　1987 年，安吉白茶开发基地试验课题组成立。从试验小区的母本上剪取插穗继续繁殖，至 1990 年底，在安吉县林科所建立了基地 5.6 亩。1991 年，安吉县林科所试制干茶。"玉凤"牌安吉白茶外形细秀，形如凤羽，颜色鲜黄活绿，光亮油润，冲泡杯中，叶张玉白，茎脉翠绿，汤色鹅黄，清澈明亮，鲜爽甘醇，香高持久，获 1991 年度全省名茶评比一类名茶称号。

　　接下来就是如何扩大白茶种植的问题了。因为种植白茶的成本要比一般绿茶大许多，风险系数也大许多，当时敢投资种白茶的人寥寥无几，盛振乾也就成了第一个白茶专业户。他开始在自家茶园试种，十枝，一百枝，一千枝，慢慢繁育，1987 年种了五分地，接着是一亩，十亩，三十亩……终于发展成今天这般规模。

　　如今，大山坞茶场的门面已经很阔气了，里面打扫得甚为干净整洁。我们尚未进门，一个体形稍胖的矮个中年男子早已候在门口。他戴着一副黑框眼镜，满脸笑容，身后是几个衣着光鲜的中年女子在泡茶准备招待我们。大山坞茶场给客人泡茶用的是玻璃制的旅行杯，喝完了还可以带走，既方便了客人，也是一种很好的营销手段。

　　见我们都进来了，中年男子开始向大家介绍他家的茶场。他就是盛家老四盛勇亮，后面几个女子都是盛家的媳妇。

　　老四是大山坞茶场主管白茶销售的，基本上每天都在大厅里接待来自五湖四海的客商。声如洪钟、能说会道是我对盛老四的第一印象。他个子不高，非常敦厚，又很时尚，正做着微信的发烧友，每天往那上面发着茶事、茶图。他伸出一双矮短厚重的手掌，有一种热情和谐地洋溢在他全身，我们在黄嫩色的通透的大厅里坐下，他立刻给我送上一杯用他们定制的玻璃茶杯泡的白茶,但见那茶芽在山泉水中白袖曳舞,载沉载浮。此时,身边放着一杯妙不可言的山茶,对面坐着一个喜笑颜开的茶人,窗外一幅热情的初夏画景,再听他讲起他父亲的往事,身心直入太古。

我把身边的助手吕聘推荐给了盛老四。吕聘属于浙江农林大学茶文化学院"黄埔一期"的学生,2006 年上了首届茶文化班,本科毕业又读了我的研究生,现在正好让他来做这个田野报告。委托盛老四帮助接待一下,没想到盛家人一热情,把吕聘直接安排到"闺房"里去了。他给我发的日记里记录了一些很有意思的原生态生活,比我调查采访的内容生动多了,征得他的同意,我在此转录。

2013 年 5 月 6 日

王老师把我交给那胖胖的男子,他对我挺热情,帮我拿着行李,带我上楼。在这个过程中,我也知道了他叫盛勇亮,是大山坞茶场的经理之一,这企业是从他父亲传到他们兄弟四人手上的。他在家里排行老四,大家都管他叫"盛老四"。

盛老四带我到一个房间里安顿下来,说让我先休息一下,便先下楼了。我一看吓了一跳,倒不是这房间有多豪华,而是因为这明显是一个姑娘的闺房,里面全是女孩子的陈设。盛老四跟我说这是他女儿的卧室,她女儿在诸暨海亮高中上学,一个月难得回来几次,叫我放心住着,没事。我可不敢住,趁晚上大家吃饭时提出。他们到底还是给我换了一间客房。一番折腾,虽然有些尴尬,但让我感觉到这家人的好客,他们没把我当外人。

2013 年 5 月 8 日

这几天,跟盛家四兄弟算是聊熟了。老四是我接触最多的大山坞人,他一身名牌,手上还戴着名贵的手表,是四兄弟中最讲究排场的。第一天,他就跟我介绍了大山坞茶场的成员。茶场里员工不多,除了他们四兄弟以及各自的夫人,其他的也都是盛家的亲属。

盛家老大名叫盛潮涌,国字脸,寸头,个头在四兄弟中是最小的,但经常穿大一两号的衣服,一米六左右的身材,却一定要穿一米七五的西装,手上戴一串硕大的佛珠。盛老大平时话不多,跟其他三兄弟不同。我到大山坞第一天晚上,吃饭时见到各位叔叔阿姨,大家都很热情,唯独盛老大只是"嗯"了一声,便不说话了。不过,后来我发现,盛老大虽然话不多,但讲话却是四兄弟中最有分量的,讲的话往往也很有道理,一听便知道是经过深思熟虑的。

老大穿衣打扮包括开的车都是四兄弟中最低调的,走在路上与村里其他四五十岁的中年男子无异,一点也看不出来是一家年产值几千万元的企业的老总。老四总是说老大就是不会花钱,有钱了也不知道享受享受。有一次在饭桌上,我无意间说了一句:"挣钱是一种能力,花钱是一种艺术,能力是可以通过后天培养的,艺术还是需要一定天分的。"这句话好像触动了盛老大,只见他在喃喃自语,我发现盛老大也是蛮可爱的。那天晚上我们坐在院子里纳凉的时候,老大跟我谈起了他们以前的事。

他说,安吉白茶是他父亲同老二一起去山上采集的标本,当时是林科所的茶树良种培育的项目。后来他们看安吉白茶不错,就在自己家门口也种了一排茶苗繁育。"照道理,这样也是不应该的嘛。"老大说。但是他们还是种了。后来他们又在自家山上种了一批,到了1986年以后,安吉白茶茶苗就已经开始向外出售了。

"我们懂技术呀,白茶开始繁育的前几年,我们就已经开始做繁育茶苗的工作了,包括龙井43等。那个时候没有覆盖膜、遮阳棚什么的,我们就在茶苗旁边种一排狼萁(一种蕨类植物),这样阳光就晒不到了。

"1986年后,我们的茶苗价格高的时候能卖到六毛钱一株。那时候的六毛可值钱了!最高还卖过一块二,那是常熟的一个客人,当时我们是不卖给外人的,那个人一定要买,我随口说了一句,要买价钱要翻倍的,结果我们是以一块二一株的价钱成交的。为了这个事,我还被县长刮过鼻子,说我怎么就把茶苗卖给外人了。"

最后,老大跟我说了一句话让我印象很深,他说:"安吉白茶为什么能走到今天这样的产业规模?因为它生长在一片金土地上。"

　　老三在大山坞茶场管加工。他身材粗壮,特别是天生一双大手,手掌宽大厚实,上面还能看到早年劳作留下的老茧。没错,他是一个手工炒茶能手,在那手工制茶的时代,这双大手做起茶叶来驾轻就熟。

　　老三为人敦厚,跟他聊天时,十几年前他亲手炒制的名茶得到金奖是他最津津乐道的。他说,那次得奖,国家还奖励了两吨化肥,那时候化肥可是要凭票购买的,那两吨化肥直接用拖拉机拉到了他们家门口。

　　老四说,他们大山坞四兄弟现在是分工不分家,他主要负责茶场的茶叶销售工作,老大是总管,老二负责茶山生产,老三负责茶叶加工。他们的媳妇们也分工明确,他夫人便是大山坞茶场的会计,其他三个嫂子负责销售、接待等。

　　四兄弟一直没有分家,四个媳妇也在一起合作。每年4月份之前会请很多人帮忙,4月份以后自己人做做就可以了。家族化的企业嘛,一切简单化,管理也简单。因为白茶季节性很强,那么短的时间里,如果人为地搞复杂就麻烦了。人员简单,产品质量也好抓。他们的工资也是一样的,平分,不论是董事长还是经理,一律平均分配。

2013 年 5 月 9 日

　　跟盛家老四聊天,说到了他的三哥。他口气里充满了骄傲:"其实白茶真正的工艺传承人也在我家里,就是我的三哥,你可以去问问他。因为这个东西是有讲究的。最早的时候,我们这里林科所有个刘益民,我父亲当年跟他是好朋友,他把采下来的茶叶都往我家送。那时候他气管炎很严重,身体不好,炒不了茶叶,我父亲身体也不是很好,茶叶就交给我三哥来炒。我三哥的手特别大,特别适合做茶叶,做出来的茶呢,当时叫玉凤茶,得奖的。

　　"这些都有历史的因素,也有偶然的因素。白茶茶树啊,天荒坪老祖宗那里,以前就有,但不当回事。那茶树是要老化的,老化就要修剪,我父亲他们本来是去别的地方剪其他茶叶的,看到了白茶老祖宗就顺便剪了一点回来,这个故事二哥知道的。

　　"用白叶一号开始做安吉白茶是在 1995 年、1996 年,那时候做白茶的也只有三家大的,我们一家,林科所一家,县里白茶公司一家。1999 年县里组织白茶评比,我们拿了第一名。

"这真是一项富民产业啊,以前我们溪龙乡多么苦哦!我们黄杜村出光棍,村里人就砍砍柴火、种种西瓜,土地都很贫瘠的,种不出很多粮食,只能勉强填饱肚子。就是因为一棵白茶树改变了这么多人的命运。我们一直被列为示范户,因为成功呀,成功嘛,大家学咯。"

正聊得开心,来了一个客户,是湖州人,做进出口贸易的,到大厅跟老四打起了招呼,说要买些茶叶送给外国的客户。老四说:"要多好的茶叶?反正外国人又喝不来茶的。"客户说:"品是品不来,但是形状会看啊!这么漂亮的茶叶,人家看看也高兴死了,再说现在会喝茶的老外也慢慢多起来了。"客户说,他要寄一份到德国,一份到丹麦,一份到法国,一份到西班牙,还有一份到加拿大。每份半斤装的一个礼盒,快递费都不得了。客户说,平时跟他们没机会见面,叫他们吃饭他们也觉得没意思,那么索性寄点茶叶给他们好了。后来他们又说到了中国商场上的送礼文化,老四说,每年都有好多人专门到他们这边来拉一车茶叶回去送礼。

2013 年 5 月 16 日

天气热了起来,中午的气温到了三十几摄氏度,不像前几日那么凉爽。

今天中午,从学校出发到安吉,一点多到了白茶街,走几步就是溪龙乡的信用社,老远就看见大山坞茶场的卢春林主任在里面排队取钱,还在向我打招呼。卢春林主任在大山坞茶场生产科管生产质量,是大山坞自然村人,中等身材,留着两撇八字胡,嘴边总是挂着笑。现在早已过了茶季,但他仍然几乎每天到厂里来坐班,处理一些杂务。

茶场不远,就在白茶街上。路上,他指着他那辆黑色的小别克跟我说,他现在每天都过来上班,反正家也近,就在大山坞村里,开车五分钟就到了。

安吉县溪龙乡白茶街上占地面积最大、房子造得最气派的便是大山坞茶场了，与紧挨着它的乡政府那幢三四十年房龄的老楼形成了鲜明的对比。

走进茶场，人人都很热情地跟我打招呼。我跟大山坞里的人也熟悉了。看见那边几个阿姨在包茶叶，也进去开始帮着包装茶叶。茶叶包装最讲究清洁卫生，特别是这种高端茶的包装。每个进入包装车间的人都要穿白大褂、戴帽子，还要洗手、消毒等。从散茶到成品，包装茶叶要经过六七道工序，一般由五六个人一起完成，是一条完整的流水线，排成一字长蛇阵。首先，有一人专门对散茶做最后的筛选，筛去细末；第二道是分装，把散茶分装成五十克、一百克不等的小包装；第三道是封装，把分装好的茶叶封口；第四道是装盒，把封装好的茶叶装入茶叶罐与礼盒之中；然后还要贴上各种防伪标签、原产地证明等；最后才是装箱打包发货。

今天，大山坞茶场总共发了八箱货，发往江苏、北京、上海、湖南各两箱，每箱货大概五斤茶叶。

我拿出从学校里带来的茶叶与他们分享，他们都挺感兴趣的。

2013 年 5 月 17 日

天气有些闷热，湿气被压在身体里，不舒服。

起得比较早，热醒的。七点多下楼，吃过早餐，发现楼下的盛家媳妇们早已在包装车间里忙碌地包茶叶了。盛家四兄弟每户基本上都有上百万元的收入，阿姨们还如此勤劳真是太难得，勤劳也许正是茶乡儿女致富的一种内因吧。我帮他们包了两小时茶，今天要包一百五十斤，工作量比前些日子都大，我主动帮忙，一是体验一下整个包装流程，二是跟阿姨们拉拉家常。

阿姨们跟我说，在这里上班的都是家族里的人，除了一个临时从基地里叫过来帮忙的小罗。小罗三十多岁，贵州人，个子不高，皮肤黝黑，他是一个幽默乐观的人，说的笑话总能把人逗得大笑。

今天盛家四个媳妇都到齐了。虽然都是自家人，但是四个阿姨每个人还是各自有分工，分属不同部门，有些还有相应的头衔。

大阿姨瘦瘦小小，低调话少，跟其他几个衣着光鲜的阿姨比起来，看上去朴素多了。

二阿姨跟三阿姨是属于销售部的，基本上每天都会在一楼大厅接单子、发货。二阿姨叫王凤英，一米六几的个子，背有些驼，喜欢穿黑色的套装，话很少，脸上笑容也很少，一开始会让人觉得难以亲近，但坐下来聊一聊，发现她还是挺好的，特别是说到她在浙江大学读书的儿子，更是容光焕发、神采奕奕。显然，儿子是她最大的骄傲。"我儿子在浙江大学读书，读的是光电专业。"她跟我说，显然培养出了一个高才生给盛家添了不少光。

三阿姨叫沃月琴，皮肤白净，保养得很好，为人也随和。几个阿姨中，我跟她聊得最多，她有两个女儿，大女儿今年马上就要高考了，她跟我聊得最多的就是女儿高考的事。

老四媳妇是最年轻的，叫郎黎白，人如其名，生得甚为白净。她是管财务的，小罗曾经说过："郎经理可是我们的财务大臣。"

2013 年 5 月 20 日

吃完晚饭，坐在院子里与老三聊天，他在公司里是负责加工这一块的。我不明白生产和加工有什么本质的区别。老三跟我说："生产主要指的是生产基地，就是原料、除草、施肥什么的。我们一共有八个基地。我二哥是总负责人，下面每个基地还有负责人，管基地的人一般不来厂里的，所以你没见到。自己的基地嘛，原材料能把握好，收购来的茶叶没办法把握。茶叶有农药残留啊什么的我们根本检测不出来，那种高端的仪器只有在中茶所这些地方才有，不是我们这些一般的企业承担得起的，所以要有人专门管基地。"

说到加工，老三的话匣子便打开了。

"我十九岁开始学炒茶，跟着父亲学。我父亲以前也是在村里茶场管生产的，自己家里也弄一个锅，烧柴的，弄点茶叶炒炒。那时候不是还有下乡的知青吗？我老爸也就带着他们在茶场里工作。改革开放以后，我老爸脑子也比较活的，那时每个县都在挖掘历史名茶，新创名茶。

我读书回来了,自然而然就跟着父亲一起做茶叶了。年轻嘛,有精力,就做加工。那时候怎么会想到能做得这么大!就想着把茶叶炒出来卖掉,卖掉得了钱,就很高兴了。

"浙北良种场也在我们这边呀,最早白茶移栽下来试制的时候也是送到我们家里来做的。那时候白茶就只有三分地,很小的一块,没采下来多少茶叶。采下来后,刘益民就骑着自行车一路颠簸到我们家来,把茶叶做出来。那时候不止白茶一种,良种繁育课题嘛,有很多很多品种的。每一种都弄一点,来我家做好,他们拿去评比,最后还要去申报良种。

"那时候天荒坪上面有这棵白茶祖大家都知道的,但谁也没想到把它去扦插下来,繁育起来。天荒坪的老百姓,去菜市场卖天荒坪上别的野茶叶,怎么证明他的茶是天荒坪的呢?就是去白茶母树上采几枚白茶叶子下来放在自己的摊位上,这样,大家就都知道这个是天荒坪山上的野生茶假不了。

"一开始,白茶效益也没有现在那么好,那时候大家只知道安吉白片,那是另外一种绿茶。我们就把白片跟白茶都拿给客人喝,结果大家都说白茶好。既然客人都认可了,我们种的面积也就慢慢扩大了。到了1995年、1996年,我们白茶的面积才真正上去。在这之前是拿不出量的,都是送给客人喝的,买十斤白片就送半斤白茶喝喝,就是这样,我们白茶的口碑慢慢地出来了。1995年、1996年的时候,卖到五六百元一斤。看到我们挣钱了,老百姓也相信了,这个茶叶原来是能卖这么贵的。早先他们哪里相信这个茶卖得掉啦,老百姓都说这个茶卖得这么贵,难道喝了不死的?

"刚开始,我父亲叫村里面的人种白茶,大家都不要,说你们就是想卖点茶苗才叫我们种的,这东西种出来鬼要哦!好了,后来我们茶苗卖到八毛、九毛的时候,反而大家都来抢着买,抢着种,因为他们都看到了这个东西赚钱呀。"

读着这些关于白茶诞生的记录,就像看到一片片茶叶从字里行间冒出来,透着新鲜和活力。我知道口述史与回忆录并非真正客观的信史,每个人只是从自己的角度来描述往事,最终还要有综合比较和科学论证,但我的确在其中看到了人民的巨大身影。人民是真实可靠的,他们有强大的消解和创造能力,把苦难与不幸一桩桩地战胜,让创造力和智慧之花一朵朵绽放出来。从这个意义解读他们的叙述,实在是非常有价值的过程。

小满

小满的月光

苦菜秀，
靡草死。
麦秋至，
啜浅茶。
白茶对菊皇。

小满·保养茶机待来年

白茶停止加工已有一段时间，加工车间内茶香也慢慢散去了，是时候来打扫战场了。每一台茶机都要认真检修，悉心保养，再给它套上防尘的塑料膜。每一寸厂房都要仔细打扫，要用吸尘器吸走满室的金黄茶毫，不给虫蚁留下藏身之处。

　　小满之日,我们接待了三拨人:加拿大研究茶文化的人类学教授白晋,注意啊,她是个女老外,可不是华人,总有人看了名字搞错她的国籍。她热衷于研究中国茶文化与人类饮食之间的关系,已经来学校两次了;其次是法国茶与健康协会会长姜志安,他倒的确是个华人,IT 专业的工程师,却热心于中国茶文化;还有便是陈文华老师。陈老师是我专门从江西请来的,说起来我们已经很久没见面了。前不久,试着给他打了一个电话,问他有没有时间来学校,他答应了。

　　陈老师的身份,真不是一两句话说得清楚的。您要是看他那副架着眼镜、眉清目秀的清瘦模样,那叫一个高级知识分子范儿;要说社会地位,您要是按照目前场面上官本位的介绍法,陈老师曾是全国政协委员、中国民主促进会中央委员、江西省社科院副院长;要说学术地位,那就是"国家级有突出贡献专家",中国目前唯一的大型茶文化学术杂志《农业考古》的创始人,现在的名誉主编,中国茶文化界扛鼎之人;您要是想追溯他大开大合的个人历史,不用说他本是厦门大学历史系考古专业的高才生,只要说一句,他是个"老右派",哇,您肯定会张大嘴巴,说:不可能,陈老师看上去那么年轻,够不上那个年代吧!

　　可是,要说到我们和陈老师的缘分,真不是从以上那些"料"开始的。陈老师是我们《中国茶谣》的主创人员、灵魂人物、演出时的说书人。没有他,我们那台大型的茶文化艺术呈现,可真是扛不起来的呢。

　　我第一次真正见到陈文华老师,是二十多年前的事情了。1993 年 9 月

20 日至 24 日,法门寺博物馆主办了唐代茶文化学术座谈会,专题讨论法门寺唐代茶文化陈列、研究及唐代皇宫茶道的恢复等问题。那时,法门寺地宫中的金质茶具出土时间不长,研究正热着呢。座谈会由法门寺文化研究会常务副会长、法门寺博物馆馆长韩金科先生主持,那一次,身为《农业考古·中国茶文化专号》主编的陈文华到场了。我那时虽然已经投身茶文化工作,并作为中央电视台首部茶文化大型专题片的撰稿人也到了法门寺现场,但心态上还只是个票友。彼时法门寺地宫文物已经出土,唐僖宗那套金银茶具已经惊艳世界,但我对法门寺的潜在热情,总体还停留在毛泽东点名的那个戏曲人物——《法门寺》中的"贾桂"身上。一提到法门寺,我就会想到"奴才不敢坐"这句贾桂的名言,而对茶文化的那个圈子,还没有太多了解。陈老师之所以给我留下了深刻印象,似乎和茶文化无关,完全是因为他展现的个人才华。

报到的那天晚上,大雨骤然而至,第二天的露天开幕式,还能不能开呢?我们这些与会人员可想不到那么多,我只管自己能够采访到人,拍摄到人就够了。后来我才听说,参与布展的工作人员,负责会议的大小官员都急坏了,布展负责人据说急得连夜打坐祈祷神灵,真是心诚则灵啊,总算换来了第二天的风和日丽。

开幕式由陈文华老师主持,二十年前的他,和现在没太大变化,高挑清秀,穿着衬衣西裤,衬衣系在西裤里。他戴着一副变色眼镜,很洋气的样子,一上场,那种控制全场的能力就出来了,他的普通话虽然还略微带着闽南腔,但激情洋溢,手势有力,让人想起电影《列宁在十月》或者《列宁在一九一八》里领袖的讲演,总之,是 20 世纪 50 年代的风格。他的主持,有些语句显然是即兴的,但发挥得极好。我清楚地记得,他提到了前夜的风狂雨骤,提到了当天的云开雾散、风和日丽,提到了上天对我们这些茶人活动的眷顾,台下顿时就一阵啧啧的响应。如此一番开场白后,响起了人们由衷的掌声。这一刻我记下了,虽然当时我并没有和陈老师个人有任何来往,但这并不影响我在二十年以后邀请陈老师出演《中国茶谣》中的说书人——我自认为,这个角色,非年已古稀的陈老师莫属。

进入高校进行专业的茶文化教学,第一个活动就是去雅安开茶文化会议,在会上再次见到了陈老师,真是几乎一点儿都没变,陈老师是一棵常青树。这一次我们的再见极为戏剧化,我们同车回去,一路上,陈老师向我们这些晚辈拉开了话匣子,讲起了他那些"右派"经历,我们正听得津津有味,机场到了,陈老师一摸口袋,发现身份证丢了。那次我帮了一点小忙,使陈老师能够在正常时间登机,这也是后来我斗胆请陈老师出演我们《中国茶谣》说书人一角的底气。我想,陈老师多少会对我留下点印象吧。

《中国茶谣》这一台中国茶文化的舞台呈现,还真不好说它究竟属于什么,有音乐舞蹈,有功夫表演,有茶艺,有说书,背后有视频,内容也是特别丰富,既有孔子的《论语》,也有小泽征尔指挥的交响乐——内容却是阿炳的《二泉映月》。所有的这些,只要往陈老师眼前一放,立马清楚明白,一句废话都不用再跟他讲。有一段时间,陈老师常来我们学校,参加我们的各种演出,他匆匆来去,却饶有兴致地参与排练。陈老师的确是一个有范儿的茶人,他每一次演出,总是能够达到比预期更好的效果,因为他只要站在那里,就是一道亮丽的茶文化风景。

这一次来,陈老师是顺道,我们本来没有什么任务,只是请他来看看,没想到一来就派上活了,参与我们一个茶文化视频课程的评审。好不容易两天忙下来了,晚上,我们将进行一场茶会清谈。大家建议就在学院露台上。抬头看,浅蓝的天空,一弯极淡的弦月,一阵惬意的风拂过脸颊,回过神来一想,哇,今天恰好是小满啊。

今天是小满,按照史书的记载,山坡田间的苦菜正当时,喜阴的一些枝条细软的草类,在强烈的阳光下开始枯死,而大麦、冬小麦等夏收作物,已经籽粒饱满,百谷在将熟未熟之间,尚未大满,所以叫"小满"。

说起来,二十四节气大多可以顾名思义,但是"小满"的意思却有些复合,它不仅指麦类等夏熟作物灌浆乳熟,籽粒开始饱满,还指那些天多雨。"小满不满,芒种不管",用"满"来形容雨水的盈缺。"立夏小满正栽秧",小满是适宜水稻栽插的季节。

茶人还是得说茶事,在我们江南,茶摘到立夏前,那就是春茶已毕,该施肥的施肥,该捉虫的捉虫了。在云南西双版纳茶区,是有小满茶的,他们那里,反倒没有明前茶这一说。

小满多雨,不过今天晚上我可不希望下雨。我们把陈老师请到了中国茶谣馆的阳台上,小满的月光很美丽,清风明月,心情舒畅。来了一群人,有教授,有讲师,大家围着陈老师,端上了安吉白茶。这道白茶名唤"宋茗",袋装,有品位,清明前夕,我专程去了这家茶厂。这家茶厂算是安吉白茶的龙头企业,规模大,现代化管理,质量是绝对有保证的。

这样的夜晚,之所以喝白茶最爽,乃因清风拂面,向晚时分,天空浅蓝,疏月浅白,而我们这些白衣秀士,平日常常忙得像热锅上的蚂蚁,今夜难得恬淡一回,正要以淡入味。我没有想到,陈文华老师在这样的月光下,感慨万千,本来是要讲一讲茶文化的学术问题,结果谈兴大发,从遥远的 20 世纪 50 年代开始一路说来。

小满的月光,催生情感的追思,陈老师是从青梅竹马开始说起的,我把它记录下来,关键词还真不少,大致如下:青梅竹马,老干部,分手,考上海戏剧学院被刷,厦门大学历史系,北京师范大学,和好,天安门,"祖国在我心中,你在我的怀中",左,右,上交日记,揭发,打成右派,断绝关系,照片剪开,发配江西,江西省博物馆,右派找对象,结婚,平反,创建《农业考古》,成就《中国茶文化专号》,再见初恋情人,心如槁木死灰,傻教授,晓起皇菊……

陈文华老师年轻时便是个文艺青年,风流倜傥的俊秀才子。1935 年出生于福建厦门的他,虽然有着华侨背景,但作为普通的农家子弟,并不曾有书香门第的家学,更无豪门子弟一掷千金的背景,他就是那种相信"天生我材必有用"的文艺种子,从小就自信、健康。从阶级斗争角度看,他家庭出身好,便一路顺风顺水,进入高中。

令人不解的是,本应该最讲阶级斗争的他,却长了一副小布尔乔亚的心肠,一套小资情调的做派。诸如:自由散漫、诗情画意、不讲政治、自以为是……这些毛病在他那里全齐了。年轻的陈文华不求正常途径的那种"上进",也不要求入党,感觉总有一股说不出是什么的力量,把他往阶级斗争以外的世界拉。总之,一方面,学校少不了这样的才子,一方面他又属于边缘人物,在别人眼里,他自然就是个落后的主儿。

　　还有一种奇怪的现象,这样的性格和做派,往往最能够吸引两个极端的碰撞。就这样,一个美女党员、一个团支部书记,一份青梅竹马的情感应运而生了,一个坚定的左派女同学,与陈文华这个偏右的文艺男相恋了。

　　这份初恋,好像一上来就有什么地方不对,就如一篇文章,第一句话就开始涂涂改改。一方面,高中的少男少女,有着最纯真的爱情,另一方面,这份最纯真的爱情,已经被政治的味精调过味了。陈文华虽然年轻时长得有几分像贾宝玉,但农家子弟吃五谷杂粮长大,其实内心没那么敏感纤细,他爱上了就是爱上了。20世纪50年代"三面红旗"下的阳光大男孩,心中只有爱情,没有政治。但那个左派美女倒是上来就有点忌讳的,政治催生着她的早熟,她好像有点未卜先知,怎么看陈文华都有点危险,终于预先"道不同不相为谋"了。还未毕业,左派美女便进入了市里的一个共青团部门工作,并且立刻就经人介绍与一位老干部确立了恋爱关系。这样,中间偏右的诗情画意文艺男陈文华就被甩了。这个过程好像又简单又无情,迅雷不及掩耳,陈文华除了发蒙,一点招也没有。

　　怎么办呢?没想过上吊,想到的就只能是离开。1954年初夏,陈文华报考上海戏剧学院,他的愿望,一是离开厦门这块伤心地,二是进入核心艺术圈。没想到一入上海,第一轮便被刷了下来,理由很简单,陈文华的闽南普通话不行啊。陈文华看着那坐在主考官位子上的也是一口闽南腔的大艺术家,心想:您的普通话还不如我的呢!

　　垂头丧气的陈文华回到厦门,那里有个他并不觉得好的消息等着他:厦门大学历史系录取了他。这个活泼轻盈的才子,要去学习一门最古老沧桑的学问——考古学了。

　　就这样,峰回路转,命运不让陈文华离开故乡,与此同时,出人意料的消息接踵而至,那个左派美女和老干部分手了。理由也很简单,老干部一和女同学谈上恋爱,就立刻恢复了永恒的生活坐标,他要求立刻和女同学结婚,因为要生孩子啊,不结婚怎么生呢?但女同学且要革命着呢,怎么可以上来就结婚生孩子呢,那不成了家庭妇女了吗,那以后什么时候才能干革命呢?她坚决不干,毅然决然报考了大学。第二年,她就考取了北京师范大学中文系,老干部一看玩完,这下,是他们"道不同不相为谋"了,分手了事。

　　这对青年男女,在各自的大学里转了一圈,发现谁也不如初恋情人好,
鸿雁一封,前缘再续,两人又重归于好了。

　　这一次柳暗花明,实在是来得太不容易了,正是社会主义建设高潮时
期,陈文华在学校各个社团间活动,又朗诵,又作曲,又指挥,又唱歌,又写
作,又读书,又劳动,算得上是厦门大学的大红人。女同学在北京师范大学,
又美丽,又革命,又文艺,也很出挑。这一南一北,书信来往,文字图片一大
堆。放暑假时,陈文华省吃俭用,攒下车票费去北京看她,两人约好了在天
安门相见。广场上二人合影,照片背面陈文华题词:"祖国在我心中,你在我
的怀中。"

　　谁会想到,中华人民共和国会冒出一个 1957 年呢? 其实在这期间,不
够左的陈文华在比较左的女同学的教育下,已经越来越认左了。关于这一
点,女同学自己也比较满意,她认为,在她的帮助下,陈文华与她在政治上越
来越近了。

　　这不是好事吗? 怎么闹出后来天大的事情了呢?

　　也许是因为在北京读书,左的气氛太浓,整天教育大家要自我反省,女
同学便想到自己那个远在南方的落后男朋友的种种,一时头脑发热,便把陈
文华的信件交给了班干部,一个革命男青年,做了一次"一对一"的红色交心
活动。她没有想到,那个革命男青年把这些信件全部作为运动材料寄到了
厦门大学反右运动办公室。前几天还在为运动做种种文艺宣传的陈文华,
顿时完蛋,还没回过神来弄清楚怎么回事,他已经成为学生右派了。

　　陈老师说到这段经历,好像并不太伤心,他说那个时代的"左",是我们
今天的人无法想象的。但他还是有他的伤心之处,因为初恋情人把那张"祖
国在我心中,你在我的怀中"的照片寄回来了,只是照片已经只剩一半,那个
幸福地依偎在陈文华身边的美丽姑娘被一刀剪掉了,背景上的天安门,因此
也成了一半。青年陈文华的心,也就这样被活活地剪掉了一半,热烈而忧伤
的青春,从此一刀两断。

　　二十二岁的右派学生陈文华,1958 年毕业于厦门大学历史系,被发配
到江西。绕来绕去的,重要岗位都不要他,最后,江西省博物馆考古部门收
留了他,那种单位离政治最远,最不重要,右派只配在那里,却也就此成全了

陈文华。在无数个政治学习、批判改造的日日夜夜，难免还穿插着考古、田野考察的业务活动，陈文华还有过夜宿荒野枯坟的经历，这些日子并没让他觉得悲凉，反让他充实。他完全不知道他的那个背叛爱情、忠于革命的情人，并未被革命阵营选中，她还是被视为不可靠的人，被打发到西北一个小地方当中学教师去了。她在那里的感情经历是不幸的，最后，她先于陈文华，千辛万苦地把小家重新迁回了闽中。

我们的陈老师却回不了家乡，年纪一天天大了，右派也得成家啊。陈老师也被人介绍来介绍去的，他自己也记不得相了多少次亲了。见到他的姑娘，没一个不喜欢他的，可最后听说他是个右派，又没一个不是粉面涨红，掉头而去的。

但诚如一首歌中所唱，野百合也有自己的春天。我们的陈老师也有了自己的缘分。有一天，他终于遇到了一个姓程的身材曼妙的美丽姑娘，他们相谈甚洽，到最后陈文华必须把他的右派身份亮出来了，那姑娘一听，长叹一声说："那就真是缘分了。"原来那姑娘家的亲戚中，有着一堆的右派呢。真是应了老话说的，虱多不痒，债多不愁，反正就是个右派窝了，多一个不多，少一个也不少，管他呢，都老大不小的了，结婚吧！

说到"文化大革命"十年浩劫，个中的家国命运，又岂是几部长篇小说可以写尽的？陈文华这里反正是死老虎，没什么可折腾的，无论下放农村当农民，还是回到城里当臭老九，陈夫人都一门心思地守护着他，保护着这个家和几个孩子。倒是那边的初恋情人，真是性格即命运，造反啊，被抓啊，"三种人"啊，丈夫先亡啊，差点自杀啊，就没有消停过。直到很多年后，不知几世几劫尘埃落尽，曾经的两小无猜终于见面。就一次足矣，真是二十年生死两茫茫，无处话凄凉，相逢应不识，尘满面，鬓如霜。我问陈老师："您恨她吗？不是她，您或许会有截然不同的青春和命运。"陈老师说："我不恨她。我的母亲跟我说，不要恨人家，人家活得够惨了，这是时代的悲剧。"

陈老师不恨她，而且还同情她，但陈老师还是说了重逢时的心情，就几个字："心如槁木死灰。"这是一个茶人的摧心折骨的沉痛，沉痛后是贾宝玉式的终极悲凉吧。

　　说着说着，陈老师突然从往事中抽身出来了，用他那长长的手指指向天空浅月，说："我今天是来讲茶文化的，心情好，天气好，茶好，讲着讲着，就光讲自己了。"

　　我们说："陈老师，您讲，您只管讲，您讲自己就是讲茶，您讲茶就得讲您自己。"

　　一杯白茶，已经续过了几次，天色已黑，星光灿烂，一群年轻的茶人学者，就这样坐在学院的露台上，听一个老茶人学者叙说往事。这样一个曾经的文艺青年，想在舞台和银幕上实现自己梦想的年轻人，最后学了考古专业，并和农业结下了不解之缘。茶人是到哪里也不灰心的，到哪里都要建设自己的生活。因此，便有了"农业"加"考古"这样一个复合体。1981 年，《农业考古》杂志诞生；1986 年，陈文华先生被日本考古学界誉为"中国农业考古第一人"；1991 年，《农业考古》开办《中国茶文化专号》，开辟了茶文化研究、茶话、茶诗、茶艺、茶具、茶馆见闻、茶场记事、茶与名人等十多个栏目，成为我国研究茶文化的权威杂志。陈老师就这样走进了茶领域。

　　我记得陈老师每回来我们这里，总是带着一大摞稿件，他一份一份地编审，一个人，一份杂志，二十多年的心血，大家都以为这辈子他就在杂志上耕耘到底了，没想到他跑到了产绿茶的婺源县一个名叫上晓起村的地方，种上了黄菊花。

　　2008 年春，我们请陈老师来学校登台亮相，演出那潇洒自如的说书人时，这七十多岁的老人，风度翩翩，自信满满。在排练的间隙，他告诉我，去年秋天，上晓起村那边发大水了，他刚刚倾其所有种下去的菊花几乎都被大水冲走了，只剩下几株在水灾中挺拔昂首的小黄菊花还在风中坚守。他灵机一动，心想，既然如此，就用这黄菊花做星星之火吧。故 2008 年，他播下了这黄菊的花种，并为它取名"皇菊"。

　　说到这里，他取出了一小包皇菊花，就只有一朵，包在一个简单的透明包里，小小的，展开在他的掌心。他把那朵花送给了我，说："你一定要用高脚玻璃杯冲泡，它会变得非常非常漂亮。"

　　数年过去了，"傻教授"的晓起皇菊已经业内知名。此刻，陈老师就当场用玻璃杯泡了一杯黄菊茶，请我们观赏。

　　灿烂的黄菊花在水中绽放,小满的月光浸润着它,它像月光宝石般闪亮迷人。我将它与白茶的茶汤掺在一起。茶叶沉了下去,浅浅地躺在杯底,菊花大大的一朵,浮在杯面,圆圆的,轻盈地转动。白茶的白与皇菊的黄,构成了一种月亮般的色调。我们的整个露台,都被这样的茶世界的色调笼罩了。

　　我们的心,都被这温柔的光吸引了,陈老师应该心满意足了吧……

　　然而不,陈文华还是二十岁时的那个陈文华,他还是觉得,自己的梦想是浸泡在茶中的文学与艺术。他说,忙完这一阵子,他要写长篇小说去了,茶文化的学术使命,他要寄托在我们身上了……

　　也许陈老师觉得,他的命运还没有完成,他的一切还不算功德圆满,就如今晚小满的月光一样,是小满的弯月之光,不是大满的满月之光哪……

　　殊不知,亲爱的陈老师,在二十四节气中,原本就是没有大满的呀!

芒种

茶农扦插忙

一候螳螂生，
二候鵙始鸣，
三候反舌无声。
农夫扦插白茶苗。

芒种·白茶扦插的日子

芒种，是白茶扦插育苗的好时节。种白茶先要育苗，等苗长成了，再移栽到茶园中去。安吉白茶的茶苗扦插是在一米多宽、若干米长的一行行地里进行的。苗圃平整后印上一条浅浅的印，茶农们沿着它将茶苗整齐插上，一小段小枝丫顶着一片成熟的叶子，很好看。插完苗，马上就要浇第一次水，新生命就此开始了。

　　我总是告诫他人要慢生活，并时时警示自己非慢不可。然而春季里的茶人，确乎是慢不下来的。即便别春入夏了，但茶事依旧繁盛，我们这些骨髓里都渗透着茶汁的痴人，哪里会呼吸着小步舞曲节奏般的茶气而心静如水呢？何况我们此刻进入的，又是一个名叫"芒种"的节气。芒种芒种，那可是暗合着一个"忙"字的啊。

　　前一段时间一直在忙着中央电视台的纪录片《茶，一片树叶的故事》的总撰稿工作，整个片子从启动到现在已经过去了三年。

　　其实，对茶而言，我认为最本质的，就是人类和世界因为它而建立起来的关系，这种关系的深度、广度、力度和维度，尤其是它那扇向心灵展现的无法言说的玄之又玄的众妙之门。如果没有这层关系，所有的一切，什么可以解渴，可以治病，可以保健，可以礼仪，可以祭祀，可以养廉……全都可以被替代，被置换。

　　中央电视台的这部大型纪录片里，拍到了白茶，但不是我们的安吉白茶。我前面说过，白茶这个概念是要精细诠释的，否则会出现很多问题。比如，我们安吉白茶，其实主要用的是绿茶烘青的制作法，而福建太姥山顶白茶的制作法，则是古老悠久的晒青法。茶叶制作法中，晒青无疑是最古老的。茶叶摘下来，太阳下晒晒干吃，我想山顶洞人也会吧。茶叶制作法还包括烘青和蒸青。中国人现在很少喝蒸青茶了，湖北恩施玉露茶还算是保留着蒸青传统，其他的就基本上传到日本去了，日本人的抹茶就是用蒸青法制作出来的，那个浓绿啊！至于炒青，虽然唐代已经有记录，但真正将其发扬光大则是在明代,朱元璋罢进团茶,改进散茶,炒青茶从此兴盛。

这次摄制组拍了来自太姥山白茶祖的那株真正的白茶与一位僧人的故事。此山位于东海之滨,是古代道佛仙家隐居修行的地方,山上有一座白云寺,有个长净和尚在那里修行。每隔几天,长净和尚就会下到半山,去会一会一棵老茶树。太姥山的这棵白茶古树,被视为福鼎大白茶的母树。像这种小叶种茶树,一般寿命不长,超过百年已属罕见,这棵古茶树树龄已达三百年,本身就是一个奇迹。

长净和尚是来为这棵老茶树去地衣的,因为躲在地衣底下的虫子会把老茶树噬掉。寺院生活清苦,当年只有长净和尚一人跟着师父在此修行。师父每年都会做一些白茶存放在罐子里,凡是有山民或香客身体不适,师父都会拿出一些老白茶送给人家喝。这一手做茶的绝活,如今传到长净和尚这里了。

别以为晒青是一件简单的活,白茶晒青,可是一种古老的制茶工艺。对茶叶进行简单加工,是为了最大程度地保留茶叶的营养成分和药用价值。早上不能太早,太早雾大,对茶青色泽有影响,晚上要早一点收起来,中午晒的时候,太阳太强,一晒就会烟的。要眼观其色,看它的颜色怎么样,或白或黑。晒青的过程中要非常细心。一般,这个茶叶铺上去以后,就不要再用手去碰,如果天气好,像吹西风的天,可能就晒得比较多。这些事情说起来很简单,可是做起来就很难啊。

长净和尚说:太姥山直到清明还很冷,晒白茶很不容易。在太姥山上存一点白茶是珍品。太珍贵了,所以喝茶的时候要用心。茶也有生命,它跟人一样,你对它越了解,你做的茶就越好。慢慢地,慢慢地,你发现万法回归内心,生活还是回归平淡最快乐。喝茶也是这样的,以前是追求各种茶,追求茶香,茶汤、茶叶的颜色怎么样,慢慢地,现在只要有一杯清淡的茶就可以了。

福建白茶和我们安吉的白茶不属于同一个品类,所以不太好比,但也有同样品类但繁殖方式却相当不同的。前不久,我去了一趟浙南景宁县敕木山,那里也有白茶树,当年我还在白茶树下拍过照。这次,我们到了一个叫天堂湖的地方,这地方原是个废山岙,却有这么一个好名字。茶场主人奇尔茶业公司的叶有奇先生把这儿修整出来,全都种上了惠明好茶,而且就用那株白茶树做了母亲。这里到处都是嫁接后的白茶,几百亩,都是用手一株一株种出来的,真亏他们嫁接得过来!

我不是很懂,为什么同样是白茶,安吉白茶从一株母茶上可以无性繁殖到今天的十多万亩,完全形成了一个茶产业,而景宁县敕木山的白茶就不可以呢? 据说,这里的白茶质量非常优秀,氨基酸含量特高,但是一经无性繁殖,就会退化,所以只能嫁接。这就好比绣花只能手工绣,不能电脑绣,走的是高精尖的手工技术活儿一样的路线。

但安吉白茶的氨基酸也特别高啊,为什么它们就不退化呢? 真是一个谜。

前不久又去了一趟溪龙乡。其实,在安吉县,溪龙乡我去得最多了。十年前,随中国国际茶文化研究会会长刘枫先生来此,就在这白茶街上摊开纸,大写茶联书联。我书法极差,倒是借鉴了一副茶联:"看罢新红看新绿,又是一年茶韵天。"从那以后,隔三岔五,我还是常会来此地,渐渐地就熟了。

溪龙乡有一个文化工程,叫白茶展示馆,就在大山坞茶场的不远处。有一段时间我一直给他们策划茶展示,常常来这里。还记得当年给他们这个展馆写了一篇题目很时尚的序,全文如下:

在绿与白之间的银

安吉白茶,非白茶也,乃绿茶矣。

这极为稀有的茶树变种,春初嫩叶纯白,春盛乳黄晶莹,春老黄绿相间,至夏终呈全绿。茶农以此茶,经绿茶加工工艺,制成人间珍品。其外形之细秀,犹如凤羽;其神色如玉霜,光亮油润;其内质之馥郁,其甘草味;其汤色之清澈,鹅黄明亮;其营养之丰富,氨基酸高常茶一倍。由此,白茶一盏,银光别透,一品再品,鲜爽可人。

好茶总是附丽着传奇的,安吉白茶亦如是。传说清代有中原赵姓望族,经徽州至安吉县境,途遭盘查,指桂为姓,从此落户天目山脉,此地便被唤作"大溪桂家场"。桂家又在屋后山坡,得野茶一株,望之锦团簇拥,灿若太白金星,桂家与茶为伴,此茶便唤"大溪白茶"。

白茶开花,但不传宗接代,亦不复生本相,久之,人称"石女茶",意为无法传宗接代的茶。桂家却世代分家不分此茶树,数辈相守这株独一无二的野生母树,直至20世纪末。1979年,安吉县林业局技术人员在调查中发现此茶。1982年、1984年安吉县林科所相继从母树上剪取嫩枝条作插穗,进行无性繁殖成功。从此,安吉白茶魅力无边,银光闪闪,辉映天下。二十多年过去,今天的安吉白茶种植面积已达六点五万亩,产值八亿元。作为中国驰名商标,安吉白茶已成为天目山麓农民致富的奇珍法宝。

溪龙乡的白茶,在全县当之无愧地名列前茅。这位于县城东北、面积三十余平方公里、人口不足一万的美丽乡村,从1987年种下一分地面积的白茶,直至2008年的一点五万亩,全乡农民仅茶叶收入人均超万元。安吉白茶已成为溪龙乡山区农户的支柱产业和主要收入来源。而挖掘茶文化,提升白茶文化品位,则成为县乡两级政府责无旁贷的使命。在把浙江古人类活动时间前推到八十万年前的安吉县上马坎旧石器时代遗址旁,建设了白茶仙子广场,在连接104国道的11省道旁,建立了白茶步行街,在白茶步行街旁,设计建置了本馆——安吉白茶文化展示馆。就此,安吉白茶的人文脉络,从枝头上跃然而下,经得水里火里,采茶女子的秀柔之手与炒茶男儿的精工细活,演绎出这一方水土一方人中那白与绿之间的银……

大山坞茶场所在的白茶街叫凉亭岗自然村,属于溪龙村。溪龙村则是溪龙乡的中心村,乡政府所在地。溪龙村往南走便是号称白茶第一村的黄杜村,从白茶街到黄杜村,沿路会经过凉亭岗、杏红山、外黄杜、里黄杜等自然村,外黄杜村往东走一点就能到大山坞自然村。这一段路全部走完大约需要一个小时的时间,但是这里却是没有公交车的。一开始我也奇怪,这里白茶产业那么发达,道路修整得如此平坦开阔,没有理由不通公交车啊。后来经人指点才明白,原来,这里没有公交车,恰恰是因为白茶富了一方百姓,家家户户都有小车,早先,公交车倒也开通过一段时间,但因为乘客实在寥

安吉是中国首个获得"联合国人居奖"的县，安且吉兮

安吉白茶基地碑文

正在抗旱的安吉茶农

浙江农林大学师生呈现的《儒家茶礼》

《论语与茶礼》

浙江农林大学·国家汉办汉语国际推广茶文化传播基地结合安吉竹与茶，与安吉企业联合打造的竹茶书房

寥，慢慢地也就停了。

　　沿着马路一路走去，左边是一路的农户，基本上就是一路的小茶厂，右边是一亩亩的农田，田里尽是一簇簇的茶苗。二十分钟左右，"中国第一白茶村"这块招牌就在眼前了，这里已经到了黄杜村的地界。再走五六分钟，就到了一个十字路口，路口左转是去千道湾、大山坞、白茶园区的。

　　吕聃给我发来了他的最新记录，我拿着手机，迫不及待地就边走边读起来。

2013 年 6 月 6 日

　　今天跟盛家老四约好，让他带着我们去大山坞老宅寻访十几年前的老苗圃。

　　乘着茶老板的奥迪 Q5，开车的是精神焕发的睡过午觉的盛老四，我们出发了。五分钟，我们就到了"安吉白茶标准化试验园区"的大牌子下，然后往左转，过千道湾，往上开五六分钟便是大山坞自然村。后来才知道，原来千道湾、《如意》电视剧拍摄基地等处的土地，都是属于大山坞自然村的。

　　盛家老宅斑驳的朱红色大铁门斜立在小路一旁。老四说，这条小路是十几年前盛老大发动村子里的人一起修起来的，只不过那时候修的是石子路，现在已经浇上了水泥。大门上朱红色的油漆已经有一部分剥落了，大门也没上锁，只是拿一根细铁丝在那里缠了几圈。老四熟练地拨弄几下铁丝，推开铁门。一进门是一棵三四层楼高的水杉，旁边还有葡萄、石榴、香樟树等植物。"我老爸当年就对各种植物感兴趣，什么东西都喜欢弄一点回家里来种起来。除了白茶，我们家还是这村里最早种葡萄的。也正是因为我老爸的这一爱好，当年他才会扦插了十几株白茶苗在自己家里，也才有了我们家的今天。"老四对我说。

　　进门才发现原来这里是一个由好几幢新旧不一、年代不同的房子围起来的大杂院。进门第一幢是老四的房子，1997 年造的，是这里最后造的房子。接着，他又带我们看了其他几个兄弟的房子，老三的房子跟老四的差不多。老大、老二的房子造得早一些，是一排连在一起的两层小楼，还是土木结构的，只是在外面糊了一层水泥，房子里一股刺鼻的发霉的味道，显然很久没人在这里住了。里面放着一些高低床，老四告诉我，这是采茶季茶场的看护工以及采茶工的临时住所，这里一年也就热闹那么十几二十天。我又问老四："以前盛老爷子的住所在哪里？"他说以前的房子早就推平重建了，现在已经找不到了。

接着，老四便带我去看他家最早栽培白茶的那一块自留地。他打开后面另一道较小的同样缠了几根铁丝的铁门。穿过门，我看到了一片长满杂草的荒地，后面是一个小山包，山包边上还有一片刚刚种下去的新茶苗。"这里便是我们家的自留地了，我们一开始的茶苗都是种在自留地里的。"老四说。

"是不是因为那时候白茶苗很珍贵，怕被偷走，所以种在了自己家门口呢？"我想当然地这么问。

"哪有这种事哦！刚开始种白茶的时候谁会来偷你这几棵茶苗！那时候家里条件还很不好，田地是要用来种粮食的，填饱肚子优先，种茶苗的话，就只能在自己家门口开荒种一点了。这些地都是那时候开荒开出来的。那时候披星戴月每天开荒，田里干完农活还要回家干，茶苗每天还要浇三次水。后来温饱问题解决了，有闲钱买米吃了，才开始在田里种茶苗的。

"这就是我们的自留地。我们是第一个承包种茶树的专业户呀，我们一直是茶叶示范户。那时候就三间平房，就是一个小作坊，炒白片、炒碧螺春、炒龙井，后来，我们还承包过村里的集体茶厂，后面那间破烂的小房子就是以前村里集体茶厂的仓库。"

"我们家白茶最早就是种在这里，种了两条。"老四指着前边的一块地对我说。那里早已长满了杂草，最初的那些白茶也已经在早年被挖掉换成了现在的桃树。边上的小山包上还种着几行茶树，老四说，那些茶树也有二十几年了，是跟最早那批白茶差不多时间种下去的，是别的茶树品种。

穿过那几丛茶树，再绕过几棵茂密的灌木，在山坡上立着一座新坟。新坟面朝老宅，背枕茶园，原来这便是盛振乾老先生的长眠之地。墓碑上的挽联是"盛世萌瑞草，白茶振乾坤"，横批是"中华神茗"。挽联里藏了盛老先生的名讳。

老四说："哦，真好，老爷子现在还是睡在茶园里，看着自己家的老宅跟茶园。

"那个时候，我们老爷子剪了很多品种来自己茶园里扦插。山上有个老半仙，什么都懂的，明天下雨什么的都算得很准的，那时候他看到我们在扦插白茶，笑死了，说：'我活了这么大岁数，没看到过茶叶这样弄弄能活的。'他说我们是瞎搞。其实，我老爸也是一种爱好，他看到有什么好的东西都喜欢移栽到家里来。你看那几棵水杉，也是村里第一个种的，还有葡萄树，也是第一个种的，几乎什么新鲜的东西都是老爷子在外面看到后，第一个移栽回来的。

"那时候我们的茶苗都是从这里出去的，其他茶苗嘛，卖个三分四分一株，白茶能卖到五毛多。等田里也开始种茶苗了，这里就不种了，苗圃改成茶园了。"

出了老宅，老四说要带我去附近的白茶基地看看。

离老宅不远，汽车再往里开五分钟就到了大山坞的一号基地。这里是大山坞最早种植白茶的山头。如今，这里的山头都早已种上了白茶，周围是其他人家的茶园。远远地看，大山坞的茶园与别家就有些不同，上下左右都有竹林树木围绕，作为隔离带将大山坞的茶园与其他茶园分隔开来，中间还套种了许多树木。茶园是朝西的。据老四说，朝西的茶园特别适合种植白茶。茶园脚下的竹林中还隐藏着一个小小的水塘，小环境极好。

"这里可是出了很多金奖茶！"老四有些得意。他还说，下面那片竹林也是他为了保护一号基地的小环境索性花钱买下来的，就让它放在那里，不去开发它。山地开荒种茶，如果不注意，再加上管理不善，可是会引起严重的水土流失问题的。我看到紧紧挨着一号基地的山头有一片茶园水土流失就非常严重，光秃秃的，都是石头，茶树在石头缝隙间艰难成长着。这白茶可不是岩茶，在岩石堆里长出来的品质可就大打折扣了。

后来,我们又去看了一块附近的茶园,刚刚种下不久,估计三年后就能成园了。

2013 年 6 月 8 日

早上起床吃过早饭,大山坞的人已经在忙活了。我在窗口向白茶街望了一眼,住的房间望出去刚好能看到"六百万"的店铺。"六百万"挺着他的将军肚,正躺在店铺门口看电视,那条小贵宾犬在边上跑来跑去。今天,"六百万"店门口堆了十几个打好包的白茶箱子,估计是来了一票大生意。

我出了大山坞,走过十字路口就到了"六百万"的门市部,他正在看凤凰台的军事节目,一边还哼着小曲儿,看来今天"六百万"心情不错。"六百万"的媳妇儿在路边过道里准备中午的饭菜,他那只小贵宾犬见有客人来,不住地叫唤。

我过去跟"六百万"打了个招呼,"六百万"听到我叫他陆老板,勉强抬起头来,貌似很吃力地抬起眼皮子看了我一眼,一副没有睡醒的样子。他的手指了指凳子,示意我坐下,也不像别处茶人一样有泡一杯茶待客的意思,依旧躺在他那懒人椅上一动也不动。

我向他说明了来意,他总算正了正身子开始跟我讲起了他的经历,讲到动情处还手舞足蹈。后来我想,一开始他没怎么搭理我应该并不是讨厌我,而仅仅是因为他真是懒得动,难怪能长出那么大的将军肚。

"六百万"大名陆黎锋,是外黄杜村人。外黄杜村就在白茶园区的牌子上去一点点,到大山坞大概两三分钟的车程。

"六百万"是跟着大山坞老盛家卖白茶起家的,搞茶叶之前他是一个小包工头。20 世纪 90 年代初,老盛家老宅子那边要造几幢新房子,我估计就是老三或者老四的新房,就请"六百万"过来施工。"六百万"的爱人跟盛老三的爱人是亲姐妹,他跟老三是连襟。这一来二去,"六百万"跟老盛家算是很熟了。盛老爷子看到"六百万"吃苦耐劳,人也精明能干,正好老盛家那时候白茶产业刚刚起步,需要人手,就跟"六百万"说，不要出去干活了，就留下来给他们老盛家做个大管家吧。自此以后，"六百万"就与白茶结缘了，没有再去做过包工头。

"六百万"这大管家一干就是六年，一直干到了 2002 年左右。他经历了老盛家白茶事业渐渐发展壮大的全过程。他说，当年大山坞开辟的第一块基地（也就是老四前几天带我去看过的那块）就是他负责的，开荒、种苗等等，要把每天的活计向工人们安排交代得清清楚楚。"那片荒山开荒后，第一年种的是西瓜，第二年才种上白茶。""六百万"说道，"当年老大老二都是下地干活儿的，偶尔也跟着出去跑跑，老三则专门负责做茶叶，老四还小。很多事都是我在做的。"

到了 2002 年，"六百万"就自立门户开始搞白茶了。他也算是自立门户比较早的一批白茶人了，做得早，利润很高，早年就有了上百万元的家财，也就得了"六百万"这个诨号。其实那时候一起被人叫的称号还有一个"盛千万"，说老盛家做白茶做出了千万家财。后来大家都开始做白茶，个人身价上百万上千万也不再是稀奇事了，但是"六百万"却一直被人这么叫了下来，"盛千万"倒是渐渐地没有人再提起。

"六百万"现在也是家底殷实，自己有三百多亩的茶园，每年的白茶销售量都在万斤以上，其实家底早就过千万了。

时间一晃到了十点半，"六百万"的妻子也忙完过来了，总算有人给我泡了一杯茶。这时，"六百万"起身走了，让我自己坐一会儿喝点茶，原来他要去烧菜了。这"六百万"不仅白茶卖得好，看来也是居家好男人。

这时，"六百万"的妻子跟我攀谈了起来。原来，"六百万"不仅是老三的连襟，还跟老四有点亲戚关系。

这时候，"六百万"的儿子出来探了一下头，又上楼了。他儿子比我小一岁，职高毕业，现在就在家帮帮忙。"六百万"的妻子跟我说，她觉得，做生意就是要多出去跑，开阔眼界，多结识朋友才行，才有销路，他对"六百万"不出去跑生意，老在白茶街待着颇有微词，同时她又希望儿子能继续他们的白茶事业。她说她曾经送儿子去杭州上过评茶员的培训班，她觉得儿子应该多学习一些茶叶知识。

　　吕聘干得着实不错，不过我这当老师的也没闲着，此番来茶乡目的明确，去田间看白茶扦插。下午顶着大太阳出门，在白茶街黄杜村一带，已经基本上见不到什么人，大家都躲起来避暑了。昨天去大山坞基地的路上，看到新一轮的扦插育苗又开始了，这次想去杏红山村采访一下在毒辣太阳下扦插育苗的茶农们。

　　从大山坞茶场往外黄杜村方向走，一条村道把杏红山村的民房跟苗圃直直地分开了，村民们家门口就是他们赖以生存的白茶苗。

　　在烈日下走了二十几分钟，衬衣已经湿透。田间大约有十几个茶农在扦插育苗，大部分是女性，头戴斗笠，围着面纱遮挡阳光。看着只有一点点路，可走过去也要十几分钟，这白茶苗圃水沟纵横交错，绕来绕去，走了很久。白茶育苗，水可是很重要的。

　　安吉白茶的扦插，是在一米多宽、若干米长的一行行地里进行的。这里的茶农男的都挽着裤脚，光着膀子，踩着拖鞋，有两个在平整土地，以便扦插，有一个在给已经插好的白茶苗浇水；女人们则是一人一个小马扎，在地里一行一行整齐地插上茶苗。

　　在一米多宽的长条形苗圃上，平整后的几分钟内都会留下一条浅浅的印子。茶农们就沿着这条浅浅的印子将茶苗整整齐齐地插过去。刚插下的茶苗都是一小段小枝丫顶着一枚成熟的叶子。插完若干条叶子后，就有一个男子将一条压弯了的竹条插入地里，并覆上遮阳棚，紧接着会马上给茶苗浇第一次水。

　　芒种时节已经过去三天了。古人以为，芒种就是老天爷在对着农人们喊："快去田里吧，有芒的麦子快收，有芒的稻子可种！"在我们江南，这会儿，就将进入黄梅时节了。从前的农民，这时节是苦得要命的。"芒种忙两头，忙收又忙种。"您问忙到什么程度？有个比喻，亲家在田陌上见面了，连个招呼也不打——没时间，也没力气。收工回来的农民累得连路都走不动了："芒种夏至天，走路要人牵。牵的要人拉，拉的要人推。"

　　田里的稻麦要上心，山上的茶园也要上心啊。种茶人有几个节气特别讲究,那便是惊蛰、清明、小满、芒种。芒种之后气温更高,雨量增大,阳气接近鼎盛,梅子也已成熟,茶叶的绿色逐渐加深,夏茶的生长接近鼎盛。芒种后夏至前采摘的茶叶叫芒种茶,此时的茶味浓而不涩,饮后令人阳气上行而头脑清醒,获取的是蓬勃向上的盛夏正能量。

芒种时节,安吉的茶农不采夏茶,却要扦插茶苗。嗨!真是梅子黄时雨,茶事何其多……

夏至

一期一会

鹿角解，
蜩始鸣，
半夏生。
一盏白茶相别离。

夏至·茶山如一杯静茶

夏至，江南迎来了梅雨季节。此时的安吉茶山已经开始了休养生息的日子，因为白茶基本不采夏茶和秋茶。许多茶园修整了，但有的并不修剪。这时的茶叶，已经由白转绿了，叶片也变得修长，有芽芯的瘦小些，人与茶此时都可以稍稍喘口气了。

　　没有刻意安排要在夏至离别,但恰恰便遭遇了夏至。又是一个四年的轮回,浙江农林大学茶文化学院的本科毕业生们,团聚在茶谣馆中,师生共做一次茶话会,从此天涯海角,劳燕分飞。

　　我们的茶谣馆就在茶文化楼二楼,是个大玻璃房,是茶文化学院师生们一起建立起来的。冬天最好,暖和,现在是夏天了,虽然有点晒,但屋里有空调,喝着凉茶话离别,还是很有小清新情调的。

　　夏至日开茶话会,可谓择日不如撞日。说起来,夏至算得上是一个古老到有厚厚包浆的节日——从节气上讲,它排名第十;从历史上讲,它可是二十四节气中最早定名的节气;从时间上讲,这一天白日最长——我所在的城市杭州,这天昼长十四个小时——要不然怎么叫夏至呢?

　　夏至也算得上是一个小丰收之日,恰逢麦收之际嘛。《周礼·春官》说:"以夏日至,致地方物魅。"中国古代的这一天,为清除荒年、饥饿和死亡,是要祭神的。那规格和一般的节日还不同,要全国放假一天。看样子,宋代的确是最重视文化享受的朝代,所以百官放假三天。当官的享受假日,庶民也自得其乐,女子们会在那天互相送个彩扇脂粉什么的。"冬至饺子夏至面",那天,全中国各地的老百姓们,能吃上饭的,基本都吃这些。近日在网上,我还学到了一道菜,用凉茶汤做凉面:拿白茶泡了凉茶,挂面煮熟摊凉,再放入凉茶中。铺着的白茶叶之上,浇点儿麻油,搁点儿鸡精。冰箱中放半小时,取出便可食矣。极鲜美的点心,最是消夏。那白茶凉面带给人的清爽畅快感,不输我钟爱的冰激凌呢。

　　接着便是吃什么水果了。夏至,水果中的极品上市了,"小满枇杷黄,夏至杨梅红"，我爱死杨梅了！其次是樱桃和枇杷，都是小而美的。然后便是最重要的问题，作为一个茶人，夏至喝什么茶呢？关于这个问题，说小是小，说不小也不小，因为中国人对世界最大的人文贡献之一就是养生，而喝什么茶，无疑是与养生有关的。晋人嵇康在其专著《养生论》中就认为夏季炎热，"更宜调息静心，常如冰雪在心，炎热亦于吾心少减，不可以热为热，更生热矣"。或许嵇康知道自己的性格特点，在生活中就是个"以热为热，更生热矣"的人格，所以特别强调热中取冷。

夏天喝茶，因人而异，没什么忌讳。夏天还是喝绿茶最好，喝绿凉茶尤其好。我这半年来几乎都以安吉白茶为主打，因为我是一个特别注重口感的人，而安吉白茶苦味较少、鲜味醇厚，喝来舒服。想一想那红的杨梅、绿的凉茶，端放在眼前，除了像张宗子一样拊掌叹曰"惭愧惭愧"，还要怎样一个有滋有味法！

趁同学们尚未到齐，读了几篇来自安吉山中大三实习生李菊萍的日志。

2013 年 3 月 16 日

在安吉千道湾的第四天，新的一天在激动的情绪中开始。

这样的激动其实来自昨天公司派发下来的任务——与设计公司协商、建设我们自己的淘宝店——这可是我们在"千道湾"打响的第一枪呀。受"在'千道湾'实习时一定要有一番作为"这一想法的驱使，加上大学实习生所特有的"挑剔心理"，我们认为设计公司所给的模板太单调，风格平淡，图片缺乏美感，没有重点，所以一致决定充分利用当地的资源——电视剧《如意》的拍摄地。

春日里的茶山很美很美，对于这样的美，我贫乏的言语或文字已经无法表达，只能说，那是我们内心一直在寻求的一片净土：清澈见底的湖水，可爱的嬉戏的小蝌蚪，春意盎然又宁静祥和的茶丛，纯蓝纯蓝的天。我们回归最原始的自己，不再烦乱，只是平静且欣然地享受这一切。

回到办公室处理图片，饥肠辘辘地等待晚饭铃声的召唤，同时计划着下班后的采购之旅。在这些天的上班体验中，得出这样的经验，在紧张忙乱的茶季来临之前,备下一些充饥干粮是很有必要的。

2013 年 3 月 17 日

第五天,阴转小雨。

肖经理一声令下,我们便上车随他赶往安吉白茶青叶交易市场。中午这个时间段里,眼前的青叶交易市场虽不能说人山人海,但也基本达到了集市的程度。各种车排列在市场中心不远处,市场里有着形形色色的人:头戴西部牛仔帽的茶农大叔,想来在生活中是一个不乏幽默之人吧;炫紫发色的阿姨,忙忙碌碌的,想必是某个茶厂的老板娘;眼神茫然、问无所答的茶农伯伯,翻弄着小筐中的鲜叶,四处张望,对我们的问题毫无反应,为此,我们还怀疑自己是不是太过善良,语气是不是太过温柔了;竟还看到了警察叔叔,细看后,才知原来是因为路小人多,来往车辆难免擦擦碰碰搞出事故……在市场里,我还发现了被冻坏了的茶芽,鲜嫩可怜的芽儿们要受此苦楚,着实令人心中隐隐作痛,唉,也只能勉强用于炒制红茶了……

这只是真正茶季到来之前的青叶交易市场,当漫山遍野的茶芽们噌噌地往上长时,几百名采茶工遍布茶丛间,几十箱几十箱的鲜叶运往市场的壮观景象可想而知,也能想见那时各大茶厂的忙碌程度。

跟随领导在各家鲜叶筐前辨认茶叶质量的好坏,渐渐走离喧闹的人群,转身前往正在第一次采摘的茶山。又是那个柳暗花明又一村的小坡,转个弯便是大片大片美得妙不可言的茶山。下车后,便听到采茶工们热闹的声音,而这声音的来源还只是四五十人。那么,当茶山上布满两三百人时,又会是怎样的一派景象呢? 我很期待。

切实地体验过采一芽一叶标准的茶叶的艰难,况且又是在茶芽并未完全展开的时候,找到符合标准的茶叶尤为困难。此次,陈总只是让这些采茶工练练手,所以她们都是按陈总的"绣花式"采摘法进行的。等到茶芽大面积展开的时候,再来全面、切实地体验采茶。

要炒茶了——今年的第一批茶。摊青的过程说简单也不简单,留在现场的我从陈总处学会了很多。每隔一小时抖动茶叶,一般进行三四次，要看茶叶失水的程度，这是他们去年新尝试出来的制法——类似乌龙茶的做青，试验出来的结果不错，炒制出来的干茶比以往的更香。从摊放的二十七八斤茶叶中挑拣出那冻伤的几小颗茶芽，还有夹杂物。最让我惊喜的是，在陈总的指导下，我竟然也学会了在万千白叶一号茶芽中挑拣出龙井43的茶芽。今天的另一大进步是我敢向两三百摄氏度锅温、每小时转速为八百多转的理条机伸手了！虽然有一点点烫到了，但那点灼热完全是值得的。

怎么样的一芽一叶是安吉白茶最顶级的？什么样的气候条件和海拔高度种出的茶最好？南坡的茶为什么比北坡的好？为什么全国很多产茶区不适宜种白叶一号？茶叶质量与价格怎样最大程度地对称……我觉得我从没像现在这样了解一种茶。在与茶芽的亲密接触中，好像没有了自己，甚至在那所剩不多的意识中，还在想着自己会果断摒弃转专业考研的想法，排除万难回家种茶去。

2013 年 3 月 19 日

第七天，天气大晴，我却觉得进入眼帘的阳光和世界是那么的少，那么的小。大脑还在深度睡眠中，眼睛睁开的程度可想而知。本来眼睛就不大，还睁得勉勉强强，远远看来肯定俨然一副梦游状。

饭后跑向刷卡车间，前去观看"千道湾"今年第一批安吉白茶的炒制加工。今天的鲜叶，一半来自今天的青叶交易市场，一半采自千道湾的茶山。只要看看杀青出来的茶叶，茶芽白化，壮硕饱满，一芽一叶采摘标准，就可以知道此批鲜叶的质量。这样的鲜叶，四斤多制出一斤干茶。今天的安吉白茶色泽、外形都属上乘，不知滋味怎样。

今天看到的"千道湾"的白茶加工，与"恒盛"相比，有很大的不同。先杀青，摊放不久后进行分选，之后才是理条。在杀青机前炒制的师傅都是女性，看来女人撑起的不仅仅是半边天了。

置身摊放着的鲜叶散发出来的清幽迷人的香雾之中，还真产生了在其中打坐静思的冲动。也难怪今天来的欧洲客户对这里恋恋不舍。赶紧"逃离"，怕再继续待下去真的就成仙了。

2013 年 3 月 21 日

第九天，晴。我不知道怎么了，只是很心酸，因为她们而心酸。

一下午了，在路边，几十人就那样在路边或坐或蹲或站，脚边、屁股下、手提肩扛的，是她们的行李。她们像是在等待着什么。我以为，终会有人来接走她们，安顿好她们，至少给她们一个避风遮雨的栖身之所。

春日的天气阴晴不定，今天的风仍旧刮得厉害。庆幸的是，艳阳高照。但是，我不知道她们要怎么度过这整整一下午。傍晚路过，她们还在，只是换了个位置，有几个分散在路边。其中的一两个手里拿着饼干，那是午饭还是晚餐？ 一排的人，散散乱乱地在一家常年不见人的茶厂门口走廊上。有两个在隔壁与房子女主人讲话，只能听到远远的女主人的声音："我这里不好给你们睡的。你们要么就去乡里问问。"

没有听下去。我不知道她们是不是只想借用她的屋檐较宽的走廊。我不知道她们鼓起了多大的勇气。我不知道她们是不是走投无路了才到这一步。我不知道。

晚上八点多了，从"恒盛"回来。远远地，就听到她们吵吵闹闹的声音。这么吵，怎么睡得着呢？ 没有分散开的，都聚在一起了。夜很黑，风挺大。走廊上，我看不清她们的脸，只看到了清一色的白被子。有统一的被子，是雇主发的吗？ 可为什么没人去安排哪怕一片屋瓦？

快快走开，不敢去认真感受那股气息。她们来自安吉茶季到来时的人力资源市场吗？ 是今年才出现的多余的劳力吗？ 她们是谁的母亲？ 她们是谁的妻子？ 她们也有跟我一样年龄的女儿吗，还是，她们有和我一样年纪的孙女？ 她们的女儿也会像我一样心疼个不停吗？

黝黑的脸，粗糙的手，干枯的头发，她们还会觉得细嫩的茶芽很可爱吗？ 刮风的天，下雨的天，日光暴晒的天，她们还会觉得卖价甚高的安吉白茶清香可口吗？ 不会，她们何曾品尝过？

风，一直在吹，可劲地。站在风里，感受她们的感受，泪流不止。就那样站了多久？ 我不知道。我更不知道的是，她们在经历着什么，即将经历什么。其实我知道,但是我不能承认,我不能承认自己的无能为力,不能承认自己的无可奈何,不能承认自己的无所作为。

也是不敢,我胆小得很,容易害怕,经常恐惧。我何尝不知道这个社会存在着多少这样的人,我何尝不知道啊。我知道,我知道,我知道。现在唯一能解救我的,是鲜叶,是干茶,是车间。和它们在一起,逃避良心,逃避责任,只要动动手,无须动心,不必动脑。这样,自在一点,平静一点。

稍有一点念头,连周围的空气都紧紧的,像要勒死我,挤扁我,赶我走。我不知道还能去哪。我不知道是不是感冒了,有点颤抖,有点头疼,有点发热,有点心慌,有点控制不住。

是茶工们让我慰藉。我看着她们,她们看着我,对我笑,我也笑。我很开心,我看到的现在,我看到的这里的现在、现在的这里,没有苦难,没有无奈。至少,门,有;窗,有;屋顶,也有。还有睡觉的床、盖的被子、喝的热水。可以洗澡,可以休息。可以,都可以。她们在上晚班,她们会睡眼惺忪,她们有时目光呆滞,她们有点少言寡语。她们看着我们走走过场,视察一般地这里看看那里问问,而她们的眼珠在转,像是在看一件件会移动的不知名的物品。

十一点多了,我像是听到了雨声,又好像只是空调的工作声导致了我的幻觉。看,我还有暖气吹着,冬暖夏凉呢。我可以随时上楼睡觉,在睡前,还可以美美地洗个热水澡。我有床,我可以躺在床上睡觉。

2013 年 3 月 25 日

第十三天,阴雨。今天,"恒盛"收了一批鲜叶,被"千道湾"要了来。香气很好,在雨天的鲜叶中尤显难得。但是,很遗憾,采摘得实在是不堪入目,几乎没有达到标准的。为着它的香气与品质,只得加派人手一片一片地摘拣。

下午闻过那香,总念念不忘。晚饭后不久,便循着那香而去,果真,阿姨们还在那儿苦苦摘拣。不知不觉地,我也加入了她们的行列。并且，在之后发现，竟这样持续了两个多小时。

两个多小时，两只手都在不停地动，不停地动，只有思维静止。在这样的不用思考的时间里，我又要说那句话了：一切都是美好的，或者，一切都是不存在的。

明显地感到，腰痛了，肩酸了，睡眼迷蒙了。心情却是好的。听着脆嫩的茎在我的手中啪的一声折断，那可爱到极致的声音真是无法形容。

在姑姑那儿打听到了一些前天露宿街头的茶工们的消息。她们是山东来的一批工人，受雇于某茶厂，因采摘不标准，被罚除名，无处可去。那天晚上下雨了，很大的雨，还刮着风吧。第二天出去看时，人已经不见了，走廊的地是湿透的。

那天晚上，刮了多大的风呢？她们是怎么度过的？另寻他处了吗？寻了多久？受了多少白眼恶语？那里，会有一砖半瓦吗？没有安全感，怎会感到幸福？不幸福，心存的道义与良心又能剩下几何？恶性循环罢了。我们唯有感叹唏嘘，然后便成过往云烟。

人们说，这就是社会，不要太感性。我不知道这是太过感性，还是我自己的本能反应。我知道这就是社会，总会有正反两面。

2013 年 3 月 26 日

第十四天，大晴的一天。我们的心情也大晴。昨天又去闻鲜叶了，突然觉得自己像一个瘾君子。在安吉，在"千道湾"，似乎无意中形成了这样一种习惯，每天必须从幽香的鲜叶中汲取能量，以维持接下去一天的工作和生活。

我们看鲜叶和闻鲜叶的动作、神情颇像吸食毒品的瘾君子们的常态。那是传说中的槐花香，让我们这样地痴迷。不知道两个月之后，当我们结束这里的工作，离开这里时，会对这里的人和事怎样地怀念呢？那幽幽而悠悠的槐花香……

同学们已经济济一堂了。从玻璃房看出去，对面山坡上我们看不到夏至三候的景象。所谓"夏至三候"，即"一候鹿角解，二候蜩始鸣，三候半夏生"。三者并非因为阳盛而生，实感阴生而起。这就是中国文化的最深刻玄妙之处，在大自然的最浑厚、最深邃处提取了细微而精确的信息：事物最盛时，亦是此事物对立面开始萌生之时。这就好比此刻的场景，同学们终于毕业了，但也到了分别的时刻了。

茶人做久了，便知晓一句茶格言的深意，叫作"一期一会"，要拿白话文来解释，那就是"每一次相见都是一生中唯一的一次"。从人情的角度讲，这是让人珍惜与微微伤感的人间词话，是我们在日常生活中常常可以唤起的深情的状态。我们尤其可以在唐诗宋词中感受到这样的古典式的意境，比如李白的"桃花潭水深千尺"，比如王勃的"海内存知己，天涯若比邻"，比如李商隐的"君问归期未有期"……我们以往总以为这些诗是浸润在酒中的，如今凝神想来，这绵长悠久、反复回味的情感，应该也是浸润在茶汤中的吧。

本届毕业生们，比起当年"黄埔一期"的同学，活泼大方、无拘无束得多了。当年第一届茶文化班的同学只有三十名，他们的身影今天依旧历历在目。第一堂课由我给他们上，口号有两句："茶人，中华民族的文化使者；茶文化，中华文明向人类奉献的瑰宝。"这堂课是在学校图书馆大报告厅上的，最后一个环节是同学们上台，接受由"和茶馆"馆主庞颖女士赠送的茶叶黄山毛峰和学院赠送的茶杯，并且从那天开始，便立下了给每位上课老师上茶的规矩。

茶杯和茶叶是由我和庞颖以及学院领导们上台分发给他们的，当时看到这群"丑小鸭"，的确也是忍不住想要苦笑。女生多，男生少，这是当今文科类专业普遍的现象。经过了一个苦夏的高考折磨，这些少男少女就这么歪歪斜斜地站在我面前，有的脸上长着癣，有的长着青春痘，站直了的人几乎没有。他们有些惶恐，有些期待，但从他们的脸上和目光中看不到多少对茶文化的自信。我想这是可以理解的，本科的茶文化学院，国内外当初也就那么一所，刚刚开办。我也是因为这个契机，以茶文化的学科带头人身份，从浙江省作家协会调往浙江农林大学的，对所有的人而言，我们的一切都是从头开始。我当时悄悄地给我们的女生们下了一个形容词："柴火丫头。"四年后，她们几乎个个都成了白天鹅，她们起飞了，今天她们中很多人都已经在各个茶文化领域中大显身手了。我曾经供职的中国茶叶博物馆里，我推荐的学生，如今已经是馆长得力的助手了。

如今又是新的一拨人登上舞台了。眼前这批毕业生的做派与学长学姐们比，可是要豪放得多了。大家纷纷上场发表毕业感想，其中有一个男同学显然处于"茶醉"中了，他不时地要求拥抱同学们，拥抱老师们，最后终于要求拥抱我。这让我挺不好意思的，因为我给自己定了规矩，绝不在毕业或者别的什么典礼上流眼泪。茶人是内敛之人啊，任何情况下都要控制住自己啊。再说，反正已经有一群年轻的老师在流泪了，其中总有包含了我的眼泪的。可是被这些年轻人动情地惜别起来，心弦怎么能够不摇曳呢？

好在另一个女生把我差点儿禁不住的泪珠儿惊回去了。这个女生因为在一起活动不多，所以没太留意过。没想到她一上来就说，她毕业以后要研究基督教文化。同时，她现在做了一个决定，一面研究宗教文化，一面要把传播茶文化作为她终身的使命。我听闻此言，大吃一惊，茶与佛道儒相通很和谐，和基督教相通是个新领域呢。

再定神一想，有什么事情会万万想不到呢，生活的现实永远超过我们对生活的认识。去年，有一名同学突然在我们并不知晓的情况下怀孕了，暑期里结了婚，生完孩子才七天，她就坐在教室里上课了，当时把我惊得一佛出世二佛升天。她看着我的神情全然无辜而又成熟，使我百思不得其解，她怎么一下子就完成了由一个少女变成少妇的过程（注：听说她现在马不停蹄地又生了第二个孩子）。还有我的一名研究生，他的毕业论文把我折磨到近乎发疯，终于有一天我忍不住对他说："我看了您的论文稿几乎想要跳楼自杀！"他诚恳地看着我说："我自己也恨不得现在就去跳楼自杀。"他不知道其实我还有一句潜台词："我看了你的论文稿恨不得一把掐死你！"但我相信如果我真那么说了，他也会诚恳地对我说："我自己也恨不得一把掐死自己！"

他们为什么对我的反常会有这样的知根知底般的正常反应，我想很简单吧，他们从骨子里知道我真的爱他们——我发动了大家为那生完孩子的同学捐了不少衣物和营养品，因为那真是一个穷人家的姑娘啊，现在她顺利地毕业，顺利地工作了；而我那个研究生也终于在抵死般的努力之后，有惊无险地通过了论文答辩，顺利地毕业并自主创业了，而且顺便还找了一名茶文化的本科生同乡做女友，这个小女友此刻就欢天喜地地坐在毕业茶会的人群中。

此刻夏至，我们"一期一会"，当然知晓下次再见面时，见到的就不是当年的那个人了，或者我们也可以再延伸一下词义，我们当中的一些人，此生也许都不会再见面了。这也是可以理解的啊，有不少人，一旦离开了之后，真的就一生不再相见了。但在我想来，不变的永恒也同时存在，比如茶与人之间的那种关系，应该是永恒的吧。

我想起了我的第一个研究生豆豆。每次看到她，我都会想到第一次见到她时的样子。也是一个夏日，一群研究生新生与导师们见面。她第一个站起来说话，短发，胖胖的脸，粉红色的短上衣。当初，关于要不要让她去杭州绿城育华学校进行茶文化青春版的教学，真是好好地犹豫了一番。后来她对我说："王老师，您给我这个机会吧，让我试一试，看看我跳起来能不能够着这个高度。"她跳起来了，她够着了，而且够得很高。那一年她几乎完全住在我家里，我看着她作为一个茶人的接班人是如何努力的，如今她作为一名中学茶文化教师，已然把她的工作推向了国际领域。我总是听到她带给我的关于茶文化传播和教学的新成就，若干年过去了，她现在是一个标准的气质美女了。她也在不停地变，但万变不离其宗，她和茶的关系是不会变的，就像人踏入的虽然已经是另一条河流，但河流还是河流，人还是人。

究竟是一种什么样的契机，将人与茶之间的关系建立了起来，就仿佛是一片茶叶上的脉络，细细地伸展开去，又绕在了一起，成就了一种生命的景象呢？当年我为什么要去中国茶叶博物馆呢？在那里布展茶史厅的时候，因为太累了，我有时会悄悄地坐在茶史厅入口处的陆羽铜像下。那也是在夏日，非常炎热，但展厅里凝固着一种夏日特有的阴凉。我坐在陆羽铜像前，会思忖生命做出这样的选择的意义。我也还记得同样是在一个和茶有关的夏日，到浙江图书馆去找布展资料，回来的路上骑着一辆破自行车爬坡，行至龙井路一带，突见前方柏油马路上热气腾腾，汗流浃背，双眼一眜，就从车上跌下，掉入了旁边的龙井茶园中。好半天才醒过来，在茶蓬下默默地流了一会儿泪和汗，起来，扶着自行车再往前走。夏日的午后，路上没有人，是茶陪着我挣扎前行，我能够闻到茶被热气烤焦时特殊的气味。

这一切都一去不复返了，永远"一期一会"了，但又都珍藏在我生命的某一个深处。在下一个"一期一会"中,它会汹涌地喷发出来。同学们,今天的话别将会淡出,但亦将在今后的岁月中显影,只要与茶同在,你就等待它的到来吧。

　　大三的学生们刚刚从茶乡各地实习归来,来年 6 月,他们也将是与我"一期一会"的学生。"有什么办法呢,谁在爱,谁就应该与他所爱的人分担命运。"我想起了苏联作家布尔加科夫的《大师与玛格丽特》中沃兰德的话。

小暑

中华茶礼

温风微微吹来，
蟋蟀居于庭中，
鹰始击长空。
青竹白茶迎客钟。

小暑·斗茶的快乐

　　小暑时节，空气中的温度不经意间已经慢慢地往上爬了许多，地头上与车间里的活计也慢慢清闲下来了。这个时候，大小茶厂（场）主们都会拿出自家最好的安吉白茶聚会一处，切磋比较。品质得到大家公认的自然是倍儿有面子，被大伙儿挑出刺儿来的也没关系，重在学习交流，明年加工、生产的时候自会多多在意。

　　暑假开始了,浙江农林大学的校园一下子宁静下来。知了在银杏树上高歌,一丝热风也没有,桂花树丛被日头晒得如蜡制一般,又厚又亮,泛着绿光。燥热的风凝固不动般地僵持在空气中,蟋蟀从田野跑进庭院,像人一样地开始避暑。雄鹰面对大自然的严酷却选择了截然相反的生活方式,搏击者带着它的孩子们冲向高空,超越酷暑,开始实践飞行与搏杀的原始本能。此刻,"小暑一声雷,倒转做黄梅",入伏季节到来了。

　　天气热得离谱,茶文化学院山坡上前几个月种下的茶树,长得不太好。茶农一直就有"七挖金,八挖银"的传统说法,说的是立秋前把茶园锄松一遍是最好的,对利用和保持土壤水分有利,对消灭杂草也是有利的。可我看着这暑气的架势,够茶树受的,茶园正在经受最严酷的考验,得想想办法了。

　　绝大多数同学都回了家,留下了几个小朋友,以"吕道人"为首,就扎堆住进了我家。寒舍绝不奢,但卧室、厨房还是有的,还有空调、沙发,可以用来打地铺的竹地板,小朋友们可以在这里安心地进行茶文化演绎。

　　可千万别以为"吕道人"就是"道人",那是吕聘的别称,来自当年呈现《中国茶谣·道家茶礼》中的副泡手角色。"吕道人"对我而言,实在是一个有特殊意义的学生,因为他是2006年首届茶文化学院的本科生,毕业后又考上了我的研究生,整整七年都跟着我,现在终于毕了业。我还是不放他走,拉着他一块儿做《中华茶礼》。

　　暑假将临,师生们正在准备做短暂的"鸟兽散",我们却突然接到通知,大暑期间,国家汉办将组织全球数十位孔子学院院长来我们的茶文化学院,进行汉语国际推广茶文化传播基地的实地考察。这会儿都放假了,让我到哪里去找人啊！幸亏我动作迅速，捞救命稻草般地一伸手就拉住了几个干活的，除了助手潘城和包小慧、钟斐这些主抓茶艺的青年老师，其余老师也都参与了。而学生吕聘算是年轻学生中的核心。我们得组织一台呈现茶文化的节目，核心节目便是《中华茶礼》，集儒释道三家茶礼于一身，来进行一次国际化的茶文化传播。

老师们还好说，都是在这里安身立命的，打个招呼都挺自觉地来了。尤其是助手潘城，这一阵子，他一直在帮助我布置一楼的茶文化国际厅。潘城是一个亲和力和执行力都很强的小伙子，最近他做了一件漂亮的事情，那一天，我正在发愁没有漂亮的茶桌椅布置茶席，潘城跑来了，说有一家企业找上门来了，专门要找茶文化的专家合作开发竹茶器。我一听眼睛都亮了，竹茶器是最具中国文化元素的器物，配上茶，那叫一个珠联璧合。潘城看我胃口吊了起来，补充说，还是从安吉来的呢。我心里叫一声好：安吉来的竹子，没得说！没得说！天下第一的好竹子。

说安吉的竹子好，那是李安的功劳，他看上安吉的竹海，将影片《卧虎藏龙》的武打场面安排到了安吉的竹山。周润发和章子怡在绿浪滚滚的竹涛中飘逸来飘逸去，美得跟做梦似的。我因为常去安吉，将竹与茶的概念就完全绑在了一起。2012年到安吉开会，专门为安吉人创制了一套茶艺，就叫"竹茶汇"。这套茶艺的背景，就老实不客气地"偷"了《卧虎藏龙》的那段竹海武打情景，茶艺师为三名身穿灰蓝布长衫的书生，手提提梁铁壶，上得场来，分站在三张竹茶席后。那套茶器，全都是以竹的理念来呈现的，茶艺师的一招一式，又透着竹韵竹节，风骨沛然，音乐和解说词也恰到好处。背景上的竹影，衬着前方的茶人茶器，那叫一个造化相谐——仿佛天地生了茶，就同时将那竹也生好了，专门让它们来相配。

怪不得到安吉茶山去，总能见到旁边的竹山，有时竹山就与茶山犬牙交错，夹杂在一起，一会儿是茶，一会儿是竹，一会儿是茶绿，一会儿是竹绿。

前不久，我见上安吉竹人了。他们拿着一部分小件成品和大件竹器照片，来到我们学校。那套大件的竹器，包括茶柜、琴台、棋桌、花架、泡茶台、茶椅和茶凳，还有竹窗帘、竹屏风……这些器物竹料色泽红润，设计精巧，工艺精细,我看着像是从清朝模拟过来的。设计者所小茗,满族人,有着一个罕见的姓,操着一口北京腔。他告诉我,当年拍电视剧《红楼梦》时,潇湘馆那套家具就是他那里设计提供的。之所以从北京来到安吉,就因为安吉的竹子。他说凭他多年经验,非安吉之竹,不能生产出他们设计的器物,非此地之竹,不能保证其不开裂、不蛀虫、不脱胶。看来安吉的茶,天生是要用安吉的竹来珠联璧合的。

巧合的是,浙江农林大学最响亮的牌子就是竹学,关于竹子的研究和应用,在国内外闻名。来我们学校,找对人了。这几位竹人,还带来了一些小件茶器,包括茶包、茶则、茶盘等,有不少是专门为日本人定制的。之所以来找我们,是因为他们决定在诸多的竹产品中,专门将竹茶器作为开发的主要项目。

竹器中,他们也开发了一种名叫"苦节君"的茶炉。那本是宫中的器物吧!我见过一张图片,是乾隆年间的茶炉,方方正正的,外面是竹子的镶嵌,里面是泥芯子,可以置炭,上置铁炉,自可煮水烹茶。此物听说网上卖得很火。

安吉民间工艺师听说我们将要接待全球孔子学院的院长们,便慨然承诺,给我们送来一批茶器,让我们在全世界人民的代表面前长长中国人的脸。我心里高兴,但得绷着,对潘城说:"好是好,可我们没有这笔开支啊!"潘城也是从学生时代就跟着我过来的,本是艺术设计专业的学生,却成了一个痴迷文学的青年。好在他文艺得还来不及颓废时,就遇到了我。我毅然决然地把他按在了茶板上,一顿削整,如今他终于成长为茶文化学院的一名骨干教师,同时也是中国茶席领域里的一位青年才俊。因为有阳光少年打底子,他的基调是一个乐观主义者,正能量多,但见他瞪着大眼睛说:"啊呀,王老师,你想到哪里去了! 怎么要给他们钱呢? 是他们给我们东西啊,他们给我们钱啊,是我们让他们在全世界人民面前露脸啊!"

潘城知道我一天到晚都在愁没有经费,见到一条缝就想钻进去为茶化点儿缘,他是要立刻就打消掉我的不安,因为他知道我总觉得对不起人家,人家刚创业,挺不容易的,我们一时半会儿又帮不上人家多少忙。茶文化这个事情,意义是重大,但要是人家问你一句:"茶文化是什么,能当饭吃吗?"

你哑口无言,立马噤声。所以,茶文化的推广是很艰辛的。

亲爱的茶人朋友啊,我拿什么来感谢你们呢? 不管怎么样,茶文化国际厅的问题解决了。国际友人来,还是要拿出最好的东西来养眼的。

看的问题基本解决了,给他们吃什么呢? 这是大学生团队中国茶谣馆的事情,但牵头的,得找我们可爱的胖妞讲师温晓菊去。

我第一眼看到晓菊同志,就决定将她一把推向茶食的康庄大道。晓菊本是内蒙古人,安徽农业大学茶学系毕业,考上中国农科院茶叶研究所研究生,毕业后就来到我们学校。她有一张胖鼓鼓的圆脸,结实丰满的腰身。当初我把她请进我的办公室,几句话后就问她今后愿不愿意研究茶食。她一听喜出望外,说:"我是很喜欢做东西吃的!"

是的,她不可能不热爱茶食。

5月的五洲茶亲活动,晓菊团队大展身手,引来五洲茶亲们一片赞扬。孔子学院的院长们此番来校,虽然不再享用茶食,但茶点是必须准备的:自己做的小蛋糕、饼干、茶叶蛋、茶冰激凌、茶奶酪,配上红茶、绿茶,还有我们的安吉白茶、晓起皇菊花茶……

吕聃和潘城他们不一样,今年夏天他研究生毕业了,正在找工作。梁园虽好,非久留之地,卷铺盖走人的时刻到了,你让他大热天的,口袋里一个子儿都没有卷到哪里去啊! 好在"道人"厚道,答应帮老师一把。其实我和吕聃都在发愁着大事呢,毕业了,他是想继续读书和教书的,但形势不容乐观。吕聃和"高富帅"似乎还有段距离:江南小伙子嘛,人种上就不是高头大马这一款的;江浙一带"土豪"多啊,吕聃家偏又不是。他爷爷倒是当地的大户人家出身,可惜入错行,成为国民党军队一名校级的技术官员,赴台之前逃回老家,从此成为一个扣着反动军官帽子的农民,也从此与文化绝缘。好在传到吕聃这一代,终于咸鱼又翻身,孙子拼死一搏,搏进我校。原本与我的茶文化专业不沾边,也是吕聃三生与茶有缘——他也算是喝着他家乡浙东新昌大名鼎鼎的大佛龙井长大的——读了一学期的书,就要求转专业,跑到咱们茶的门下来了。吕聃属于"闷骚型"人物,长着一张小圆脸,说话永远像是在喃喃自语,细心体贴,喜欢佛道文化。他本科毕业的时候,我就看中他了,当时就想留下他一起创造茶未来。谁知就在学校也同意留下他时,他偏又考上了我的研究生。这一招着实让我喜出望外,首届茶文化学院的本科毕业生,第一个考上茶文化专业的研究生,多好啊!他都来不及犹豫,我就一把将他推进了继续深造的队伍。这一来又是三年,我看着我的学生那脸上的青春痘显了又消了,人生中短暂的初恋萌发又掐死了,论文的题目拟好又改了,最初的志向犹疑过又回来了。懵懂的少年吕聘,在与我相处的七年中,被浸润成散发着隽永茶香的茶书生。

而这个茶书生,我却一时半会儿找不到最合适的工作给他做。当然要找个和茶沾点边的混口饭吃的地方,那是一点问题也没有的。但是,我怎么忍心让他那七年的寒窗生涯得不偿失呢,为师怎么着也得为他安排得理想一点吧。可一个严酷得令我即使不能够理解也要执行的政策就这么摆在那儿——必须在毕业前让毕业生签好工作意向,这是大学教师的工作考核指标体系里的重要环节。你慢慢找都不行,你年轻人想要有个空档期出去看看这个世界也不行,必须找到工作,拿证明来。学生找不到工作,当教师的年终要扣分,学院也要扣分,我想,大学大概也是要扣分的。从这一点上看,分被扣来扣去的大学,倒越来越像人民公社的生产队了。

然而,就在这样一个内外焦虑的季节,在蝉声催命般叫唤的火热的年代,我们还没有到崔健唱的"一无所有"的地步,我们师生俩还是有所慰藉的,因为我们手中还有一盏茶,我们的人生是与茶相濡以沫的人生。就这么着,暂时找不到有工资的工作的吕聘,被我拉来做没有工资的重要工作了,先是待在安吉茶山做各种调查,如今茶农们闲下来,他也只好卷铺盖回来了。

都这种时候了,我的学生吕聘依旧绷着做道人状。我说什么他都说"好的、好的、好的",他是那样地信任我,安静地听我的话;我急得失态时,他轻轻地说:"王老师,你不要急,我会做好的。"他从未向我提过钱的事情,也不催问我工作的事情怎么办。唉,好茶人啊,真是好茶人,这是七年茶喝下来的品性啊。我总是跟他说:"不着急,不着急,我们要沉得住气。"可当今中国,有几个年轻人沉得住气呢?再说,你让年轻人沉得住气干什么呢?沉得住气的当是我辈中人啊,我们的年轻人应该生龙活虎地冲出去逮谁灭谁才是。然而茶人可不是这样的,茶人就是要静如处子,动如脱兔的。现在正是静如处子的时候,春夏养阳,喜怒不节则伤脏,心静自然凉。年轻的"吕道人",为师今日就指望着你了。

谁说茶人就是温吞水!我内心难道不也曾焦虑万分,但我真得沉住气啊。要像茶一样地生活,要有茶的姿态,这似乎是极其幼稚、简单的理解生活、学习生活的方式,我得承认,我在自认为茶人后,的确是越来越幼稚了,但我就幼稚了怎么着!我干脆让我的学生卷铺盖到我家来算了,天下茶人是一家,何况我又是他的老师,我又在让他为我们的茶事忙活,总不能又让马儿跑又让马儿不吃草吧。再说,哪怕这匹马一时半会儿不跑,它饿着,你也得给它吃草的,因为我也是一匹马,知道没草吃的恐惧。

就这样,我让研究生吕聪负责《中华茶礼》的具体排练,这就拉扯上了一群本科的学弟学妹。他们中不少人参与了我编剧与导演的话剧《六羡歌》的演出,吕聪就带着这群学弟学妹进驻了我家。我当然不能够和他们泡在一起,移居他处,让青春自由。同学们,你们在我家,想吃什么就吃什么,小暑食新,头伏饺子二伏面,三伏烙饼摊鸡蛋,学长吕聪会帮你们做的。至于凉茶,那是你们的专业,西洋参、石斛、菊花、金银花、焦决明、乌梅、山楂、莲心、绿豆、酸梅,你们爱怎么做就怎么做。吃饱喝足了,别忘了,什么是中华茶文化礼仪,得让老外们见识见识啊。

学生们演绎的《中华茶礼》,分儒、释、道三家茶礼,是几年前我们茶文化团队设计呈现出来的。

儒家以茶事礼,以礼入茶,是中国茶文化的精华,其核心的理念,是儒家文化的"礼"。我们传统的中国人,是以儒家文化为生活的基本准则的。君子之交,其淡如茶。客来敬茶,以茶养廉,精行俭德,慎终追远。儒家的茶礼,浸润着我们华夏民族最具魅力的文化基因。

以茶为礼,是要讲程序的。比如,《安吉县志·卷七·风俗》记载了清代乾隆十四年(1749)安吉茶事的资料,上面有这样一段内容:"正月……家设茶果蒸糕以待客,至茶毕,即留饮酒。俗云:拜年三盅。虽历数家,必一即席始退。"过年上人家中，先喝茶，再喝酒，礼数是一定要到的，这是距今二百六十多年前的旧俗了。

再看一百多年前立夏时安吉的茶礼吧！这和我们杭州的吃七家茶有着不同之处。清乾隆年间的《安吉别志》云："田家采嫩蚕豆煮食，山村采茶叶甚忙。谚云：立夏三日茶生骨。（祭礼）家祭土地、家堂、灶司、太君、门神、五圣等神……太君，俗称娘娘，祭用茶果，糕圆，谓之烧茶。"

江南一带古来属于楚文化圈，民间的泛神崇拜非常鲜明，茶礼首先便要面对神明。无论祭祀还是祭神，都少不了一盏茶。不过我本人并不喜欢那种庙堂上宽衣大袍、钟磬起舞的团体操式的演练。电视上看那些祭礼大场景，总感觉像上体育课似的，不走心，还有点冬烘气。所以，最后我们设定的《儒家茶礼》的场景，是一场冬夜的私塾耕读。场景选择了农历岁末，茶品选择了半发酵的乌龙茶，茶席采用带汉代图案的汉几，茶具采用了棋盘和紫砂茶具，音乐选了古琴曲《思贤操》，背景图像选择了儒家文化的象征器物，茶艺师采用跪坐式，男女二人，身着汉服，合沏一壶茶。二人相和，合成一个"仁"字，这是我们在《儒家茶礼》中以二人合沏一壶茶的深刻用意。一把东坡提梁壶，两只宜兴紫砂杯，它们的美与价值，两只手就可拱握，一面掌便可托起，成了人们生命的寄托。最亲密的接触，是对人性深度投契的心灵慰藉！

记得当年，我们选择了陈文华先生来担当《儒家茶礼》中乡间私塾先生的角色。从《论语》中，我精心选择了九段格言。今日读之，依旧感觉泱泱乎生气盎然。

子曰："学而时习之，不亦说乎？有朋自远方来，不亦乐乎？人不知而不愠，不亦君子乎？"

曾子曰："吾日三省吾身：为人谋而不忠乎？与朋友交而不信乎？传不习乎？"

子曰："质胜文则野，文胜质则史。文质彬彬，然后君子。"

子曰："智者乐水，仁者乐山；智者动，仁者静；智者乐，仁者寿。"

子曰："三人行，必有我师焉。择其善者而从之，其不善者而改之。"

子曰:"默而识之,学而不厌,诲人不倦,何有于我哉?"

子曰:"君子坦荡荡,小人长戚戚。"

子曰:"三军可夺帅也,匹夫不可夺志也。"

子在川上曰:"逝者如斯夫,不舍昼夜。"

《儒家茶礼》第一次亮相舞台,便是为联合国粮农食品组织第十八次茶叶会议的举行而呈现的。几十个国家的茶学专家们和全中国的茶学代表们一起坐在台下,观看了我们的礼仪。其实,我本人并不特别习惯一本正经的仪式场景,但东方文化中那种精神形态为主的礼仪方式,现在真的越来越少。西方人有基督教作为普世价值,他们在教堂里可以画十字。我们中华民族现当代史上一次次的革命,推动了历史前进,但也丢掉了一些不可或缺的东西。其中有一点,我感觉我们民族的"手势"几乎没有了。有很长一段时间,握着个拳头宣誓成为一种象征,但这是少数人的手势,并不具普世性。而从两千多年前开始的客来敬茶,这样一个动作,是完全可以作为华夏民族的"手势"的。《儒家茶礼》在这个层面上一定是切入我们民族的深处了,所以每一次上台呈现,人们都能在这样一种礼仪中沉思,精神得以提升,心灵得到一番洗礼。我以往并没真正体验过传统文化的"乐",此番排练,享受了儒家文化的美感,方知晓孔子为什么要提"诗书礼乐",那可是少一个字都不行的。

《佛家茶礼》与《儒家茶礼》相比,自然又别有一番境界。茶的精神品饮,来自人类的信仰。茶禅一味,佛缘悠长,南朝四百八十寺,多少楼台茶烟里。早在中国的晋代,佛教就开始与茶结缘。作为一种精神饮品,茶最初进入佛教,出于教义修行。茶能清心、陶情、去杂、生精,具有"三德":一是茶的清醒功能,坐禅保持通夜不眠;二是茶的保健功能,满腹时能帮助消化;三是茶的助修功能,抑制人的妄念,清心寡欲,一心向佛。寺庙又很注重五调,即调食、调睡眠、调身、调息、调心,所以,饮茶最符合佛教的生活方式和道德观念。

传说菩提达摩自印度东使中国,誓言以九年时间停止睡眠,进行禅定,前三年,达摩如愿成功,但后来渐渐不支,终于熟睡,醒来后达摩羞愤交加,遂割下眼皮,掷于地上,竟然生出茶树,达摩采食树叶,立刻脑清目明,方得以完成九年禅定的誓言。虽然这只是一个传说,但其中,茶的特性,茶叶提神的效果,茶禅一味的渊源可窥见一斑。入世出世,茶禅一味,是佛家文化对茶道的最大贡献。

千年修行,饮茶成为禅寺制度之一。寺中设有"茶堂",相当于接待厅,是客来敬茶的地方;还要有"茶头",那是专管茶水的僧人;还有饮茶时间,茶头按时击茶鼓召集僧众敬茶、礼茶、饮茶。如此,喝茶成为和尚家风,日常生活天经地义的一部分。

中国唐代,形成"茶禅一味"的和尚家风。此时,茶性与禅意相互渗透,形成修身、养性、开慧、益思的意境与手段。茶禅,这两个分别独立的存在,通过悄然互渗,合二为一。它是佛语,是机锋,是禅意,有着难以由逻辑推理到达的认识与把握,是一个容量很大、范围很广、内容丰富的文化况味。一是茶与农禅相结合;二是茶与修行坐禅相结合;三是"遇茶吃茶,遇饭吃饭",茶与平常心相结合;四是茶事活动与禅宗仪礼相结合。

所以,说到中国人日常的饮茶方式,倒应该说是与佛家离不开的。"自从陆羽生人间,人间相学事春茶",这是宋人梅尧臣之论。但陆羽又是从哪里传承得来的呢,正是从湖北天门寺的智积禅师那里学习得来的呀。陆羽无儿无女,留下了一本伟大的理论著作《茶经》,但茶礼的实践还要有人来代代相继。须知这和民间老太太临时抱佛脚,见个大树也插香的粗放式朝拜可不一样,这还是一套有程序、有内涵、有精神、有品相、有技术含量的,被称之为"茶禅一味"的佛家茶礼。

在中国数千年历史的朝代更替、文明兴废的过程中,中华茶礼能够保留至今,佛家起着至关重要的作用。难以想象,如果没有佛院,没有僧人,没有佛家茶礼,我们几千年的茶礼将通过什么来传承。

茶禅一味,其实是非常审美的,冰清玉洁的越瓷,素心清香的白茶——此时选择安吉白茶再合适不过,透过八供的手印——净足水供、净口水供、花供、燃香供、明灯供、涂香供、食供、乐供,进行茶禅一味的深切诠释。小小的茶壶中蕴藏着博大精深的佛理和禅机。中华气象里的茶韵,在寺庙里飘香……

想起赵朴初先生的偈语:"七碗受至味,一壶得真趣。空持百千偈,不如吃茶去。"

说到道家茶礼,那又要活泼可爱多了。这土生土长的文明形态,虽然说着天上的事情,实际上最接地气的就是道家的茶叶冲泡技术和品茗艺术,以及在此过程中所体现的道家精神境界与道德风范。历史上,中国人说三教合一,好像儒释道三家差不多,其实三家内涵还是不一样的。比如道家与茶的关系,便和儒释不一。儒家通过茶讲修养,佛家通过茶讲修行,道家通过茶讲修身。

道家修道离不开茶,养生离不开茶,道家与茶的关联,在于通过茶养生,达到人与自然沟通、天人合一的境界。当年为《道家茶礼》选择音乐时,我坚持用了交响乐版的《二泉映月》,就是因为《二泉映月》乃道人阿炳的绝唱。这二泉,为陆羽当年评出的天下二十等水中的第二名。二泉映月,多么深远的意境,这是当年道士阿炳在无锡惠山泉边吟咏的心声,但那天人合一的境界则是我在小泽征尔指挥的同名交响乐中才真正体会出来的。一柄二胡独奏,在静夜中如诉如泣,不免凄凉;一旦通过交响乐合奏,放大到个体与宇宙万物的对话,则放射出巨大的生命能量,那豪壮的情怀,那洋溢着自由奔放的生命气息,真是玄之又玄,众妙之门,琴茶相伴,其中有道。

既然行的是养生乐生的道家茶,选择的茶品便自然要往养生上面靠了。大家一致认定,非八宝养生茶莫属,这八宝包括了龙井、杭白菊、葡萄干、山楂、冰糖、金丝枣、枸杞、桂圆,当然,你也可以选择别样的八宝。道家茶的器具也是很讲究的,我们选择了青花盖碗杯、天圆地方托盘。都说"器为茶之父",青花盖碗杯,天风绕盏,道法自然。自中国唐代出现茶托,明代始有茶盖,茶盏衬于茶托中,象征天地人,上为天,中为人,下为地,暗喻人与自然的和谐。天圆地方托盘,天圆地方,道在中央,天机自在其中。我们选择了青白双色道袍,一柄拂尘,飘逸洒脱,当年的吕聃就是这样脱颖而出的。

"道人家住中峰上,时有茶烟出薜萝。"传说中的神仙丹丘子为上山采茶的百姓指引大茶树的生长地,道家人物葛玄在天台山种下茶圃,两晋许逊被后人奉为浙中磐安玉山古茶场茶神，以茶为生病的山里民众治疗。道人不但种茶喝茶，还亲自制茶，甚至卖茶。"静守黄庭不炼丹，因贫却得一身闲。自看火候蒸茶熟，野鹿衔筐送下山。"一首诗，活生生地画出了一幅道人制茶、下山卖茶的生活图景。

同样是信仰与茶，如果说佛家更讲究人与灵魂的关系，那么，道家更讲究的则是人与宇宙的关系，天人合一，养生乐生，清静自守，超然自得，从容深沉，潇洒超脱，道家与茶的关系，细细想来，是多么深远啊。

大暑

消夏的凉茶

腐草为萤，
土润溽暑，
大雨时行。
白茶可冰心。

大暑·抗旱的那些苦日子

大暑时节，是一年中天气最炎热的。大暑一到，气温噌噌地往上爬，少女般柔弱的安吉白茶往往抵挡不住高温的炙烤。高温会导致白茶旱情严重，灼伤茶叶。抗旱保收成了安吉茶农们的大事。

除了给茶树浇水，茶农们也渐渐认识到了保护茶园生态的重要性。一些好的措施在茶农间普及开来，比如在山顶种植杉树等速生植物，茶垄间套种其他树种，或者种草。目的是改变茶园的小气候，涵养茶园水分，保持水土，使泥土不再裸露，避免茶树被灼伤。

大暑时节,江南已完全丧失水乡美感,犹如美国大片中那些灾难性的世界末日。2013 年,旱情发生的时候是在 7 月 20 日左右了,非常明显的是,在 7 月中下旬到 8 月初这段时间,恰是大暑时节。连续四十几摄氏度的高温,热,热,热,令人恐惧的、透不过气来的热。报纸上每天都在报道关于离奇天气带来的种种离奇事件:比如一篮鸡蛋撒落在马路上,顿时就摊成了一片荷包蛋,看上去就如饭店里铺开的西式早点;比如一个老人中暑昏倒在路上,一会儿半边身子就烤焦了。这类消息多少还有点夸张,但山中茶之枯焦却是不争的事实。呈阶梯状的西湖龙井茶园里,茶树成片成片地枯黄了,我曾经供职的中国茶叶博物馆外那片二百多亩的大茶园里,茶农用手在茶树顶上一抓,再摊开,一把茶叶已成碎片。用消防水管喷淋,水龙滑落进张着大嘴的茶垄,将那枯枝落叶冲得稀里哗啦散落一地。享受这样大剂量豪华阵容补水待遇的茶园毕竟罕见,正所谓"鱼有鱼路,虾有虾路",龙井村家家院子里的塑料水管,像蜿蜒穿梭的蛇一样,从水龙头顺着山坡钻进茶园,村里村外连水管都脱销了。

听说龙井群体种的老茶树耐热,刚种下去三五年的龙井 43 却大多数扛不住了,因此我就特别担心那浙北山中的安吉白茶。前一段时间都在忙着孔子学院院长来校访茶之事,等顺利结束,就想着不知这晶莹剔透的山村秀女型茶树能否熬过伏天,实在是为它捏了一大把汗。前几日在网上已经看到一则消息,说是出梅之后,气温噌噌地往上爬,旱情严重,安吉递铺镇古城村山坡上,不少白茶树被晒干,尤其是山顶,朝南的山坡,有些茶叶半张半张地被烤焦,叶子周边已然变色。记者提供了一个很重要的信息,不少茶园打理得非常干净,茶垄之间没有杂草,随手抓起一把泥土,很干,还有热感,泥中小石有点烫手。放眼望去,凡是被修剪过,尤其是被过分修剪的茶树上,茶叶大部分变成了红褐色或呈现黄色。

这就让我想起老祖宗的教诲了。陆羽在《茶经》中只用了经典的四个字:"阳崖阴林"——朝南的山坡,大树的遮阴,科学术语谓之"漫射光"。记得今年春上,去了几处茶区,包括诸暨的绿剑茶茶区,景宁的惠明茶茶区,那里的茶园都长得有些毛毛糙糙,那些吃了一辈子茶叶饭的种茶人,说的都是茶园中不要过多地清理杂草,得留着点保养水土,山顶种植杉树等速生植物,茶垄间套种其他树种,或者种草,用他们的行话,叫"头戴帽,脚穿鞋",真是形象得很。

若说那"头戴帽"就是"阳崖阴林",那"脚穿鞋"便让我想起"腐草为萤"来了。世上萤火虫约有两千多种,陆生者产卵于草上,大暑时孵化而出,这便是腐草为萤的来历吧,真是美得微妙。那幽阴至微之物,究竟因何竟然化为光明一粒,且古人竟然还给了它那么一些美丽的别名,曰丹良,曰丹鸟,曰夜光,曰宵烛……想象那养着草丛的茶树蓬下,亦会有萤的明灭飞舞,即使冲着这样的美,也不要将茶树下的草除尽啊!

前些年去浙中茶山,大多整齐划一,犹如造化蘸了浓绿色汁,一笔笔绕着山间一道道画去,好看,那真叫好看!遂昌、宁海诸山中都见此景象,着实壮观。我看到的安吉白茶茶区,也有平地上片片茶园的,基本都漂亮干净,整洁如闺房。但大多地方是套种了树木的,比如桂花树、银杏树,还有杨梅树等,都是好的配套,可惜十年树木,百年树人,很多还没有发展到"阳崖阴林"的景况。如此,山顶上朝南、朝西的茶树容易被灼伤,也就不奇怪了。媒体报道黄杜村有个名叫丁志明的村民,有六座白茶山,近日看一座茶山干旱得实在太厉害,就花了八百多元,买了高压水泵浇水,十五亩茶山,花了两天时间才浇透。另外一座九亩地的茶山也浇了一遍。"这两座茶山山脚有水潭,可以抽水浇灌,还有四座茶山附近没有水源,只能看着茶叶枯萎。"他无奈地摊着手说。

大暑之日,我根本无法出门,和安吉通了电话,也看了电视,那里气温报的是四十三摄氏度,这还是百叶箱中的温度,山上肯定不止。在报道中,山中茶园一个水塘里面通了几十根抽水的水管，直抽到山上。就这样也不够啊，抽水的管子都卖光了，水泵也卖空了，消防车啊，洒水车啊，全都上阵了，还是不行。有条件的就去买水，一车水三百多元钱。没条件的茶农肩挑背扛地去茶地浇水，那真属于杯水车薪。他们只能坐在山上哭，因为一桶水下去，哗啦几下就没了，只有眼睁睁地看着茶树枯掉。家里收入的百分之九十来自茶叶呢，茶树晒干了，明年的收入就没有了，还有可能影响到后面几年的收入。

安吉白茶有诸多优点，但它也有一个特点，就是不耐旱，不耐高温。因为叶张本身就比较薄，又是一个无性系良种，主根不明显，根系就在浅表层当中，天一旱，水分就从上到下逐渐减少，吸收水分的机会就会减少。所以，2013年夏天，安吉县的十万亩茶园都在经受最严峻的考验。

专家倒没那么悲观，安吉县农业局经济作物站站长赖建红说："高温干旱，茶叶就容易得赤叶斑病，茶叶枯萎，但还不至于枯死，气温回落下雨，茶树还是会活过来的。"

阿弥陀佛，但愿如此。

我从来就是一个和夏日过不去的人。儿时年年痒夏，一脸一身的痱子，好不容易到海边游一次泳，晒得回来背上能揭下半张皮。夏日中在外烘一圈归家，鼻尖和双唇晒肿，脸涨红得如阿三红屁股。热得忍无可忍时，还会涕泗横流，大叫一声，只听得"噗噗噗"头毛痱子顿时爆出。此时，家中大人会让我喝凉茶。其实我从前和今天的一些大人一样，也有一个认识上的误区，不主张孩子喝茶，盖因当时的茶都泡得太浓，而老茶枪们年龄也都太老。但夏日里喝凉茶却是不反对的，凉茶都是煮开了井水，用茶末或者旧年的老陈茶冲泡的，放在一个大壶里凉透，还不忘放几片薄荷叶，这叶子院里墙角就有，摘几片洗干净了放入就是。喝时也没什么杯子，用粗碗便是。含着热泪——那被热出来的眼泪，一大口一大口地喝着薄荷味极浓的凉茶，痱子们奇异地在咕噜咕噜声中一点一点地平复下去，一碗凉茶下肚，眼泪也没有了。

伴随痱子加凉茶的暑日，便是那清凉夏夜的记忆了——仰躺在露天井边的硬板上,见天空繁星点点,银河一道,暗处流萤飞舞,身边熏烟袅袅,犹如宫崎骏的动画搬到了人间。

如今天热,哪儿都去不了,"好汉不挣六月钱",就在屋子里实践茶事。以往夏日喝茶,用的都是那把从宜兴买回来的紫砂大壶。这把外形如松树桩的郁紫大壶,壶身上绕着葡萄藤,藤上又缀着一群小松鼠,三只在壶身,两只在壶盖,壶钮是一个小树杈,壶把和壶嘴都是大粗藤条。按说创意都还是不错的,可惜制作粗糙了点,便成了很简单、很普及的那种紫砂花货,搁在路边摊上。当年旅行结婚从南京归时途经宜兴,下车小憩时一番讨价还价,最终以十五元的价格成交,此刻用来泡凉茶最好。

夏天为什么要喝凉茶?喝什么凉茶为好?若是纸上谈兵,我自然也是可以唠叨几句的。广义的凉茶,就是凉了的茶,中国哪里都有。狭义的凉茶,也叫青草茶或百草茶,是一种原本流布在中国南方广东、福建等地的饮料,取材于多种药草。因为广东地处岭南,天气炎热,多雨潮湿,自古多有瘴气,故民间流行以药性寒凉、消暑解热的各式各样的中草药熬水来喝,称之为"凉茶"。

传说这种凉茶和东晋道家葛洪有关。相传公元 4 世纪初,葛洪来到岭南,见此地瘴疠流行,便悉心研究岭南各种瘟病医药,形成了岭南文化底蕴深厚的凉茶,其配方、术语世代相传。数百年来,林立于广东、香港、澳门的凉茶铺,形成了岭南文化一道独特的风景线。2006 年,凉茶入选国家级非物质文化遗产名录。

传统的广州凉茶需要二十多味药材,在砂锅里文火熬制出来:夏枯草有清火明目、散结消肿的功效;菊花能疏散风热、清肝明目、平肝阳、解毒;鸡骨草有清热利湿、益胃健脾的功能;金钱草有清热解毒、散瘀消肿、利湿退黄的功效;罗汉果又名神仙果,含有丰富的葡萄糖、果糖和多种维生素,能清肺止咳,利咽喉,润肠燥。广东街头有一支讲者乐队,常在街头唱着他们那首名叫"凉茶"的摇滚歌曲:

火气,一年四季都有

喂，伙计，中草药是老友

苦口良药吸收入身体漫游

对症下药，将垃圾清除扫走

神奇的药草，雾气萦绕甘露

穿梭我体内探索生命的深度

我用纯正草本来消灭愤怒

无明火起，有绿色精灵引路

…………

　　我在这里也要讲一讲我的凉茶。说喝凉茶解渴，但喝水本身也解渴，故要是从科学的角度说，大暑天喝茶，主要还因为茶叶中富含钾元素。热茶的降温能力大大超过冷饮制品，喝绿茶还可以减少因日晒导致的皮肤晒伤、松弛和粗糙，既解渴又解乏，这都是被一系列国内外科学实验证明了的。

　　可真要实践起来，药材首先便是一个大问题。有些凉茶是很好制作的，但药材要到中药店里去买，比如黄芩茶。黄芩药性寒凉，清热泻火，安胎，但黄芩最好先用开水煮沸了，剂量取绿茶的一倍，煮开了直接冲泡绿茶。

　　您若真去中药店，顺便把那藿香和佩兰也一并买来。洗干净了，剂量上比绿茶多一点儿，放一块儿用沸水冲泡，注意得加盖啊，焖上几分钟，时间别太短，五分钟得用足了。然后开盖凉透，加上冰块，那叫一个爽。凉茶中加冰块，就叫冰茶了，都说冰茶是美国人发明的，其实也不精确，应该说这茶是一百多年前的1904年，一个参加美国圣路易斯博览会的英国茶商发明的。当时天气闷热，没人喝热茶，都往隔壁卖冰激凌的摊上拥去。那英国茶商急中生智，向冰激凌商要了一些冰块，往自己的茶中一搁，我的妈呀，奇迹诞生了！茶商大喊："瞧一瞧啊，看一看啊，这里有最新最新的清凉新饮品啊！"瞬间，他的茶摊前就排满人了，饮茶的历史就这样被刷新了！

　　我知道今天的中国人也喝冰茶，多是罐装冰茶。您要问我自己煮和街上买有什么区别，我只能用那句老话反问："电脑刺绣和手工刺绣有什么区别？"

　　还有些凉茶，其实并非真正之茶。比如用西瓜皮榨汁拌入白糖做成的茶，比如用金银花泡成的茶，比如荷叶加白术、藿香、甘草共煮的茶，比如用绿豆加酸梅制作的绿豆酸梅茶，还有什么山楂茶、陈皮茶、焦麦茶、桑菊茶、竹叶茶、菊花茶、枸杞子加五味子的二子茶、鲜竹叶心加莲心的竹莲茶。在这许多茶中，我曾经试过荷花茶，只为了取其美——将鲜荷花放入砂锅内，加水煎沸三分钟，取汁倒入茶杯，放凉代茶饮用。我试过一次之后绝对不想再试第二次，宁愿中暑，也不愿意将荷花放砂锅里炖老鸭煲般煮熟。但我能够接受将荷叶与竹叶一起切碎加上绿茶用沸水冲泡的双叶茶，清热祛暑的效果的确不错。还有一种茶我这些年的大暑日子倒是常喝的，那便是金银花加白菊花和绿茶；另一种已经成了我梦中的茶，那便是亲手从院墙角落里采摘的薄荷制作成的薄荷茶，那是我儿时的茶。

今日里便要做一款冰镇安吉白茶，而且还得换一套茶具。

找了一个粗白瓷描花大笔洗，民国范儿的，笔洗底盘是一蓬荷花，衬着荷叶，淡淡的粉红与粉绿。洗净烫过，凉了后倒入平时双倍的白茶用料，又放入杭白菊数朵。用七十摄氏度的温水濡了茶脚，水浅浅地没过茶与干花，且等它满满地滋润后展开，千万不可用沸水啊，其实好绿茶都是怕热水烫的，叶片一烫就不好看，立刻就被焖黄，营养也被破坏。话虽那么说，包括我自己在内的一些"吃茶叶饭"的茶人，却是喜欢用沸水泡好茶的，只为了那股刹那的茶香和那特殊的口感，但并不代表这是正确的。

我且晾那茶脚十分钟，趁这工夫也说一说茶的营养。别看我是个泡在茶中的人，可我以往并不真的相信茶有多大的保健功能。漫天都是保健广告，有病吃药就是，把茶说得那么神乎其神干什么呢？后来再三研读《茶经》，被一个问题困扰住了：为什么陆羽在《茶经·一之源》中用数百字来描述人参呢？这不是《茶经》吗？一共也就七千多字，当惜墨如金才对。后来终于理解，这就是陆羽对茶的地位的判定，就是拿人参来配茶，它们俩也是平起平坐的。"知人参为累，则茶累尽矣。"不用人参来比喻，没法说清楚茶的性质啊。

且让我们先从一首著名的诗入手，来了解茶的药理性吧。北宋苏东坡在杭州任通判之时,有一天身体不适,但他游湖一天,每到一寺便坐下饮茶,病竟然好了,于是留下了《游诸佛舍,一日饮酽茶七盏,戏书勤师壁》一诗:"示病维摩元不病,在家灵运已忘家。何须魏帝一丸药,且尽卢仝七碗茶。"苏东坡对诗做了自注:"是日净慈、南屏、惠昭、小昭庆及此,几饮已七碗。"他一路喝过去,远远不止七碗茶,而且喝的是酽茶,就是浓茶。诗中说的是,自己治病哪里需要魏文帝的仙丹啊,只要能够喝下卢仝的七碗茶就够了。

苏东坡的这首诗,往往作为说明茶与药之间关系的文字被一再引用。而我们从茶叶的发展史来看,人类与茶的关系,正是从药用、食用、饮用,进入品饮的。茶起初就是药。这种药理功能一直伴随着人类的品饮,直到今天,不但没有减弱,反而在全球化的语境上,作为一种绿色植物的环保理念,更为发扬光大。有一张健康食物名单,近年流行于国内外,仔细讲解了非吃不可的十二种健康食物,其中就包括了绿茶。食单专门就绿茶做了如下说明:绿茶富含维生素 C,维生素 C 是预防感冒、美肤所不可欠缺的营养素。除此之外,也富含防止老化的谷氨酸、提升免疫力的天冬氨酸,含有滋养强身的氨基酸、具提神作用的咖啡因、降血压的黄酮类化合物等,还具有利尿、消除压力的作用。

历史上有太多的文献与重要药典皆明确记载了茶是良好的天然保健饮料,诸如我国重要药学图书《本草纲目》、《千金要方》、《医方集解》、《摄生众妙方》、《华佗食论》等。《本草纲目》共综合了茶的八项药理功能,从《神农食经》中总结出"治瘘疮,利小便,去痰热,止渴,令人少睡、有力、悦志";从苏恭处引语为"下气消食,作饮,加茱萸、葱、姜良";引陈藏器语为"破热气,除瘴气,利大小肠";引王好古语为"清头目,治中风昏愦,多睡不醒";引陈承语为"治伤暑,合醋治泄痢,甚效";引吴瑞语为"炒煎饮,治热毒、赤白痢;同芎䓖、葱白煎饮,止头痛";而李时珍自己对茶的功能判断则是"煎浓,吐风热痰涎"……我就不在这里掉书袋了。

现代医学经过科学数据的分析,剖析了茶叶中所含的成分,将近有五百种。主要有咖啡碱、茶叶碱、可可碱等生物碱,儿茶素、黄酮、黄酮醇、酚酸、花白素、花青素等茶多酚,还有多种碳水化合物、蛋白质、维生素和氨基酸等。其中,氨基酸有茶氨酸、天冬氨酸、谷氨酸等。茶中还含有钙、磷、铁、氟、钾、锰、硒、铜、镁等多种矿物质。茶叶中的这些成分，对人体是有益的，其中尤以锰能促进鲜茶中维生素 C 的形成，提升茶叶的抗癌效果。

现代医学根据茶叶的以上成分及其药理功能，主要归纳出茶的以下药效：一为止渴，解热，消毒；二为助消化，促进新陈代谢；三为兴奋大脑中枢神经，消除疲劳，少睡，增进思维能力；四为解毒，对抗药物的麻醉和毒害；五为利尿，增强肾脏的排泄功能；六为预防坏血病，治疗维生素 C 缺乏症；七为治疗糖尿病，调整糖代谢；八为治高血压，抑制动脉粥样硬化，预防冠心病；九为抵抗放射性伤害和防治放射性病变；十为明目，治疗眼病。

再说到茶与养生。养生的观点，是把健康长寿作为终极目标，生命是第一性的，长寿者被称为人瑞，就是人中的极品。自古以来长寿都有雅称：六十岁称为花甲之年、耳顺之年、杖乡之年；七十岁称为古稀之年、悬车之年、杖国之年；八十、九十岁称为杖朝之年、鲐背之年；寿得三位数一百岁的称为期颐之年。人们为长寿老人祝寿，还有喜、米、白、茶寿之说：喜寿，指七十七岁，草书"喜"字看似七十七；米寿，指八十八岁，因"米"字看似八十八；白寿，指九十九岁，"百"字少一横为"白"字；茶寿，指一百零八岁，"茶"字的草字头代表二十，下面有八和十，一撇一捺又是一个八，加在一起就是一百零八岁。1983 年，八十八岁的大哲学家冯友兰写了两副对联，一副给自己，一副送给同庚的金岳霖。给自己的一副是："何止于米，相期以茶；胸怀四化，意寄三松。"意思是不能止于"米寿"，期望能活到"茶寿"，意寄陶渊明抚松而徘徊的境界。给金岳霖的对联是："何止于米，相期以茶；论高白马，道超青牛。"前两句同，后两句是对金岳霖逻辑和论道方面的赞叹：论辩比公孙龙的"白马非马"论要高，论道超过骑着青牛的老子。

饮茶能长寿，正史也有记载。《旧唐书·宣宗纪》中提到，洛阳来了一位一百三十多岁的僧人，宣宗问他："服何药如此长寿？"僧答："贫僧素不知药，只是好饮香茗，至处唯茶是求。"长寿的秘诀是饮茶。孙中山先生也赞茶："是为最合卫生最优美之人类饮料。"人要健康长寿，清志调畅是一个重要条件，饮茶毫无疑问能够达到这个目的。陶弘景在其《养性延命录》中提出："养性之道，莫大忧愁大哀思，此所谓能中和，能中和者必久寿也。"现代文化名人林语堂也说："我毫不怀疑茶具有使中国人延年益寿的作用，因为它有助于消化,使人心平气和。"日本科学家发现,茶抗衰老的作用约为维生素 E 的二十倍。日本专家说:中国患动脉粥样硬化和患心脏病的比例比西方低,除了遗传因素、生活方式、饮食结构外,同时与中国人爱饮绿茶有关。

其实老外和中国人一样,也特在乎养生。茶叶在欧洲的初始形态就是药,荷兰人将其放在药店里销售。1666 年,每磅茶叶的售价在阿姆斯特丹是三先令四便士,而在伦敦则高达二英镑十八先令四便士。即使到了 1684 年,每磅茶叶的价格在阿姆斯特丹亦高达八十荷兰盾,所以一般人是消费不起的。

作为药物的中国茶,一度在荷兰成为万灵之水。有一个被人们称为庞德尔博士的荷兰医生,建议人们每天喝茶,他说:"我建议我们国家的所有的人都饮茶! 每个男人、每个女人每天都喝茶,如果有条件最好每小时喝,最初可以喝十杯,然后逐渐增加,以胃的承受力为限。有人病了,建议从五十杯到二百杯。"这当然是有点过了,但可见茶在他们心目中的药理作用。

1657 年,英国商人托马斯在伦敦街头原有的嘉拉惠咖啡店门口贴出了全英国第一个茶叶广告,也可以说,它是世界茶叶史上的第一个茶叶广告:可治百病的特效药——茶! 是头痛、结石、水肿、瞌睡的万灵药!

18 世纪初,英国人几乎不喝茶,18 世纪末,在英国人人喝茶。1699 年,英国的茶叶进口量是六吨,一个世纪后,进口量升至一万一千吨,价钱则降到一百年前的二十分之一。英国作家悉尼·史密斯甚至写诗这样赞美茶:"感谢上帝,没有茶,世界将暗淡无光,毫无生气。"

待我们具体说到安吉白茶,其主要优势,就在于氨基酸和维生素。维生素大家都了解,白茶中的维生素 C、维生素 P、维生素 A,能够降血压,保护视力,解毒抗癌,减肥……好处多多。这里还是得说一说氨基酸。氨基酸(Amino acid)是构成蛋白质的基本单位,赋予蛋白质特定的分子结构形态,使它的分子具有生化活性。蛋白质是生物体内重要的活性分子,包括催化新陈代谢的酵素和酶。氨基酸在这些营养素中的作用,一是蛋白质在机体内的消化和吸收是通过氨基酸来完成的,二是起氮平衡作用,三是转变为糖或脂肪,四是产生一碳单位,五是参与构成酶、激素、部分维生素……太学术了！咱们还是点到为止吧。总之，夏天用白茶制作凉茶是十分合适的。

有时间，不着急，我就用冷矿泉水直接泡了茶。冷水泡茶其实不稀奇的，湖南张家界有一首民歌，就叫《冷水泡茶慢慢浓》："韭菜开花细茸茸，有心恋郎不怕穷。只要二人情意好，冷水泡茶慢慢浓。"我当年创作长篇小说《南方有嘉木》时，写到沈绿爱发现丈夫杭天醉竟然在外面找了一个"小三"，一时想不开要自杀，被婆婆劝了下来，就用冷水泡了一杯凉茶，直到那浮在上面的干茶叶一片片地沉到了杯底，终于想明白了人生的爱恨情仇，确定了接下去的奋斗目标。我自己也曾经多次试过那冷水泡的茶，确定那慢慢变浓的滋味是非常好的。

凉茶泡在笔洗里，泡开后放入冰箱中。大约一小时后就可以取出喝了。冷水泡出来的白茶，依旧是极淡的，伸展的白叶上，较深的绿脉，铺在盆底，看着心就清凉了。那香味是极有韵、极有态的，古典的意味深长，上面半浮半沉着白菊，不由得使人想起"梅妻鹤子"林和靖之名句："疏影横斜水清浅，暗香浮动月黄昏……"

秋

立秋

林科所的第二片叶子

凉风悄至，
白露暗生，
寒蝉声声鸣。
追忆白茶初兴时。

立秋·汗水泪水润白茶

对立秋的常规定义，在安吉往往是行不通的。农家有条谚语，叫："早立秋，凉飕飕；晚立秋，热死牛。"不幸的是，今年的立秋时间定在了下午，热死牛的季节，对鲜嫩的茶树，真是一种残酷的折磨。站在山坡下，可以明显地发现，昨天碧绿的茶园，今天就枯萎了，而且有树荫的地方明显绿些，阳光下的白茶树则一片枯焦。对安吉白茶而言，夏秋时节的抗旱，始终是个严峻的考验。

季节完全错位,秋老虎下山四处乱窜,杭州城面临有史以来最恐怖的热潮,地球发了高烧,人们发了狂,世界发了疯。这个夏天的威力已冲高长三角多个城市的气温,多个城市高温天数破五十年来的纪录:上海一百四十年来最热气温被刷新;杭州迎来六十三年来最热天气;苏州出现自 1961 年有气象记录以来的气温最高值。据中央气象台当日预报,南方高温还将持续。立秋季节,所谓的"一候凉风至,二候白露降,三候寒蝉鸣",听上去恍若隔世。

江南一带的人们都在尽可能地避暑,比如我们杭州和湖州一带的茶农,大多是不采夏秋茶的,所以除了抗旱并不需要到茶田里多辛苦。但也有很多地方的茶农采摘秋茶,浙江开化的秋龙顶就是秋天开采的。我在网上还看到一则消息,说是立秋日广西柳州市融安县板榄镇东岭村茶园,一名瑶族妇女正在晾晒刚采回来的茶叶。又,估计广东一带没我们这里热,汕尾一带的农村,还在吃交秋茶,这个习俗,似乎我们这里是没有的。中午时分,农家左邻右舍十多人便围坐在一起吃交秋茶。用料以绿色蔬菜、瓜果、米粉丝、瘦肉和赤豆为主,搭配猪骨汤和茶水,色味俱佳,当地人也叫这种茶为"菜茶"。交秋茶在他们那里,是村民保存下来的老一代人的生活习俗。立秋时节,谷物蔬菜成熟,农事稍清闲,家家户户摘蔬菜瓜果炒制成菜茶,庆祝农作物丰收。这个好习俗我感觉很有推广的必要。

这个立秋季节,正值暑期,不采秋茶,吃不上交秋茶,我哪里都不去了,老老实实地待在家中,查阅资料,追忆白茶初兴时。

我们已经知道,安吉白茶的第一片叶子,是从天荒坪桂家场那株数百年的白茶祖上得来的。可只有那一片叶子,怎么可能如习近平主席当年所说的那样,"一片叶子,富了一方百姓"呢?所以,接下去我得追溯第二片叶子的历史了。

如果说,第一片叶子是上苍赋予的,那么,第二片叶子,便是人类的力量了。这第二片叶子,得从安吉县的林科所说起。

溪龙乡政府门口有一排比四层楼还高的杉树,沿着杉树下的小路往右一直走,十分钟左右,便能在一处僻静的树林中找到安吉县林科所。小路右手边是溪龙乡中心学校,我们是一路听着咿咿呀呀的读书声来到林科所的。在这样的环境下培育的安吉白茶,也多了几分书香气吧。

林科所是一幢三层的新楼,小巧干净,那株三百多年树龄的老榆树附近,面对着新楼,还立着这样一块大碑板,粉白的底色上面大大地写着十个草体的红字:"忠实于科学,献身于林业。"这十个字一下子把林科所的氛围拉回到了 20 世纪 50 年代,我好像看到王蒙老师写的《青春万岁》中的那个年代扑面而来。

安吉县林科所成立于 1976 年 12 月,是承担安吉县林业科学研究及林业科技推广工作的全民所有制事业单位,是安吉白茶的首席研发与推广者,也是珍稀竹种的收集繁育基地。林科所共有生产试验用地一千余亩,其中白茶园面积四百亩,在珍稀茶树品种开发、珍稀竹种的收集繁育及优新绿化苗木培育等方面取得了丰硕成果。其中,著名的安吉白茶是所里科技人员在 1981 年采集海拔八百米野生白叶茶单株通过无性扦插繁育而成。在林科所的大力推广与带动下,安吉县白茶种植面积已达十七万亩,产值达二十二亿余元,全国总推广面积超一百万亩,仅这一项科研成果就使千百万农民走上了致富之路。

1980 年,由湖州市农业局牵头,安吉县农业局参与,由安吉县林科所申报县科委"浙北地区当地茶树品种选育试验课题",从此拉开了对安吉白茶的研究、繁育与推广工作的序幕。1999 年,由中国农科院茶叶研究所与安吉县林科所共同实施的"安吉白茶特异性状的鉴定与利用"课题获浙江省科技进步三等奖。

接待我们的是林科所的副所长方宏峰,一个眉清目秀的三十来岁的年轻人,胡子刮得很干净,人也显得很精干。方宏峰毕业于杭州农校,也就是现在的杭州万向职业技术学院。他在林科所已经工作了十四个年头了,学的也是茶学专业,是林科所招的最后一批茶学专业员工之一。方宏峰基本经历了白茶从第一片叶子到第二片叶子,然后再到无数片叶子的全部过程,听他讲一讲林科所早期培育安吉白茶的一些情况,还是蛮有意思的。

关于安吉白茶从第一片叶子到第二片叶子的过程,已经有了各种说法,正好趁这个大暑天,喝着凉茶,猫在家中,把这个思路做一番梳理。

大溪山中有一株大白茶树,不会生育,这是当地百姓都知道的,只是没有人想着要去靠它发财致富罢了。1979年,浙江省有一个浙北良种选育课题,因为所辖区县都属于浙北地区,湖州市就协调各区县一起来做这个项目。当时,湖州市林业局茶叶科的科长叫林盛有,就由他作为项目主持人,牵头在湖州的三县两区开始进行品种选育,在安吉就选中了林科所。为什么当初会把这个项目放在林科所呢?因为当初茶叶科在林业局,林业局有一个林科所,林科所有自己的场地,事情就这样顺理成章。考虑到刘益民是安吉县林科所唯一的茶叶技术人员,所以,在1980年搞"浙北地区当地茶树品种选育试验课题"时,林盛有就找到刘益民,让他承担课题的一部分工作。在整个课题中,林盛有、程雅谷负责课题设计工作,滕传英负责记录,刘益民和他们雇来的两个村民负责日常管理。那两个村民中,有一个就是盛振乾。

其实,白茶的命运那时已经有了转机,安吉县农业局的科技人员们也开始了对这株白茶祖的保护和关注。1980年,安吉县政府也开始拨款对大溪乡横坑坞那棵白茶进行保护管理,大家不约而同地注视着这株白茶,就这样,为了同一个目标,会集到了白茶树底下。

这个项目有一个课题,就是找寻当时湖州山中一些命名过的或者没有命名的茶树,从那上面取下枝条,来进行繁殖。所以,当时取枝条的也不仅仅是白茶祖那一棵,还有长兴和德清的那些命名过的或没有命名的茶树。1980年开始,课题组跑遍了湖州市三个县的十一个乡十五个村,进行优良单株调查选定,取了枝条以后就放在林科所进行繁育。

其实一开始,也并非只是扦插这一种方式,而是多管齐下的,扦插、嫁接、播种。结果播种出来的茶返祖了,没有白化这个特征了。嫁接跟扦插虽然都是无性繁殖,还是保留了以前那种性状,但是嫁接太费功夫了,效率也太低,所以,最后就选择了扦插。

1982年4月的春天,课题组从白茶祖身上剪取茶穗537株,开始扦插繁殖白茶,成活288株幼苗;1983年3月,移植到了良种对比试验小区,种植了82丛,成活了75丛。到了1984年,白茶项目被安吉县科委列为"星火"课题计划,发展了五亩三分第三代白茶母本园,性状表现具有稳定性。至此,白茶繁育的第一阶段完成。第一片叶子,成功地演变出了第二片叶子。

我不由得想到了盛家老四的另外一种说法,就是他老爸在给集体扦插白茶的时候,还悄悄地"顺"回来几十株,种在自家的茶园里。这也算是"条条道路通罗马"吧。

这第二片叶子,究竟是怎样变成千千万万无穷无尽的叶子的呢?那可是一个大大的技术活啊。

首先,专家们已经给白茶取了一个科学的名字,叫作"白叶一号",凡是可以归到白茶祖上的白茶品种,都叫作"白叶一号"。

我们的白茶祖已经养育出了一大批的白茶母树,以后传宗接代的事情,她就不用操劳了,有她的儿女们呢。

白叶一号的栽培,可要注意这么几个环节——

第一个环节,是对采穗母树的培育。要当妈妈的茶树,当然要让她吃得好养得好了。春茶采摘后,得赶快给它修剪干净,什么蓬面鸡爪枝之类的,瞅着也难看,快快去掉,修剪到能长出粗壮的枝梢才算可以。您要问我那得几分几毫,这可说不出来,凭经验和专业技术吧。

然后,便是施肥,氮啊、磷啊、钾啊,那是为了增强新梢的分生能力。还得防止病虫害,保证新的枝叶健壮完整。

还有一个技术性很强的动作,你若是估摸着到扦插时顶端的芽还没生成,那你就得在十天半个月前打顶,不让枝梢再长了,只有这样才能催熟啊。

剪什么样的茶穗最好呢?红棕色的最好!绿色的、硬枝的,也行。

第二个环节便是小茶穗的温床了。若死板僵硬地按陆羽为我们定下的老规矩,"上者生烂石,中者生砾壤,下者生黄土。凡艺而不实,植而罕茂。法如种瓜,三岁可采",那我们就永远也不可能有今天的安吉白茶了。

安吉白茶的苗圃,得选择交通方便、地势平坦、有足够水源且排水方便的农地或水田。土质要求是微酸的,轻黏质的。种过烟草、麻类、蔬菜的园地,都不适合作为苗圃。这一来,我看也没有多少土地符合要求了。土地还得开上排水沟,每亩地要施饼肥一百公斤以上,还得配上过磷酸钙二十公斤,和土要拌匀了。另外,很重要的一条,还得在畦面上铺五厘米至六厘米厚的疏松红黄壤土,那是供扦插用的。

第三个环节便是剪穗和扦插了。从白茶母树上剪下的枝条,当天就得插上,穗长三厘米左右便可,每个穗上有一个腋芽,还要有一片健全的真叶,这个我在现场看到过,当时就觉得真神奇,这小小的一芽一叶,就能生出无穷的生命来。

我看到的扦插是将穗斜斜地插入略湿的土中,深度是露出叶柄即可,每亩可以插上十五万枚左右。别在正午大太阳下干这活,上午或者傍晚都行。

第四个环节,插完穗得赶紧地搭上遮阴的棚子,遮风挡雨防晒。棚高也有要求,一般为三十厘米到五十厘米。

第五个环节,便是管理了。要浇水排水,保持土壤湿润;要保护好遮阴棚,冷了要加膜,热了要掀掉,跟养小孩子一样的;要及时地除草,除茶苗的花蕾;要适当地施肥,每月一次,以稀淡为主;还得防治病虫。苗期里常见的病虫有小绿叶蝉、茶蚜等,该喷的药还是得喷的。

最后该是起苗了。白茶苗一般都是在秋天扦插的,到第二年秋高气爽之日,便是起苗栽种之时了。苗木的质量也是标准化的,《安吉白茶地方标准》规定,二级以上的茶苗,要达到苗高二十厘米至三十厘米,茎粗一点八毫米至三十毫米,根长四厘米至十二厘米,叶片六至八张,还要无检疫性病虫害。

我以往在乡间茶区,看到采摘茶叶无数次了,可见到种植茶苗却少之又少,自己下地试着扦插的,只记得在新昌有过一次。安吉的白茶茶苗,还没有亲手扦插过,只在田埂上见过,却不是扦插。所以,以上的文字,都是纸上谈兵,是参考了《安吉白茶生产技术操作规程》的经验之谈,依样画的葫芦。

劳动人民的这些智慧结晶,我们编一编轻轻松松,却不知他们经历了多少次失败才换来这无价之宝。这一套成功的栽培法,多少年后,都该算得上是非物质文化遗产的。

今天的安吉白茶,其基本特征已经这样确定下来了:灌木型,中叶类,主干明显,叶长椭圆形;叶尖渐突斜上,叶身稍内折,叶面微内凹,叶齿浅,叶缘平。中芽种,春季新芽玉白,叶质薄,叶脉浅绿色,气温高于二十三摄氏度后,叶转花白至绿。

方副所长带我去现场参观了成活七十多丛茶苗的试验田,现在那里已经不种茶树了,但还有一些被矸伐过的老茶树根,黑黝黝地扎在地里,还有几蓬老茶树在边上生长着。我问这茶树根长得那么粗,应该就是早年移植的那些茶苗长成的吧。方副所长说,就是,但不是因为它们长得粗。他让我看这些茶树的根,树皮发白,他说这才是老白茶树的标志。

我们接着到了第一块重要的白茶基地。这块地宽敞多了,一片片的全是被矸伐后的老茶根,一旁堆着一大片已经枯死的老茶枝,看样子这片茶地现在正在修整中。茶地中很亮眼地竖着一块黑色的碑文,上面刻着这样几行大字:"安吉县林科所,白茶基地,珍稀种实验五亩三分。1987—1990 年种植。实施人:刘益民。"

名字刻在碑上的这位老人,生于 1934 年,浙江临安横畈人,高级农艺师,曾任安吉县林科所茶叶研究室主任。因对安吉白茶的卓越贡献,在白茶发展史上具有举足轻重的地位。前些年我也曾去他家走访,他家就在林科所边上,一套极简朴的平房。我见着了他的夫人童爱芳,但刘益民先生已经去世了。

方副所长向我介绍着这块土地的神奇,他感慨地说:

"那时候扦插技术已经比较成熟了,当然没有现在技术条件那么好,开始成活率还没现在那么高,刚扦插时没多少量,就是种在成活七十多丛茶苗的那块地方。后来技术成熟起来,量多起来,就种到这块地里来了,可以说,安吉的白茶基本上都是从这块地里发出去的。就是说,这块地是最早的安吉白茶苗圃,是第一批移栽下来的安吉白茶茶树成园的地方。你看碑上写的是 1987 年到 1990 年,这也是一块一块种植的,不是一下子种起来的。

"我开始参与这里的白茶育种时,我们已经做到品种试验这个阶段了,就是说,扦插什么的已经做完了,可以做进一步的科学研究了。当时我们有白叶一号、龙井 43、龙井长叶等品种,这些品种都是在一起做品种试验的。我是在 1984 年参加工作的嘛,正好做一些后续的数据收集、实地观察等工作,工作量最大的时候是在 1985 年,那之后,这个品种实际上已经被认可了。但是对这个品种的鉴定是直到 1998 年才完成的。

"这中间还有一个故事。其实第一次鉴定,早在 1992 年就开始了。我们刚开始为这个品种取名'玉凤',因为好听嘛,是吧? 但是'玉凤'这个名字已经被我们林科所注册掉了,就不能全县通用了嘛,我们就把它叫作'安吉白茶'。结果,究竟叫什么,大家意见还不统一,会上争论不休。鉴定专家,一个是当时浙江农业大学的茶学系老主任刘祖生,还有一个是茶科所的虞富莲老师,他们就说,你们争完了我们再来给你们鉴定。结果一晃就到了 1998 年,我们重新提出要开始品种鉴定。到了那个时候,我们的白茶的品种鉴定才做下来。天时地利人和,是吧?"

被方副所长这么一说,我突然想起了另一款曾经很有名的茶——安吉白片。记得 1989 年,安吉白片曾在第三届全国名茶评比会上获奖,跻身中国名茶行列。后来安吉白茶声名鹊起,安吉白片便黯淡了。有些人会问我,安吉白茶和安吉白片有什么区别啊? 我也拿这个问题去问安吉茶人,这回问了专家,总算彻底搞清楚了。

原来,这安吉白茶和安吉白片虽然都属于绿茶,但树种却是不一样的。安吉白茶的树种是白叶一号,也就是白茶祖的科学名称,被称为无性系茶树良种。而安吉白片的树种呢,是以高山绿茶(地方群体种)、龙井 43 和迎霜为主的。

它们制作的方式也不同。安吉白茶有两种,一种是凤形的,条直显芽,壮实匀整,色泽是嫩绿的,鲜活地泛着金边,属于烘青绿茶;一种是龙形的,扁平光滑,挺直尖削,嫩绿中显出玉色,很匀称,属于炒青绿茶。那些清明前采的精品白茶,干茶是金中隐翠,而非翠中隐金的。而安吉白片呢,形如兰蕙,白毫显露,叶芽如金镶碧鞘,内裹银箭,仔细赏茶,也是非常迷人的,这就是半烘炒青绿茶,或者就是烘青绿茶。

一般人喝茶,没有赏干茶这道程序,但茶艺呈现时有这道程序,行家会仔细地看,一般人也就瞄一眼算是赏过了。其实赏干茶是非常重要的,尤其是绿茶,千姿百态,个中信息丰富极了。大学毕业后,我曾在报社工作,记得大约就在20世纪80年代中期,一个身在湖州的作家朋友给我寄来了一种茶,现在想来,应该就是安吉白片吧。我拿出来请办公室同事共饮时,一个同事叫了起来:"啊呀,你的茶发霉了啊。"原来那茶叶上有一身毛茸茸的白毫。我们连忙都凑到天光下反复研究,竟然无法判定,不知道是霉还是毫。虽然如此,我还是泡开喝了,那时的我虽然也喝茶,还基本上属于茶盲啊。如今喝茶喝出精来了,想起当年的笑话,不由得还会汗颜。那时候,安吉白茶已经扦插成功了,但大面积推广,还是十年以后的事情。从第一片叶子到第二片叶子,也是整整十年的历程。接下去是第三片叶子,那就是一生二,二生三,三生万物了。

处暑

在可以喝的水中荡漾

鹰乃祭鸟，
天地始肃，
禾乃登。

瀹白茶山水为尊。

处暑·白茶从煎熬中挺过来了

处暑时节，白茶和白茶的主人，都小小地松了口气。白天虽暑气未消，但夜晚是开始凉了。七月、八月看巧云，说的是天空云层多变，浓淡有致。此时，有许多地方是采夏茶的，因为下了几场雨，茶芽就冒了出来，俗称"雨水茶"。安吉白茶是不采夏、秋茶的。此时，茶农们要整修掉枯焦的茶蓬枝叶，让白茶们有喘息蓄力的时间。

一路驾车直奔桐庐,应邀到这座美丽潇洒的江南小城去传播茶事。特意约了几个学生,已经毕业的研究生肖金,助手潘城,还有茶文化专业本科毕业生、茶谣馆馆主黄小四。师生月余未见,分外亲热,大家一路聊着笑着,我突然想起来了,8月23日,嗨,今日不是处暑吗? 处者止也,从今日开始,暑气将止了。

赶紧往车窗外望,天空如蒙了一层厚厚的毛玻璃,一只鸟也没有,什么"池塘生春草,园柳变鸣禽"啊,那鸟儿的鸣叫声都几乎从我的听觉世界里消失了,所谓"一候鹰乃祭鸟",怕只是传说中的神话吧。

幸而还有一条江陪伴着我们。一路沿着富春江边走,这是一条对我而言无比亲切的江流。从童年到青年,我一直在这条江的两岸迁徙。说到富春江的好,我是再没有一字一句可以创造了,唯有反复吟哦距今近一千五百年前吴均字字珠玑之文:"……风烟俱净,天山共色。从流飘荡,任意东西。自富阳至桐庐一百许里,奇山异水,天下独绝。水皆缥碧,千丈见底。游鱼细石,直视无碍。急湍甚箭,猛浪若奔。夹岸高山,皆生寒树,负势竞上,互相轩邈……"

我们浙江,是一个七山一水二分田的地方,即便是安吉这样的儒雅平柔之地,也有着一千五百多米高的大山,所以浙江人和"邻居"江苏人是很不一样的。浙江人还是相对比较陡削的,因而会有鲁迅这样的文笔,有《男吊》、《女吊》这样的高亢之音。

看到眼前的富春江,便不由得想到了安吉山中的黄浦江源。2012年夏初曾去过一次安吉的龙王山黄浦江源头,这龙王山就在安吉县的最南端,位于浙江安吉、临安和安徽宁国三地交界处,属于北天目主峰之一,最高海拔达一千五百八十七点四米,高度与我们浙江有名的高峰百山祖也差不了多少了。龙王山茶叶公司也是一家著名的安吉白茶茶企,董事长潘元清被人称为"站在龙王顶上的人"。他当过十几年村里的书记,把茶企做成了安吉白茶的龙头企业。他的白茶与红茶都让我心仪。我曾在这家茶企看到过他们的茶文化展厅,简直就是个袖珍的茶叶博物馆。

那次去龙王山,一路都是车行,与今天的景观相比又是别一番情致。我们已经知晓,安吉地处天目山北麓,群山起伏,树竹交映,云雾缭绕,雨量充沛,土壤肥沃。作为中国竹乡,植被覆盖率为百分之七十,空气质量为一级,水体质量达到Ⅰ、Ⅱ类,是气净、水净、土净的"三净"之地。良好的生态环境,是安吉白茶品质优异的保证。我们的上行之路一边依山,映入眼帘的皆是连绵起伏的青翠的竹林,仿佛让人觉得大明星周润发随时都有可能从竹梢上着白衣飘飘而下;另一边临水,河床中露出许多奇形怪状的大石头,溪水在巨石中逶迤穿行。一会儿是索桥,一会儿是石汀,一会儿是瀑布,一会儿是巨石,一会儿是激流冲浪,有一句广告语让人印象深刻:"在可以喝的水中荡漾。"待气喘吁吁地行到尽处,汪道涵先生书写的"黄浦江源"巨石赫然入目。目的地到了!

源头有瀑布,其实这一路上来,东一条西一条地挂着不少瀑布,可惜都不大罢了。这就是我们浙江的山水,它总会以一种丰富饱满的美感,来弥补苍凉、巨大、崇高、伟岸的不足。走在这样的道路上,心里感到一阵阵的亲切。我想,这或许就是当年陆羽走过的地方,他半生在湖州度过,且又来去安吉,上山访茶,《茶经》中所描绘的山水之景,仿佛就从此景中而来。且又想起了陆羽的好朋友皇甫冉送给他的诗:"采茶非采菉,远远上层崖。布叶春风暖,盈筐白日斜。旧知山寺路,时宿野人家。借问王孙草,何时泛碗花。"一千多年前的唐代诗人们,写的就是此景此情中的茶人吧。

记得当时我用矿泉水瓶灌了源头之水回去,小心地避开了瀑布之水,选择那平静深潭的山水。这是遵循了茶圣的教导。陆羽是不主张用瀑布水泡茶的,他说:"其瀑涌湍漱,勿食之,久食令人有颈疾。"以往我一直都不明白陆羽为什么那么说,甚至也颇怀疑陆羽的话是否准确。给学生们上课,解读这句话时,我用了精神性的比喻,想要说明陆羽主张中庸,不主张激流中的水,也就意味着不主张过于激烈的行为。然而,在黄浦江源头,望着瀑布从山头跌下,我的想法突然变了。其实直到今天我也还没有完全从科学层面上弄明白,陆羽为什么不主张用瀑布之水泡茶,但我想明白了一点:陆羽是绝不会无缘无故凭感觉说出这样一句话的,他一定是有原因的。我想他或许在离瀑布不远的地方居住过一段时间,也许他和神农一样以身试茶,他自己因久食瀑布之水而得过"颈疾",抑或他曾看到周围有山民得大脖子病。总之,这恐怕是经验之谈,而非道听途说之语。

当一个人身临其境,感悟先哲之时,他怎么还敢下车伊始就信口开河呢? 就比如我现在对陆羽《茶经》中的每一个词、每一句话都不敢怠慢,对错与否,这一切都是事出有因的。

就如此刻我行进在去桐庐的路上,便不可能不想到陆羽将天下好水分成的二十个等级,其中桐庐严陵滩水为第十九。我以往并不真正相信此水是陆羽评出来的,我总以为是别人假借了陆羽之名,可是我现在会问自己,你凭什么不相信呢? 你要拿出你的证据来啊!

陆羽在其《茶经·六之饮》中,开门见山地下了定论:"翼而飞,毛而走,呿而言。此三者俱生于天地间,饮啄以活,饮之时义远矣哉。"说的是:鸟在天上飞翔,兽在地上奔跑,人类在岁月中生活,这三者存在于天地间,全靠饮食维持与繁衍生命,饮水的意义,是多么深远啊!

陆羽的这一段经典论述,揭示了人类与水之间深刻的"水生态"关系。人体中有百分之六十至百分之八十为水,成年人体内含水量约为百分之七十。科学测定:一般人每天补水量约为一点五升至二点五升,其中大半为饮用水,小半为食用水,少量为内生水。对于人类来说,世界上没有哪样东西比水更重要,水可谓生命之源。

茶中所有的精华部分,正是通过水的介质进入人体的,故历来就有"水为茶之母"之说。明代张大复在《梅花草堂笔谈·试茶》中有经典论述:"茶性必发于水。八分之茶,遇十分之水,茶亦十分矣;八分之水,试十分之茶,茶只八分耳。"与他同时代的茶人许次纾则在《茶疏》中写道:"精茗蕴香,借水而发,无水不可与论茶也。"一部《茶经》三卷十章七千多字,关于水生态内容方面,已然成一系统,具体涉及了以下几个方面:择水、煎汤、品饮。

关于茶水中的择水理念,并非陆羽横空出世的奇想,他不过是在前人对水的饮用择取上,加入茶性元素,进一步提升罢了。

人类从先民时代,就将择水而居作为最基本的生存方式。而水与茶一旦结合,人类在比较中,便有了茶性借水而发的经验。自汉至晋至唐,陆羽作为集大成者,深谙此道,将择水作为人类品饮茶时的第一个关口。不守住水的精妙,其他就一切免谈。故陆羽专门评判出了水的高下,主要体现在《茶经·五之煮》这一章。其中有一段经典论述,集中体现了陆羽对煮茶用水的要求:

> 其水,用山水上,江水中,井水下。《荈赋》所谓:"水则岷方之注,挹彼清流。"其山水,拣乳泉、石池慢流者上;其瀑涌湍漱,勿食之,久食令人有颈疾。又多别流于山谷者,澄浸不泄,自火天至霜郊以前,或潜龙蓄毒于其间,饮者可决之,以流其恶,使新泉涓涓然,酌之。其江水,取去人远者。井,取汲多者。

翻译成白话就是:煮茶的水,用山水最好,其次是江河的水,井水最次。《荈赋》里说了,煮茶要用岷江之水,要汲取它的清流部分。山水,最好选取乳泉、石池漫流的水,奔涌湍急的水不要饮用,长期饮用这种水会使人颈部生病。几处溪流汇合,停蓄于山谷的水,水虽澄清,但不流动。从热天到霜降前,也许有龙潜伏其中,水质污染有毒,要喝时应先挖开缺口,把污秽有毒的水放走,使新的泉水涓涓流来,然后饮用。江河的水,到离人远的地方去取,井水要从有很多人汲水的井中汲取。

关于茶水中的煎汤环节,实际上就是探究如何将水与茶加工在一起,成为浑然一体的高质量茶汤。陆羽在《茶经》中,对此进行了大量的描述。

在《茶经·二之具》中有一条:

灶:无用突者。釜:用唇口者。

翻译成白话是说:灶,不要用有烟囱的。锅,要用锅口有唇边的。

虽然没有直接说到水,但灶涉及火的使用,锅涉及水煮烹时的操作状态,所以是与水有关的。

《茶经·四之器》中,涉及风炉的有一条:

置端埠,于其内设三格:其一格有翟焉,翟者,火禽也,画一卦曰离;其一格有彪焉,彪者,风兽也,画一卦曰巽;其一格有鱼焉,鱼者,水虫也,画一卦曰坎。巽主风,离主火,坎主水。风能兴火,火能熟水,故备其三卦焉。

翻译成白话是说:设置支撑风炉口缘内的隔板物,其间分三格:一格上有只翟鸟图形。翟鸟是火禽,所以要画一象征火的离卦;一格上有只彪的图形,彪是风兽,所以要画一象征风的巽卦;一格上有条鱼的图形,鱼是水虫,所以要画一象征水的坎卦。巽表示风,离表示火,坎表示水。风能使火烧旺,火能把水煮开,所以要有这三卦。

这一条似乎也没有直接涉及煮汤时的实际状态,但其中关注到水、火、风三者的关系,并以阴阳八卦作为它们之间关系的解释,进入了世界终极精神"道"的领域,所以是很重要的理念。

关于煮水用的辅助器具,同一章中共有以下五条:

水方:以椆木、槐、楸、梓等合之,其里并外缝漆之。受一斗。

漉水囊:若常用者,其格以生铜铸之,以备水湿,无有苔秽腥涩意。以熟铜,苔秽;铁,腥涩也。林栖谷隐者,或用之竹木。木与竹非持久涉远之具,故用之生铜。其囊,织青竹以卷之,裁碧缣以缝之,细翠钿以缀之,又作绿油囊以贮之。圆径五寸,柄一寸五分。

瓢:一曰牺、杓,剖瓠为之,或刊木为之。晋舍人杜毓(即杜育)《荈赋》云："酌之以匏。"匏，瓢也，口阔，胫薄，柄短。永嘉中，余姚人虞洪入瀑布山采茗，遇一道士，云："吾，丹丘子，祈子他日瓯牺之余，乞相遗也。"牺，木勺也。今常用以梨木为之。

熟盂：以贮熟水，或瓷，或沙。受二升。

涤方：以贮涤洗之余。用楸木合之，制如水方，受八升。

翻译成白话：

水方：以稠、槐、楸、梓等木制作，里面和外面的缝都加油漆封住，容水量为一斗。

漉水囊：同常用的一样，它的骨架用生铜铸造，以免打湿后附着铜绿和污垢，使水有腥涩味道。用熟铜，易生铜绿污垢；用铁，易生铁锈，使水腥涩。隐居山林的人，也有用竹或木制作。但竹木制品都不耐用，不便携带远行，所以才要用生铜做。滤水的袋子，用青篾丝编织，卷曲成袋形，再裁剪碧绿的绢缝制，缀上翠钿做装饰。又做一个绿色油布口袋把漉水囊整个装起来。漉水囊的骨架口径五寸，柄长一寸五分。

瓢：又叫牺、杓，把葫芦剖开制成，或是用树木挖成。晋朝杜育的《荈赋》说："用瓠舀取。"瓠，就是瓢。口阔，瓢身薄，柄短。晋代永嘉年间，余姚人虞洪到瀑布山采茶时，遇见一道士。那道士对他说："我是丹丘子，希望你改天把瓯、牺中多余的茶送点给我喝。"牺，就是木勺。现在常用的以梨木挖成。

熟盂：用来盛开水，为瓷器或陶器。容量二升。

涤方：盛洗涤的水和茶具，用楸木制成，制法和水方一样，容量八升。

《茶经·五之煮》，集中讲解了煮汤的过程。

其沸，如鱼目，微有声，为一沸；缘边如涌泉连珠，为二沸；腾波鼓浪，为三沸。已上，水老，不可食也。初沸，则水合量，调之以盐味，谓弃其啜余，无乃餡镓而钟其一味乎？第二沸，出水一瓢，以竹筴环激汤心，则量末当中心而下。有顷，势若奔涛溅沫，以所出水止之，而育其华也。

……第一煮水沸，而弃其沫，之上有水膜，如黑云母，饮之则其味不正。其第一者为隽永，或留熟（盂）以贮之，以备育华救沸之用。诸第一与第二、第三碗次之，第四、第五碗外，非渴甚莫之饮。

……茶性俭，不宜广，广则其味黯澹。且如一满碗，啜半而味寡，况其广乎！

翻译成白话：

水煮沸了，冒出了像鱼目般形状的小泡，有轻微的响声，称作"一沸"；锅的边缘泡连珠般地往上冒，称作"二沸"；水波翻腾，称作"三沸"。若要再继续煮，水就老了，味不好，就不宜饮用了。开始沸腾时，按照水量放适当的盐调味，把尝剩下的那点水泼掉。切莫因无味而过分加盐，否则，不就成了特别喜欢这种盐味了吗？第二沸时，舀出一瓢水，再用竹笑在沸水中转圈搅动，用茶勺盛量茶末沿漩涡中心倒入。过一会儿，水大开，波涛翻滚，水沫飞溅，就把刚才舀出的水掺入，使水不再沸腾，以保养水面生成的精华所在。

……第一次煮开的水，把面上一层沫去掉，因为那上面有像黑云母一样的膜状物，它的味道不好。此后，从锅里舀出的第一道水，味美味长，谓之"隽永"，通常贮放在熟盂里，以作育华止沸之用。以下第一、第二、第三碗，味道略差些。第四、第五碗之外，要不是渴得太厉害，就不值得喝了。

……茶的性质"俭"，水不宜多放，多了，它的味道就淡薄。就像满满一碗茶，喝了一半，味道就觉得差些了，何况水加多了呢！

人与水之间一旦形成科学关系，如何饮水，便成了水生态系统中一个至关重要的环节。即便有好水，煮出了好茶，若不会喝，依然会出问题。其次，如不能够认识好水而牛饮，那么其中的精妙也会被忽视，岂非暴殄天物。故品饮这一说，既有功能性的作用，亦有精神层面的审美的作用。

关于品饮，《茶经·一之源》中还有以下这些论述：

茶之为用，味至寒，为饮最宜。精行俭德之人，若热渴、凝闷、脑疼、目涩、四肢烦、百节不舒，聊四五啜，与醍醐、甘露抗衡也。

翻译成白话，是说：茶的功用，因为它的性质冷凉，可以降火，作为饮料最适宜。品行端正有节俭美德的人，如果发烧、口渴、胸闷、头疼、眼涩、四肢无力、关节不畅，喝上四五口，其效果与最好的饮料醍醐、甘露不相上下。

《茶经·四之器》中说：

> 晋杜毓《荈赋》所谓："器择陶拣，出自东瓯。"瓯，越也。瓯，越州上，口唇不卷，底卷而浅，受半升以下。越州瓷、岳瓷皆青，青则益茶，茶作白红之色。邢州瓷白，茶色红；寿州瓷黄，茶色紫；洪州瓷褐，茶色黑：悉不宜茶。

翻译成白话就是：晋代杜育《荈赋》中说："器择陶拣，出自东瓯。"瓯作为地名，就是越州；瓯作为茶器，越州产的最好，口不卷边，底卷边而浅，容积不超过半升。越州瓷、岳州瓷都是青色，能增进茶的水色。茶汤本作白红之色，邢州瓷白，茶汤呈红色；寿州瓷黄，茶汤呈紫色；洪州瓷褐，茶汤呈黑色。这些都不适合盛茶。

《茶经·五之煮》是这样说的：

> 凡酌，置诸碗，令沫饽均。沫饽，汤之华也。华之薄者曰沫，厚者曰饽，细轻者曰花，如枣花漂漂然于环池之上；又如回潭曲渚青萍之始生；又如晴天爽朗有浮云鳞然。其沫者，若绿钱浮于水渭，又如菊英堕于樽俎之中。饽者，以滓煮之，及沸，则重华累沫，皤皤然若积雪耳。《荈赋》所谓"焕如积雪，烨若春花"，有之。
>
> ……凡煮水一升，酌分五碗，乘热连饮之，以重浊凝其下，精英浮其上。如冷，则精英随气而竭，饮啜不消亦然矣。

翻译成白话文为：喝时，舀到碗里，要让沫饽均匀。"沫饽"就是茶汤的"华"。薄的叫"沫"，厚的叫"饽"，细轻的叫"花"。"花"的样子，很像枣花在圆形的池塘上浮动，又像回环曲折的潭水、绿洲间新生的浮萍，又像晴朗天空中的鳞状浮云。那"沫"就好似青苔浮在水边，又如菊花落入杯中。那"饽"，用煮茶的渣滓煮时，水一沸腾，汤面便堆起厚厚一层白沫，白如积雪。

《荈赋》中讲的,明亮像积雪,光彩如春花,形容的真是这样的景况。

……一般烧水一升,分作五碗,趁热接着喝完。因为重浊不清的物质凝聚在下面,精华浮在上面。如果茶一冷,精华就随热气跑光了。要是喝得太多,也同样不好。

在《茶经·六之饮》中,陆羽说:

> 饮有粗茶、散茶、末茶、饼茶者。乃斫,乃熬,乃炀,乃舂,贮于瓶缶之中,以汤沃焉,谓之痷茶。或用葱、姜、枣、橘皮、茱萸、薄荷之等,煮之百沸,或扬令滑,或煮去沫。斯沟渠间弃水耳,而习俗不已。
>
> ……夫珍鲜馥烈者,其碗数三;次之者,碗数五。若坐客数至五,行三碗;至七,行五碗;若六人以下,不约碗数,但阙一人而已,其隽永补所阙人。

意思是说:茶的种类,有粗茶、散茶、末茶、饼茶。(要饮用饼茶时)用刀砍开,炒,烤干,捣碎,放到瓶缶中,用开水冲灌,这叫作"痷茶"。或加葱、姜、枣、橘皮、茱萸、薄荷等,煮开很长时间后,把茶汤扬起变清,或煮好后把茶上的沫去掉,这样的茶无异于倒在沟渠里的废水,可是一般都习惯这么做。

……属于珍贵鲜美馨香的茶,(一炉)只有三碗,其次是五碗。假若喝茶的客人达到五人,就舀出三碗传着喝;达到七人,就舀出五碗传着喝;假若是六人,不必管碗数(照五人那样舀三碗),只不过缺少一人的罢了,那就用"隽永"来补充。

陆羽《茶经》中涉及的凡此种种,无论茶、茶器、品茶之人,都已经作为一种象征形态,渗透了文化的深度和广度。人是精行俭德之君子,茶是醍醐甘露之仙液,水自然也是琼浆玉露之神品。陆羽对水的这种认识,来自中国儒释道三家文化中共有的对水的崇拜。

中国儒家文化,对水有着高度道德化的认识。孔子总结水的品性,认为水有德,有仁,有义,有智,有勇,有察,有容,有善,有正,有度,有志。这种对水的认识,也被陆羽作为观察水的方法,作用到茶与水的关系之中去。比如陆羽在选择茶器时,以为越瓷冰清玉洁,而邢瓷类银类雪,盛茶汤时前者呈现出青色,后者呈现出红色,故前者为上。之所以作出这样的评价,乃是青色为冷色调,象征着内敛,比象征着奔放、不够节制的红色更有君子风范。再比如,陆羽以为茶水要单纯,若夹杂着众多食物共煮,就如可以弃之沟渠的废水。这里明显象征着君子的清流之气,品格中不能够有任何杂质掺杂其中。

佛家文化对陆羽水生态思想的影响,集中体现在烹茶器具中,漉水囊位列其中,大有深意。漉水囊为小乘比丘六物之一,其余五物分别为僧伽梨(大衣)、郁多罗僧(上衣)、安陀会(中衣)、钵、尼师坛(敷布坐卧之具)。漉水囊不是今人以为的滤去杂质用干净水品饮的意思,而是因为众生平等,惜水中生物,滤水去虫的器具。故《茶经》中关于漉水囊的记录,除其功能性之外,还特别讲究其美观和装饰作用,此处恰恰象征着功能之上的慈悲心肠。

道家文化中关于水的认识,也在《茶经》中多有体现。道家有关水的论述体现了道家柔而不争的无为之道的德行,老子"上善若水"、阴阳转易的宇宙观,与茶性、人性可以说是一体的。水动不息,静则保在其中,所以水被老子喻为"上善"。它随着自然的运行与变化而存在。它在方为方,在圆为圆,顺自然而成行。它的特性构成了老子道家思想的核心。陆羽在茶饮过程中,对道与茶的关系做了标志性的物态象征,那就是关于风炉的制作。风炉原本是道家炼丹时一个重要的器物,现在与煎茶结合在了一起,故炼丹便与煎茶有了某种共性。它们在制作过程中都少不了风火水,便有了巽离坎的阴阳八卦概念。

唐玄宗天宝十一年(752)四月,礼部员外郎崔国辅出任竟陵司马。他很器重陆羽的才华,得知陆羽将投身茶事的研究,便将自己的白驴、乌犎牛和文槐书函送给他。文槐书函便于携带各种书籍资料,乌犎牛便于乘骑。随后,年仅二十一岁的陆羽便踏上对茶道的考察研究之路。他游历了中原、三秦、巴山蜀水及下江一带,他的足迹东到江浙,南到两广,北达燕赵,西至巴陕,遍及当时大半个中国。他不仅考察了各种茶叶的产地、生长状况和品质优劣,而且按煮茶的水味对华夏各名泉、名水做了细致的分析和比较。

历史上关于陆羽判水,有过许多神话般的记录和传说。唐代张又新的《煎茶水记》专门记录了一则:唐代宗广德年间,御史大夫李季卿巡视江南,到扬子江边,知此处南零水煮茶最好,便召请陆羽前去展示茶艺。但军士取来水后,陆羽却尝出了此水为江边之水,非江心南零之水。原来是军士打水归来溢出半桶,便以江边水以次充好。陆羽倒去上面半桶水,便品到下面的水的甘冽。

于是,李季卿命人记录,由陆羽口授,记下了天下二十等的好水:"庐山康王谷水帘水第一;无锡县惠山寺石泉水第二;蕲州兰溪石下水第三;峡州扇子山下有石突然,泄水独清冷,状如龟形,俗云虾蟆口水,第四;苏州虎丘寺石泉水第五;庐山招贤寺下方桥潭水第六;扬子江南零水第七;洪州西山西东瀑布水第八;唐州柏岩县淮水源第九,淮水亦佳;庐州龙池山岭水第十;丹阳县观音寺水第十一;扬州大明寺水第十二;汉江金州上游中零水第十三,水苦;归州玉虚洞下香溪水第十四;商州武关西洛水第十五,未尝泥;吴松江水第十六;天台山西南峰千丈瀑布水第十七;郴州圆泉水第十八;桐庐严陵滩水第十九;雪水第二十,用雪不可太冷。"

在《茶经》中,陆羽作出的山水为上、江水为中、井水为下的结论,正是建立在陆羽走遍大江南北品水评茶的基础之上的。山水中,他又分为泉水、奔涌翻腾之水和流于山谷停滞不泄的水。饮山水,要拣石隙间流出的泉水。山谷中停滞不泄的死水蓄毒其中,取饮前要疏导滞水,使新泉涓涓流入,方可饮用。取江水要取去人远者,因为离人远的江水比较洁净。想必即使在唐代,水污染的问题也已经存在,故离人远的水被污染的可能性小。至于井水,则要选择经常在汲取的井水,因汲多者则水活。这些都是经验之谈,未经身体力行,是绝不可能谈得那么到位的。我们今天用科学仪器测 pH 值以区分软硬水,陆羽通过口饮品尝,得出的结果也是基本一致的,那就是好水皆软水,能够泡出好茶来。

作为孤儿出身,在寺院长大,投身戏班子,全靠自学成才的陆羽,甫一投身茶事,便逢兵荒马乱、流离失所之际,却未降低生命质量。他将水与茶与火的关系作为一个系统工程来考量,为千秋后世之人立下了品饮的格局和标准,这是一件何其令人感慨之事。

陆羽形成了以"精俭"为核心理念的品饮模式,在制作茶汤上强调"精行",在品饮茶茗时强调"俭德"。

制作茶汤时的"精"体现在以下几个方面:

一为精道。制作茶汤时,无论水温升高的节奏,还是投入茶末的节点,甚至以勺子搅水的动作,都十分地讲究,这就叫"精道"。因此他才会说:"飞湍壅潦非水也……操艰搅遽非煮也。"他才会认为喝一盏好茶将要遇到九个难关:"一曰造,二曰别,三曰器,四曰火,五曰水,六曰炙,七曰末,八曰煮,九曰饮。"

二为精致。陆羽专门为品茶设计了二十四件茶具,这便是"精致"了。为此,他专门用了一章《茶经·九之略》来说明这些器具何时可减何时不可减。他以为,关于煮茶用具,如果在松间,有石可坐,那么具列(陈列床或陈列架)可以不要。如果用干柴鼎锅之类烧水,那么,风炉、炭挝、火筴、交床等都可不用。若是在泉上溪边(用水方便),则水方、涤方、漉水囊也可以不要。但是,您若是在家中品茶,那么这二十四件茶器,是一件也不能够少的。"但城邑之中,王公之门,二十四器阙一则茶废矣!"这里的王公之门,我以为,就是君子士大夫清流高人之辈。

三为精美。在煎煮时,连汤面的泡沫都分出了各种形状,作为开水的状态,有一沸"鱼目",二沸"涌泉连珠",三沸"腾波鼓浪"。伴随着声音的逐渐响亮,后人称茶水煮开时的声音为"松声";而作为投入茶末之后的茶汤,更有要求,那便是"精美"。要产生汤的精华,叫"沫饽",诚如前文提到,精华薄的叫"沫",精华厚的叫"饽",精华中最细轻的叫"花"。陆羽甚至对将锅中的茶汤盛到碗中都有要求,那就是沫饽的均匀。

精道、精致、精美,将茶汤的物理形态和审美形态呈现得淋漓尽致。

品饮茶茗时的"俭德",强调的实际上就是两个字:少、热。

在《茶经·一之源》中,陆羽强调了茶的苦寒和药理功能,若热渴、凝闷、脑疼、目涩、四肢烦、百节不舒时,也仅仅只能"聊四五啜",这就够了,就已经和灵丹妙药相抗衡了。

要喝一盏珍鲜馥烈的好茶,就像前文提过的,是不能够多的,陆羽认为,最理想的是三碗茶,三个人喝。要是来了五个人,还是煮三碗,五个人分着喝,宁愿数量少,也要质量好。要是来了七个人,没办法了,只好一锅煮五份的茶,分给七个人喝。如果来的是六个人以下,就坚持以质量取胜,还是三碗大家分。如果不够,把那勺事先盛出来的"隽永"拿来凑数,也是可以的。

茶汤中的物质成分,陆羽也是强调越单纯越好的。唐代的茶汤除了放茶末,还要放一点盐,甚至放一点姜,但陆羽强调要少放盐,因为你是喝茶,不是喝盐汤。另外,他强烈反对在茶汤中放入各种调料,在他看来,从三国时期就开始的茗茶,不是正宗的品茗,是为了生理需要,而非精神需要,大约应该归入茶食品领域的了。

茶要喝热的,要趁热连饮之,因为热茶"以重浊凝其下,精英浮其上"。如茶冷了,则精英随气而竭,就尝不到茶的精妙之处了。另外,茶虽然好,喝多了也是不好的,所以要适可而止。

从以上这些具体的有关水的操作程序中,我们可以看到陆羽对水的尊重,对水的认识的透彻。惜水者,才会如此讲究。物以稀为贵,少少许胜多多许,陆羽的"精行俭德"思想,完全渗透在水的使用上了。

陆羽水生态的思想对后世的影响,尤其体现在实践中。

择水品茶,成为一般中国人的生活习惯。上至皇亲士大夫,下至平民百姓,无不以寻觅好水泡茶作为生活常态。清廷喝水自北京玉泉山取,常有百姓在路口等待取水太监,在皇城根下悄悄地做交易,皇帝的御水,百姓也要想办法弄点来泡茶喝。乾隆皇帝有个斗,专供称水所用。乾隆下江南时,带着玉泉山的水,行至半道,以当地水洗玉泉水,因好水轻,洗后依旧浮到上面。嘉兴水质不好,近现代的士绅们专门成立了水会,凑钱定期到无锡二泉舟载好水泡茶品茗;杭州的平民百姓,有不少人几十年如一日,定期夜半到虎跑取水,即使"十年浩劫"的动乱年代亦雷打不动。

实在取不到好水时,民间也会想出种种奇招来滤得好水。比如江南人家会将雨水汇集至大缸,再挨个儿次第流入较小的缸中,共有七只缸,称为七星缸。等流入最小的缸时,水已经被过滤得很干净了。还有人家专门将灶中砖石放入水缸中以灭蚊蝇水虫,称之为伏龙肝。还有人如《红楼梦》中妙玉一般,将冬日之雪藏埋在地下,隔年化雪品茶。中国历史上也有"敲冰煮茗"的典故，成为风雅之举的象征。明末大画家项圣谟在他的《琴泉图》上题有一诗，尾声处写道："或者陆鸿渐，与夫钟子期。自笑琴不弦，未茶先贮泉。泉或涤我心，琴非所知音。写此琴泉图，聊存以自娱。"这里是将贮好水待茶也作为一种文人的志趣了。

如何煮水泡茶，其中学问虽多，但对中国人而言，茶水中最珍贵的水生态思想，则是煮开了水泡茶喝。因为，茶必须用开水来完成茶汤的形成，故消毒后的水作为饮用水，成为中国人的饮水习惯。这是非常重要的人与水之间建立的和谐关系。中国人口的密集繁衍，正是从唐代开始的，其中由饮茶的普及而带来的普遍的喝开水习惯，也正是从此时开始形成。

至于如何品饮，器具的洁净，环境的讲究，人与人之间的其乐融融，无论琴棋书画诗酒茶，还是柴米油盐酱醋茶，无一能够缺少水而存在的。水通过茶营造的哲理内涵，茶禅一味，乐生养生境界，无一不是从《茶经》中找到源头，直到今天，仍滋润哺育着后人。比如我认识一些杭州人，专门在安吉买了房子住，回杭州上班，后备箱里装满了泡茶喝的安吉山中之水，这是真的。安吉全县植被覆盖率百分之七十五，森林覆盖率百分之七十一，空气质量一级，出境地表水Ⅰ、Ⅱ类，真是绿水青山，美丽乡村，好山好水，好地方啊！

此刻，行进在富春江边上，回味着当初用黄浦江源之水瀹茗的安吉白茶，突然就想起来了，该用加仑桶灌一桶富春江水回去泡茶喝啊。想交代学子们快快准备，转念一想，又闭嘴了。在山泉水清，出山泉水浊，如今的富春江水，还真不敢轻易就喝，等浙江省的治水出了效果，再放心去品饮吧！

白露

茶园里的守望者

鸿雁徐徐来，
元鸟疾疾归，
群鸟尽养羞。
草木有心，
伊人相陪。

白露·茶祭禹王的日子

旧时白露时节，处于太湖流域的湖州人，当然也包括安吉人，是有一个独特传统的。那一天，当地人要祭祀禹王。所谓禹王，就是大禹。太湖周边的百姓称他为"水路菩萨"。每年正月初八、清明、七月初七和白露时节，都有祭禹香会，其中，在清明、白露这两个春秋的节气规模最大，要一周时间，顺便还要祭土地神、花神、蚕花姑娘、门神、宅神、姜太公等。据说，《打渔杀家》是必演的一折戏。各路的神仙都是要"喝茶"的。倘若今天他们再来，桌上必定少不了安吉白茶。

一直欠着溪龙乡一笔文债,惦记着要还,总也没有时间。眼见得暑气渐消,蒹葭苍苍,白露为霜,忙里偷闲,带着我的小茶人朋友们,就又直奔溪龙乡黄杜村来也。

溪龙乡从前是个特别穷的地方,那个黄杜村呢,又是特别穷的乡里的特别穷的村,光棍一抓一大把,后来人们干脆就直接叫黄杜村为光棍村了。这些不堪的往事我们是再也见不到了,整个安吉县就像一个县域的景区,风景如画早已不是一个只有修辞意义的成语。沿公路往安吉县东北部驶去,不一会儿就到了一个路口,路旁有一个旧石器时代的遗址——上马坎遗址,因其就在溪龙乡的地域里,所以一下子就给溪龙乡增添了人文砝码。

上马坎遗址体现了单纯的旧石器时代文化,属南方旧石器时代砾石石器文化。它的发现填补了浙江省旧石器时代考古的空白,将浙江省境内人类的历史提前到距今十多万年前,为研究南方旧石器时代的分布范围、面貌特征提供了不可多得的崭新资料。上马坎遗址是浙江省发现的第一个地层堆积明确、时代特征鲜明、保存状况良好的旧石器时代文化遗址。

绕过遗址,往山里开,一会儿就到了著名的中国白茶第一村。再往前走就是白茶街。我记得那年我曾经来过刚刚落成的白茶街,那叫一个热闹。这几年我也是年年都来白茶主题公园和白茶街的。这里的农民,靠着一片白茶,早就个个发家致富,有不少家族企业做到了几千万元的年产值。在溪龙乡黄杜村一带,也就是安吉白茶的核心产区,散布着众多以"大山坞"、"恒盛"、"千道湾"为代表的大大小小茶场。这里的村民,很多早就已经不是我们传统观念中面朝黄土背朝天的农民了,更准确地说,是一个个中小企业家。这二十几年来，他们的命运实实在在地被安吉白茶改变了。

在溪龙乡，还有另一种人，他们的命运也被安吉白茶改变了。他们不是溪龙乡本地人，晚于溪龙乡人介入安吉白茶产业，原先也不从事农业。他们介入安吉白茶产业以后带来了产业资本，带来了公司化的运作模式，促进了安吉白茶的品牌化运作。这类企业以"宋茗"、"千道湾"、"龙王山"等茶叶企业为代表。

白茶文化展示馆就在路边，一幢青砖小楼，十根红漆廊柱绕楼而立。门口是一片景观茶园，茶园中有几个人正在采茶，定睛一看，原来是采茶女工的雕像。走进馆门，迎面就是一道文化墙，上面工工整整地嵌着一行大字："一片叶子，富了一方百姓。习近平。"原来这还是当年习近平任中共浙江省委书记的时候前来视察白茶村说的一句话。2003年4月9日，习书记来到黄杜村无公害基地走访考察，当时便对乡镇干部说："一片叶子成就了一个产业，富裕了一方百姓。"后来被总结浓缩成现在的"一片叶子，富了一方百姓"。初一听这句话，我只是当成一句领导的鼓励与指示，这些年来，越了解白茶与这方百姓的关系，越发现这句话总结得精准。就是这一片小小的白茶叶子，千真万确富了一方的百姓。如今，光是安吉县就有十七万亩茶园，还不算移植到外地的百万亩白茶。你想想，有多少百姓因为它而过上了好日子啊！

你要是问这个中国白茶第一乡是如何打造出来的，溪龙人会告诉你，他们经历了打造基地、标准化生产、品牌建设和文化挖掘这四个重要步骤，才一步步地成就了今天的辉煌。

打造基地：为了不断壮大白茶产业发展规模，溪龙乡积极打造现代化白茶产业基地，实现四千亩白茶核心区和六千亩非核心区整体建设，建成国家级农业标准化白茶示范园区。不断完善园内生产道路、电力、通信、喷灌、防霜防冻等一系列配套设施建设，引进、安装防霜风扇和生态杀虫灯等先进管理设备，在园区内套种桂花、杨梅、广玉兰、银杏等树木，帮助茶树除霜防晒，提高茶叶品质。

标准化生产：聘请省、市、县各级茶叶专家担任技术顾问，运用实践基

浙江农林大学茶文化学院门前的陆羽雕塑

陆羽泉

安吉白茶林木复合栽培模式项目碑文

茶艺展示

第一滴水茶艺馆

地、远教站点等平台,举办培训讲座,讲授实用技术、生产管理等知识,制定白茶园培育管理标准,引进或改进制茶机械,改善制茶工艺。出台政策鼓励企业通过 QS 及有机茶、绿色食品、无公害茶认证,提高白茶品质,引导大户做大做强,建立专业合作社,规范小户、散户生产经营。同时建设白茶街、青叶交易市场,规范产、供、销各个环节,积极打造安吉白茶精品茶集散地。

品牌建设:高度关注白茶品牌建设,通过安吉白茶协会实施统一品牌、统一质量标准、统一包装、统一监督的"四统一"管理方法。率先实现了安吉白茶"母子商标"管理模式。以统一设计的"安吉白茶"母商标来树立品牌形象,确保产品质量,鼓励企业注册子商标,在完善白茶质量追溯体系的同时,引导企业提高品牌知名度,不断做大做强。

文化挖掘:重视白茶文化对白茶产业可持续发展的支撑作用,通过挖掘白茶文化,促进和提升产业特色。宋徽宗的《大观茶论》为安吉白茶增添了历史底蕴,白茶街、白茶主题公园、白茶文化展示馆等场馆及公用设施的建成,充分展示了白茶之乡的地域文化和人文气息。"安吉白茶开采节"的举办,以茶为媒,打响了"宋皇贡茗"安吉白茶的历史文化品牌,安吉白茶的市场知名度和社会美誉度不断提高。

白茶发展的道路,是离不开政府的主导作用的。这些年来腐败问题严重,人们往往对政府干部持某种怀疑态度。可是恰恰是在白茶生产上,我真的看到了优秀的为人民服务的好干部。仔细想想也是,哪怕封建社会,还有青天大老爷呢,何况我们的以共产主义为理想、以马克思主义为指导的中华人民共和国国家干部。深入乡镇的基层去走一走,苍蝇一般的腐败分子是有的,有时甚至很猖獗,但正派的干部总体是更多的,尤其是说到这一片叶子,我就想起了一个人,一个姓叶的女子。她和此地白茶的关系,可谓千丝万缕,而我,因为工作关系,也与她从陌生人成为好朋友。

1995 年 10 月,年仅三十二岁的叶海珍当上了溪龙乡的乡长。那时她已经结婚有了孩子,但人高挑纤瘦,还不到一百斤,怎么看都像是一个没见过什么世面的小姑娘。虽然在此之前,她已经有了在基层工作的多方面锻炼,但一到溪龙乡,当地的"土地老爷们",还是非常不屑,他们互相递着烟,意味深长地打着哈哈："呵呵,我们乡里面来了个女人啊,这还弄得好啊! 女人弄不好的,弄不好的……"毕竟两千多年封建社会过来,男女平等的问题在农村不是一句话就能真正解决的。

叶海珍怎么办呢? 她这个性格,用今天时尚的话说,算是"女汉子"了,外表非常柔弱,小宇宙却相当强大。她不介意这些议论,该干什么就先干起来再说。当时的安吉县,有个不成文的规定,乡长管农业,党委书记管工业,于是,叶海珍这个乡长,就自然而然地管起农业来了。

可是管农业也得有东西管啊,你溪龙乡有什么农业可以管呢? 当时,整个安吉县都穷,尤其是山里的老百姓更穷,没有资源嘛。溪龙乡八千六百人,人均年收入不到两千元,那个黄杜村的人,穷得没事情做,山里面没田种,山上又没东西好挖,除了几棵板栗树,其他什么东西也没有。没地方打工,农民整天待在家里面,穷得无聊,就出现了偷窃的、打架的、赌博的,为了一点点东西也在赌,为了一点点事情都要打,没事情做嘛。

第一步做什么呢? 社会调查啊,挨家挨户地跑啊,每个村都跑到,每个村干部家里面都要跑到。溪龙乡六个村三十二平方公里,叶海珍就先挨村地跑村干部家,然后就看看有几个大户,人家是怎么富起来的。她已经有过十年在乡村基层工作的经验了,况且她本人就是农家孩子出身,基层的情况应该还是蛮熟悉、蛮了解的。您猜怎么着? 安吉白茶的大规模生产,就是这样被她跑出来的。

在叶海珍的印象中,第一次接触白茶就是在大山坞"盛家军"的领军人物盛振乾家里。那是一个秋天的上午,年轻的女乡长一进盛家门,嘴就甜甜地叫一声:"老盛伯伯,我来看您了。"老盛伯伯开心啊,连连招呼老伴上茶。农村待客,进门一杯茶,最基本的礼节嘛,叶海珍的历史时刻就这样来到了。她接过茶来,正要喝的时候呢,一股醇香扑鼻而来。当时也不知道是什么茶,就问:"哎呀,老盛伯伯,您这茶叶喝起来味道还蛮好的嘛!"老盛伯伯一听喜欢得很,真是知音啊,知道这是好茶。那个时候的盛振乾已经在种白茶了,连连说:"哎,是的,这种茶喝起来味道是蛮好的。""这是什么茶呢?""是白茶呀!"老盛伯伯回答。

是白茶啊! 这就留下了第一个印象,第一次接触白茶就是这一杯茶,就是好喝，很香。

叶海珍对这杯茶的印象非常深刻。那时候，浙江省正提出"一优两高"的农业措施——优质、高产、高效。年轻的女乡长想：到底什么是优质、高产、高效呢？田里面就是种稻子，黄杜村山上就是种几棵板栗树，能优到哪里去，高到哪里去呢？整个乡跑下来，叶海珍还是找不到路。转眼间就到1996年，叶海珍有一个机会，到余墩村参观学习，余墩村搞了一个千亩早园竹基地，算是"一优两高"的典型。突然，一个想法涌上了叶海珍的心头：溪龙乡因为土壤基础问题，搞早园竹不适合，但是我们有白茶啊，我们能不能搞一个千亩白茶基地呢？那时，全县还只种了三十亩安吉白茶，叶海珍带着白茶去了位于杭州的中国农业科学院茶叶研究所，测试出来，安吉白茶的氨基酸含量是普通绿茶的两倍。原来这个东西那么好啊，完全值得推广！

有了这个想法以后，叶海珍十分兴奋，她是一个干实事的人，是一个决策力和执行力兼而有之的基层干部。要干这个事情，就得盯住不放。首先还是得去搞调研：茶苗哪里来？谁来做技术辅导？谁来种？政策怎么支持？叶海珍又去找老盛伯伯了，说："老盛伯伯，溪龙乡现在这么穷怎么办呢？总不是个办法。我想提出三年发展一千亩白茶基地。"老盛伯伯当时一惊："啊呀，叶乡长呀，你这个是天方夜谭，是不可能的。这个茶叶我们弄了十年了，到现在，三十亩也不到，你想三年种一千亩，不可能不可能，没有可能性的！"他一开始就这样给叶海珍泼凉水，叶乡长听得纳闷，但还是不甘心，就问苗木可以从哪里找。老盛伯伯说："首先就没有苗啊！"叶乡长说："没有苗你可以育的啊！不是已经无性繁殖成功了吗？"老盛伯伯说："这个我可是不敢育的呀，育出来卖不掉怎么办？"叶乡长一拍胸脯说："你卖给我们乡里不就行了？"老盛伯伯连连摇手说："不行的不行的，万一到时候我育出来要卖给你，你说你们不要了，那我可怎么办？那我成本也没地方来，我要血本无归了。"

老百姓有这样的担心也是可以理解的，祖祖辈辈穷下来，真是穷怕了。那怎么弄呢？班子讨论拍了板，政府牵头，乡里面先成立一个林溪白茶开发有限公司，那是第一个开发公司，"林"是"林业"的林，"溪"是"溪龙"的溪，注册资金十万元人民币。叶海珍提出这样的一个思路，大家都觉得可以试试看，叶海珍亲自出任董事长，然后跟老盛伯伯签订了合同。那么，多少钱一枝茶苗呢？谈来谈去，他卖给乡里是四毛钱一枝苗。叶乡长精打细算地估了一下，乡里卖出去的苗最低卖六毛钱，最高可以卖到一块钱，还有得赚，就这么定了。农民种安吉白茶，每亩给一百元到三百元的补贴。公司首先就大胆地把预付款打到了盛振乾的账上，老盛伯伯这就放心地去干了。

苗木问题解决了，技术问题怎么办呢？老盛伯伯说，技术到时候我再手把手地教他们怎么做就是了。真是好人啊，根本没有什么别的想法。老盛伯伯在医院里面躺着时，叶海珍就常去看他；他去世以后，叶海珍又去墓地祭奠。永远也不能忘记像老盛伯伯那样在安吉白茶发展历程中做出贡献的老百姓！

现在，苗木有了，技术也有了，那么谁来种呢？这又是一个问题了，因为根本没人种！叶海珍当时搞的千亩白茶基地，是开了一个论证会的，但县里面对此褒贬不一。开可行性研究会时，县里面很多部门的人一起来讨论，最后，这个千亩白茶基地的报告终于通过了。

这个报告是叶海珍花了三个月时间研究，一笔一画写出来的，它集中了众人的智慧，其中提出了一个重要的观点：走市场！市场在哪里呢？去找啊，政府要和老百姓一起去找，和老百姓一起去卖茶，去炒市场。然后，这个茶叶成本多少？大概能卖到多少？技术谁来指导？谁来种茶叶？这一系列的问题，整整花了溪龙乡政府三年的时间。

事情开了头，就没完没了了。茶叶和人一样，要生病的，有毛病谁来弄？叶海珍又通过方方面面的关系，找到了中国农业科学院茶叶研究所杨亚军所长。杨亚军所长大力支持，专门派他下面几个茶叶研究技术人员到溪龙乡来。为此，溪龙乡还和中国农业科学院茶叶研究所签订了一个合同，一年培训咨询费两万元。由科研人员专门到溪龙来培训，怎么种茶，怎么预防，怎么治疗，怎么采摘……两万元钱对这些国家级的科学家来说实在是不多，可是对溪龙乡这样一个穷到底的乡，却是一笔大数目。想想看，那个时候的两万元钱啊，毕竟是在乡里啊。可是叶海珍这个女乡长还真是有魄力，她清楚地意识到，要发展，没有科学技术支持是不行的，科学就是生产力！

问题真是一个接一个。茶苗在培育了，但当地的老百姓说，我们不种，种出来茶叶卖到哪里去？卖不掉的。

叶海珍印象最深的一次，是她跑到黄杜村的老百姓家中，挨家挨户地做说服工作。其中有一户人家，就是土墩墙的房子，穷得答答滴。黄杜村的支部书记盛阿林陪着她进去时，正好有四个人在搓麻将，看到她进来依然屁股不离凳子，双手不离麻将，只拿眼睛瞄了她一眼，站都不站起来，更不要说敬一杯茶了。这是叶海珍第一次走到人家家里面去叫他们种茶。一听说这事，他们边打麻将边说："你们管得也真宽，种不种茶是我们的事情。你还叫我们种，我们卖给谁啊，卖给你啊？"

当时乡里面开培训班，专家都来了，听课的却没人来。这可怎么弄呢？叶海珍发动干部去叫，也没人来。老百姓不来，你拿他们怎么办？还是得靠经济杠杆，发工资学习，每个人来参加一次培训发十元钱，当场兑现。一开始，一个人发十元钱都没人来呢，后来，慢慢有人来了。溪龙乡政府三楼有个可以开大会的会议室，听课的人一开始很少很少，后来越来越多。安吉县农科所的辅导员严小军给他们指导，上课培训，一年有很多期培训班。到第二年、第三年，乡政府就不用付钱了，大家越来越知道科学技术有用了。农业技术就这样推广到农村，推广到老百姓家里面去了。

种茶也是，一开始走访了几户人家都不肯种。怎么弄呢？干部带头啊，发动支部书记来做。凡事干部带头就好办，乡政府要求村里面的每个支部书记、村主任都要种茶叶。所以，溪龙乡的村主任、支部书记在安吉县是富得最早的，也是最富的。每一个支部书记、每一个村主任家里都有小轿车，他们就是先种茶的这拨人。

叶海珍给我举过一个例子，说的是后河村的支部书记方忠华，是叶海珍三顾茅庐把他请出来当支部书记的。那时候，他正在湖南做建筑，当包工头。你想，他十多岁就出去了，现在叫他回来，能行吗？叶海珍对他说："第一，你在外面有一点资本积累了；第二，你回来的话总要有点事情做。"可是光当一个支部书记，叶海珍还是怕稳不住他的心，就把他介绍给了黄杜村的盛阿林，结果黄杜村出田出地，方忠华出资金，他们两家合作，种了五十亩白茶，组成安吉县溪龙乡茶叶发展的第一对合伙人。方忠华和黄杜村，一个是个人，一个是集体，合伙建的第一块茶叶基地，就是现在千亩白茶基地的一个示范区。这是安吉白茶发展过程中最早的一块基地。

溪龙乡有山,乡政府就鼓励大家去承包山地。那个时候,包山太便宜了,五元钱一亩山还没人要啊,一片片的全是荒地。村干部、村支部书记都非常支持乡里的决定,这一批人也起了非常好的带头作用。溪龙乡的白茶,就是通过干部带头,科技指导,大户示范,政策支持发展起来的。大户示范就是盛振乾来示范;技术指导就是中国农业科学院茶叶研究所的参与指导;政府除了搞培训,当时还出台了一个政策,种三亩的,奖励一百五十元,种五亩的奖励二百元,种十亩的奖励三百元,这就是政策支持。溪龙乡这样做,没有伸手向县里要钱,那个时候也没什么贷款,因为还没有人知道白茶是好东西,也没多少人来提供实质性支持,乡里面要自己先干出一番成绩来,让大家看到才行。叶海珍此时的坚持尤其重要,她凭着实际的调研,或许还有女人的直觉,认为溪龙乡老百姓要致富,这就是一个千载难逢的机会。

叶海珍曾经掰着手指头给我这样算过:"王教授你想想,中国人总归是要喝茶的,茶为国饮嘛。我当时也没想一万亩十万亩的事情,我就是想一千亩。从1997年开始种,四年以后,到2001年,就种到一千亩地了,那时大家的生活条件肯定是好起来了,这是我坚信的。白茶这么好喝,肯定卖得掉!我测算了一下,三年种好一千亩,一亩地二十斤,三百元一斤,二十斤有六千元钱,那时候六千元一亩不得了了。"

叶海珍说:"我们溪龙乡人也很性急的,第二年,很小的茶叶,我们就采了,每亩采了两斤,第三年长得好的话可以采十斤,第四年到生产季就采二十斤了,很快了。农作物嘛,长得很快的。所以到了第二年,老百姓有收入了嘛,积极性马上高涨了。老百姓是这样的,你不用说得太玄乎,他们要的是看得到的东西,摸得着的东西。我们讲的就是以点带面,起示范引导作用。在发展白茶过程当中,我们牢牢抓住这一点,干部带头,以点示范,科技指导,政策扶持,牢牢抓住这四句话,自始至终贯彻这四句话。检测以后,不是会有农业评比什么的吗?我们坚持叫盛伯伯把茶叶拿出去参加评比。他要么不参加,凡是参加的每一次都得大奖,这说明这个茶叶是不得了的,很稀罕的。"

"当时搞农业的有一句话,叫:'人无我有,人有我优,人优我新,人新我转。'就是说,人家没有的我要有,人家有了,我要发展得更加好,品质更加优；人家优了我就要发展新的东西了；人家新的东西又有了，我就要转其他东西了。我就坚信了人家没有这个茶叶，就是'人无我有'，我的东西就是最好的。我们的宣传力度大，不管是哪种场合，不管是哪个领导来，一直坚持宣传这个白茶。大概到 2002 年的时候，安吉办了第一届白茶文化节。"那段日子，叶海珍现在想起来依旧铭心刻骨。没日没夜，全家都围着她转，丈夫为了她和家庭，也只好放下事业，调整工作。1998 年底，千亩茶园，如期完成。

山间、农舍、田头、培训农民的课堂上，到处晃动着叶海珍单薄的身影，为了安吉白茶的发展和农民致富，身高一点六七米、纤腰盈握的她，体重从一百二十斤降至九十多斤。

1999 年初，已经担任乡党委书记的她，提出更大胆的规划：建万亩安吉白茶基地。各乡镇也群起仿效，一股种安吉白茶的热潮席卷全县。2001 年，万亩安吉白茶茶园规划实现了。

此时，叶海珍又把精力放在安吉白茶的销售上。她率安吉白茶大户频繁参加各地的茶展会、农产品博览会，主持在溪龙乡建起了安吉白茶仙子公园、安吉白茶街、安吉白茶观光基地。安吉县政府向国家申报并获批了安吉白茶"国家原产地域产品保护"。安吉白茶开始供不应求，茶商纷纷前来购买，新茶一上市就被一抢而空，安吉白茶开始跻身高档绿茶之列。

2003 年到县里工作后，叶副县长开始着手安吉白茶原产地产品保护。2004 年在上海开了安吉白茶（白叶一号）原产地新闻发布会，取得成功。回忆当年，叶海珍说："我们当时的情形是，政府拉着农民的手闯市场。农民不是企业家，不能指望农民一开始就成为市场经济的弄潮儿，那样是不成的。那样的话，还要干部干什么，还要你政府干什么？政府就是要在关键时刻为百姓排忧解难，想他们之所想，急他们之所急。"

"母子商标"管理模式，可谓一大创新。应该说，这个事情，旨在保证"子"的质量，为安吉白茶的发展做出了巨大贡献。凡五十亩以上，独立一个品牌标志；凡五十亩以下，同用一个"黄浦江源"标志。此商标成为安吉人民的一笔巨大财富，造福于民。目前全国有十六个省都在种植白茶，从品牌保护上看，有一定损失，但是从全国人民的角度看，就是造福全国人民！

不到十年，安吉白茶从区区三十亩发展到三万七千亩，"爆发"成一个驰名业界的大品牌，专家认为这是一个奇迹。故而才有时任中共浙江省委书记习近平的盛赞："一片叶子，富了一方百姓。"

安吉的白茶时代开始了。全乡百万富翁多的是，千万富翁也有五六个。

"我们村的小车已经超过一百辆了。"盛阿伟说。家有五十亩安吉白茶的农妇喻有珍说："是叶书记让我种安吉白茶，使我致富。我两个孩子都大学毕业了有了工作，我给他们买了车。"老百姓感谢叶海珍，叶海珍感谢这个时代。叶海珍告诉我，安吉白茶的发展，与"中国美丽乡村"建设是分不开的。"中国美丽乡村"是安吉的一个重大创举。她说：

要把安吉建设成为全中国最为美丽的大乡村，这是一个宏伟目标。为着这个目标的实现，安吉县每年将财政收入的百分之十投入美丽乡村建设。可以想见，这在当时是很需要一番气魄，需要一定的勇气的，因为这种投入很可能是看不见摸不着的，连续的投入还可能导致连续的财政收入负增长。整块蛋糕就那么大，给农村的多了，留给公共服务这一块就少了，更不用说公务员涨工资发福利了，自然而然，干部也是会有怨气的。但是这种怨气不会长久，为什么？因为把有限的钱投到农村，好比把钱投给了自己的父老乡亲——谁不是从农村来的？谁在农村没有亲戚？把钱投给自己的父老乡亲，你还能不支持吗？好比我们投资给教育一样，谁家没有小孩子？你现在没有不代表你将来没有，你自己没有不代表你的亲戚朋友没有。总之，把钱投在这样的地方，为着这样的一些人群，最终是可以被理解的，尤其是，当这种投入渐渐地有了"回报"——"中国美丽乡村"粗具规模的时候，人们便越来越理解了。

描写官员对我来说本是一件相当艰难的事情，因为官员往往要保持稳健矜持状态，而这恰恰是用文字最难描述的，但叶海珍对我而言却并不难叙述，因为她是一个生动而鲜明的人。我认识叶海珍的时候，她已经是中共安吉县委宣传部部长了，我们是因为安吉县的生态文明建设研究相遇的。在此之前，她由溪龙乡乡长转任书记，又出任了副县长，而我跟她认识后数年，她又担任了安吉县政协主席。相识虽然已不短了，她与我第一次见面的场景依旧历历在目。

我记得那是一个冬末开春的时节，约好时间在安吉县政府见面，她迟到了将近两个小时，一起突发的事情让她跑到基层现场去了，回来时的样子自然是风尘仆仆的。开始是例行公事的握手寒暄，她是个高个子的中年女人，身材保持得很好，穿一件深色短大衣，利索的短发，秀气的五官，薄唇狭面，皮肤稍黑。未曾开口，她给我留下的最深刻的印象，就是她微锁的眉头。这样的眉目，使得这位女性显得冷峻，是那种重任在肩、雷厉风行、当机立断的女性，是个干活的劳碌命的女人啊。在中国大地上，几乎每一个单位里都会有这种气质的女性，那天，我碰上了一位。

一开始我很是忐忑，因为很可能各自言说的套路完全不一样，我始终未曾学会用官方语言表达事物，说着说着就文艺起来，自己觉得很崇高，对方却会以为很浪漫。但那天，叶部长和我没说几句就对上话了。她立刻拿出本子记录起来，听完我的发言当即就提出了一个关于生态文化建设的共同思路。

我们接下去的谈话便发展到了聊天，聊着聊着就聊到了茶，啊呀，这可聊到我们俩的话匣子上了。我说，我那年来过你们安吉啊，我到白茶一条街上去了呀。她说，这个就是我在那里当书记的时候做的呀，这条街对安吉白茶是至关重要的，没有这条街茶叶没地方卖呀，没有一个市场，老百姓家里面的茶叶你怎么弄呢？形不成一个气候，打不响一个牌子，今天溪龙乡还不知道是什么样子！当初做这些事情眼泪都流了一海碗啊。

溪龙乡如今是安吉县的骄傲，在叶海珍领衔的这一届班子手里，溪龙乡成为第一个村村通的乡，即第一个村村通电话的乡、第一个村村喝自来水的乡、第一个村村通水泥路的乡。所有的这些整体的富裕效应，正是从白茶种下去的第三年开始的。站在白茶文化展示馆前，前方就是溪龙乡的白茶街，我想起了叶海珍曾经告诉过我的凉亭岗。现在哪里还有凉亭岗的影子！

从前，凉亭岗的交通事故非常多，有一次一下子死了三个人，叶海珍下决心要把这个岗填平，在一马平川的平地上建一条白茶街。建一条街最麻烦的就是拆迁。叶海珍不知道受了多少委屈，朋友误解她，当面来拍桌子："叶海珍你算什么东西？你想想还要不要在溪龙混下去了！"叶海珍心里痛啊,可原则问题不能让步啊！她主持工程,十天十夜把这个地方拆完了。也有一些风言风语说她建白茶街是要出风头。要说她一点不委屈,那是假的,忍着罢了。在建设过程中,开发商不规范,半夜三更电话打到叶海珍家里去,叶海珍被纠缠得一塌糊涂。叶海珍再想办法,通过安吉县城建局,整体接盘这个项目,把事情圆满处理好。白茶街第二天要开街了,前一天下了一整夜的大雨,叶海珍和她的班子都淋得像落汤鸡。她要求每个村干部带三十个人过来,村干部、队长、老百姓,无论是谁,全部带过来,大家一起劳动,保证第二天精彩亮相。"这帮村干部,我永远记着他们,永远爱着他们,他们也永远记着我。我们大家一起干活,铺地板的时候大家一起搬石头,没有工程队,我们自己做,我们自己扫地,花盆拿来了我们自己放,搞到凌晨四点钟,回去换一套衣服以后马上过来了,第二天穿着套鞋参加活动。我们成功了。"她寥寥数语,我心有戚戚焉。这个世界,哪有天上掉馅饼的大好事情,自己的眼泪自己吞,大家的欢乐大家尝。

我说,还有那个白茶广场,二十四根茶柱子,怎么会有那么好的柱子,每一根柱子上面都体现了一个朝代的茶文化,各种各样不同的"茶"字刻在上面。"王老师我跟你说,柱子是从唐宋元明清到现代,每一根柱子代表一个时代。我们溪龙乡光有白茶还不行,还要考虑怎么样形成一种白茶文化氛围,我那个时候就有这种想法了,要把安吉的白茶作为休闲农业、旅游农业……"

我说:"还有那个白茶仙子雕像。听说你们编了个故事,白娘子盗仙草赶回途中,因为袖子宽大,就把茶叶仙草掉在了这里,她回来找,这棵仙草已经在安吉生根发芽,一片茂密了。""王教授,这个'白茶仙子',是请了中国美术学院的三名教师,花了半年时间画的。他们作了十几幅画,现在这个白茶仙子的塑像是我选的,它当时有起飞的、两个人的、蹲着的造型。后来我选了这个,而且这个白茶仙子立的方向是朝南偏东十八度。当时有人问:你这个白茶仙子怎么背朝着公路? 我说她本来应该是脸朝着公路的,但公路是朝着西北方向,你朝着西北方向,老百姓要说'喝西北风'啊,所以一定要朝南。那么为什么偏东十八度? 因为我们茶叶在黄杜村那边,往那边偏了一点,就向着白茶了嘛……"

　　我说："还有那株白茶祖，你们还搞了白茶祖祭祀活动；还有你们的白茶文化展示馆，我还给你们写了一篇序言，叫《在绿与白之间的银》。要不，叶部长我们还是找个时间好好聊聊白茶吧？""好的呀，王教授，你有没有去过我们溪龙乡的示范茶园？我带你们去走走。"

　　此刻，在初秋的茶山上缓缓地行走着，剪过枝的白茶蓬重新长得郁郁葱葱，有浅色的茶芽爆出，安吉白茶不采夏秋茶，所以山上没有采茶人，倒是有几个人在松土施肥。白露时节，茶蓬上原本是缀满着晶莹露珠的，现在已经是下午，露珠儿已被阳光晒干。我已经很多年没有见到过空气中的游丝了，此刻，竟然在溪龙乡的茶山上见到了亲切的飞线，一闪而逝，童年的气息顿时扑面而来。

　　趁此机会去了溪龙乡安吉白茶生态文化影视基地，那里刚刚完成了一部电视剧《如意》的开拍，电视剧中的场景如今也成了聚焦各地游览者眼球的重要目的地。影视基地就在国家级现代农业示范园区——安吉白茶园内，核心区块占地约两千亩，总投资上亿元，由溪龙乡政府和浙江梦幻星生园影视文化公司合作经营。乡领导们告诉我，安吉白茶主导产业区核心区确定为五千亩，辐射面积三万亩，里面除了正在建设中的安吉白茶生态文化影视基地外，还上马了七项工程：园区进口改造、硬化千米园区道路、修复两座山塘水库、新建八百米游步道、改造三百亩喷滴灌区等。这个基地的目的，就是既要卖白茶，又要卖风光。

　　我站在影视基地庭院中，打着自己的"小算盘"：挺合适的一个场景，可以拍《茶人三部曲》吗？

　　抬头望天空，虽然没有北京、杭州的雾霾，但也没有鸿雁自北而南来避寒，现在已经是百鸟开始贮存干果粮食以备过冬的时节，我们的白茶，此刻正在利用入秋来的小阳春季节，拼命地吸收营养，一切都得早做准备啊，深深的长长的冬眠，已经在前面等着它们了……

秋分

六羡歌

雷声渐停息，
蛰虫止喧嚣，
水面层层浅。
夜品清白茶，
高诵《六羡歌》。

秋分 · 栽种茶苗的好时节

　　无性繁殖的安吉白茶，经过一年的育苗，到秋分时节，便是最佳的移苗种茶的好时光了。要抢种，万万不可耽误，天气一冷，秧苗就会被冻死的。 种植茶苗是个精细活儿，勤劳智慧的安吉人民用了多少代，才摸索出这套劳作的方式，在我看来，这无疑是可以进入非物质文化遗产名录的了。

　　白天接到安吉茶人的电话，告诉我秋栽茶苗的季节到了，如果有时间，希望我去看看。我一时吃惊，新学期忙忙碌碌的，把日子给过忘了。对方提醒我，今日秋分了呀，您不是打过招呼，秋分让我们提醒您来看白茶插苗吗？他这么一说，我就想起来，今天到我的"娘家"中国茶叶博物馆去，路过双峰村茶区，的确见到了那翻新了好几个月的七十多亩茶地里，七八个茶农正在种茶树呢。在我的印象中，这二十来年，中国茶叶博物馆附近的茶园来来回回折腾过好几次了。地里干活的茶农告诉我，这块地五月份挖过，还添上了一层从西溪路运来的新黄土。茶苗是从富阳买来的龙井 43，总共四十多万株，看上去每株有二十多厘米高，都被剪成了"平头"。我问什么时候可以采摘，他们说两年以后就可以了吧，不过也要等上六七年之后才可以开始正常产茶。

　　秋分者，阴阳相半也，昼夜均而寒暑平。秋分一到，不再有雷雨倾盆，害虫也不再猖獗。秋高气爽的季节，正是培植茶苗的大好时候，否则天气一冷，秧苗就容易冻死。真想跳上车就赶到安吉山中，与茶农分享在茶园中的工作。可我今天还真是哪里也去不了，为了迎接新生入学，我们要在学校活动中心大舞台再次演出《六羡歌》。这出以茶圣陆羽的爱情故事为主线的六幕新编历史话剧，由我编剧并出任总导演，助手潘城担任执行导演，去年以来，已在北京、杭州等地演出多场，也获得了一些全国性的奖项。在所有的舞台剧中，我由衷热爱的就是话剧艺术。大学时代，我曾编剧并主演话剧《承认不承认》，剧本也正式出版，成就了我的文学处女作。但我从来没有想过要当一个导演，之所以不得不双肩挑，完全是因为没有经费。这个剧本和导演,都是公益性质的,我们的学生和老师承担了这出话剧的全部工作,也全部是义务劳动。我们就用这样的方式,来向伟大的茶圣陆羽致敬。

整个剧本的场景都是在湖州,第一幕"夜航船"——对不起,晚明清初的张岱先生,借用了一下您的书名——故事讲的是行进在太湖上的舟船遭遇强盗,一干文人正在船上,女道士李冶前来解救他们,由此遭遇了讲话结巴而面丑的茶人陆羽。以后的所有场景也都在湖州,主要是在长兴展开。长兴就在安吉边上。按照杭州方言的说法,一炮仗就打到了。

都说关于白茶的记载是从宋徽宗赵佶的《大观茶论》开始的,其实,要说"白茶"两个字,真正的历史记载,还是出自陆羽。《茶经·七之事》中有一条记载:"《永嘉图经》:永嘉县东三百里有白茶山。"永嘉在温州,"东三百里有白茶山",说明唐代有白茶,而且名气一定很大,否则何以命名"白茶山"?

陆羽在湖州,太湖流域的山山水水恐怕是都走遍了的。一千多年前的秋分之夜,陆羽是如何度过的呢? 他是在湖州度过他的下半生的,他绝不会没有去过安吉。他在安吉的茶乡品尝过白茶吗? 他在《茶经·八之出》中,首次对安吉的茶叶做了这样的评鉴:"浙西,以湖州上……生安吉、武康二县山谷,与金州、梁州同。"可见陆羽对安吉的茶叶是高度认可的。

我们都知道,安吉地处天目山北麓,这里群山起伏,树竹交映,云雾缭绕,雨量充沛,大凡四周为竹林或邻近竹林的茶园所采制的茶叶,一般都含有板栗香或蕙兰香,越靠近竹林,蕙兰香就越明显。正是竹乡这种独特的生态环境,孕育出了一枝独秀的安吉白茶。

要了解陆羽和安吉的关系,还可以从他在天目山的行踪分析。天目山出好茶,不需要再引经据典地说明了,我们找些诗情画意的内容来作为佐证吧。诗人皇甫曾是陆羽的好朋友,他写过一首《送陆鸿渐山人采茶回》,诗云:"千峰待逋客,香茗复丛生。采摘知深处,烟霞羡独行。幽期山寺远,野饭石泉清。寂寂燃灯夜,相思一磬声。"唐人写的山林风貌,茶烟茗心,是可以穿越千年,进入永恒的,今天站在天目山上,依旧感受得到此番意境,尤其是独自一人身处茶园中,您仿佛会听到,山坡拐角处,陆羽向您走来的脚步声。

大概因为觉得白茶太珍贵了,必须得和茶圣建立关系才顺理成章。因此民间便有了关于陆羽和白茶的种种传说。其中有一个传说是这样的：茶圣陆羽在写完《茶经》后，心中一直有一种说不出的感觉，虽已尝遍世上所有的名茶，但总觉得还应该有更好的茶。于是，他后来也不著书了，带了一个茶童携着茶具，四处游山玩水，寻仙访道，其实为了再寻找茶中极品。一日，他来到湖州府辖区的一座山上，只见山顶上一片平地，一眼望不到边，山顶平地上长满了一种陆羽从未见过的茶树，这种茶树的叶子跟普通茶树一样，唯独要采摘的芽尖是白色的，晶莹如玉，非常好看。陆羽惊喜不已，立时命茶童采摘炒制，就地取溪水烧开了一壶，但见茶水清澈透明，只闻清香扑鼻，令陆羽神清气爽。陆羽品了一口，仰天道："妙啊！我终于找到你了，我终于找到你了，此生不虚也！"话音未了，只见陆羽整个人轻飘飘向天上飞去，竟然因茶得道，羽化成仙了。来到天庭后，玉帝知陆羽是人间茶圣，那时天上只有玉液琼浆，不知何为茶，命陆羽让众仙尝尝。陆羽拿出白茶献上，众仙一尝，齐声说道："妙哉！"玉帝大喜："妙哉！此乃仙品，不可留与人间。"遂命陆羽带天兵五百将此白茶移至天庭，陆羽不忍极品从此断绝人间，偷偷留下一粒白茶籽，成为人间唯一的白茶王，直到 20 世纪 70 年代末才被发现，真是人间有幸啊。

也不知道这传说是谁创作的，但它无疑是一个新民间故事，因为有趣，就记载在这里了。

《六羡歌》全剧已经接近尾声，我走出了剧场，秋分之夜，校园里的银杏树叶开始有转黄的迹象了。我们的校园很大，白天喧闹，但一到夜晚便是安静的，我在紫藤花架下默默地站了片刻，想起了 2007 年的春夜，第一次在校园里横横竖竖地走，竟然一个小时走下来也没有找到宿舍。空气是清新的，夜是美的，想起了当年作家朋友们对我语重心长的劝说："教授全中国有多多少少，王旭烽作为一个作家却只有一个……"当时我真的感觉惊讶：怎么可以这样说呢，不是正好倒过来吗？全中国作家不知道多多少少，王旭烽作为茶文化教授却只有一个！当然，说"一个"是大大夸张了，但和作家人数比起来的确不多。至于陆羽，古往今来，独一无二，秋分之夜，为他歌功颂德，那是完全应该的。

今年的秋分之夜，并没有月光，否则今晚就是祭月之夜了。秋分与春分一样，传统习俗中都是要竖鸡蛋的，还要吃秋菜，送秋牛，粘雀嘴儿，最重要的便是祭祖。祭祖是要上茶的。我们茶人的先圣之祖便是陆羽，今夜我们便以一台大戏来祭祀先贤陆羽了。

此刻，只听到舞台上传来的浑厚的大合唱，那是我们茶文化学院包小慧老师谱的曲，每当歌声响起时，便深深地打动着我们："不羡黄金罍，不羡白玉杯；不羡朝入省，不羡暮入台；千羡万羡西江水，曾向竟陵城下来……"许多次，《六羡歌》歌声一响起，我们的师生就会激动得热泪盈眶。这种情感，我知道有些认识我的人会感觉非常不可思议，甚至以为矫情，以为这是一种过度的诠释——有必要吗？在一种风物上附丽如此之多个人的东西，那不是另一种做作吗？

无所谓，不理解也万岁。《六羡歌》中的李冶也并非真正理解陆羽，或者说，她理解陆羽，但依旧要分道扬镳。我们的这部戏虽然以陆羽与李冶的爱情为故事主线，其实说的还是人与茶之间的关系。您真要认真想一想，这的确是一件很神奇的事情——像陆羽这样的一个人，究竟是如何与茶这样一种风物，建立起这样生死相依的关系的呢？

公元733年，朝代为唐，年号为开元，干支为癸酉，有一个弃儿降临在盛唐的末期。再过二十三年，李氏王朝就将盛极而衰，开始走它的下坡路了，但它的统治者显然没有那种乱世将临的思想准备——玄宗在梨园与美人敲着檀板，《霓裳羽衣舞》正在酝酿之中，而中国版图上所有的文人都在苦吟高歌，出口成诗。那年，杜甫二十岁出头，而李白则刚过三十岁，他们都在虔诚并近乎痴迷地渴望得到朝廷的承认——那是个几乎没有一个诗人不想"修身齐家治国平天下"的时代，所以杜甫"会当凌绝顶，一览众山小"，李白则"仰天大笑出门去，我辈岂是蓬蒿人"。有谁想到，那个刚刚出生的后来被人唤作陆羽的婴儿有朝一日会反其道而行之，徜徉湖光山色，事茶终其一生。

陆羽的后半生虽然与江南的顾渚茶山生死相依，但出生时，他却被人遗弃在荆楚之地湖北天门的湖畔。因此，我们完全可以这样下定论：如果说他的归宿是山的话，他的出世则在水。

他的出生涉及两个版本的记载，而他的名字则与水有关。虽然《新唐书·隐逸·陆羽传》说他"不知所生"，身世神秘，但他出身贫贱甚至赤贫，这一点还是可以肯定的。因为两则记载都认定他是一个弃儿，不过年龄上相差了三岁而已。一则来自清道光年间的《天门县志》："或言有僧晨起，闻湖畔群雁喧集，以翼覆一婴儿，遂收养之。"另一则则在《全唐文》中，说："始三岁，茕露，育乎竟陵大师积公之禅院。"

这两则记载都提到了僧人，那便是陆羽的师父智积禅师。第一则说这个智积禅师清晨到他所在的天门龙盖寺外的湖边散步，听到有雁叫之声，循声暗问，竟然有数只大雁正用翅膀护围着一个婴儿。于是，积公善心大发，把他抱回寺中收养。另一则是说，陆羽长到三岁了，瘦得皮包骨头，孤苦伶仃地被人扔在龙盖寺外，智积禅师见了不忍心，就把这孩子捡回来了。

《新唐书·隐逸·陆羽传》没有采用后面那个三岁才被扔掉的记录，这是可以理解的。两个版本，两个指向：婴儿被大雁保护，怎么想都是一种神秘的美。那是人与天发生的关系，人被自然界保护，本身就象征着某种神谕、某种灵瑞、某种不同凡响的开端：也许他是神的后代？也许他是老天降下来为人间问茶的？也许鸿雁是专门被指派来送这个婴儿的？……总之一团模模糊糊的光芒，怎么想象、推理都很浪漫。而三岁被收养，那就是人间的老花样了。没有了关于鸿雁的想象，就会猜测，陆羽的父母可能是一对逃荒要饭的叫花子，或者已经饿死了，或者临饿死之前把孩子送到寺院门口……总之，不过是"朱门酒肉臭，路有冻死骨"的一种现实诠释而已。

还是陆羽自己的传记说得好："陆子，名羽，字鸿渐，不知何许人。"这个"不知何许人"，真是道尽人间辛酸，却又不亢不卑，尽显茶人尊严。实际上，他已经暗示了那种一生下来就有数只大雁护着他的神话传说的不可信，但又无法找到其生身父母，说明家族真实的来龙去脉。对世间所有的人而言最简单的事情，对他，则成了遥不可及之事。罢了，"不知何许人"，五个字，便足矣。

弃儿无名，取来《易经》占卦，卜得了一个"蹇"卦，又变为"渐"卦。卦辞这样说："鸿渐于陆，其羽可用为仪。"这里的"鸿"，就是大雁的意思。而"渐"，则是慢慢的意思。《周易·渐卦》中说："凡物有变移，徐而不速，谓之渐。"而这里的"陆",就是水流渗而出的陆地。整句话的意思是说:鸿雁徐徐地降落在临水的岸畔,它那美丽的羽毛显示了它高贵的气质。瞧,这是一个多么美好的卦,一种多么美好的形象。这个卦里能用的字都被用来作为这个孩子的名字了。孩子在岸边被发现,就姓了"陆",他要成为一个仪态万方之人,所以名为"羽",大雁缓缓飞来,"鸿渐"也不能放弃,就拿来做了字。

从这个姓名的字面上看不出这个孩子与茶及江南的关系,但我们也可以说这里是有一种暗喻的——顾渚山,正是一座被水流渗的陆地上的丘陵山冈。

关于陆羽和湖州的关系,呈现在名字中的,还有一段演义。对这位古代茶圣怀有特殊感情的中国茶人们,因为同情陆羽一生未婚,常常喜欢把唐代湖州女道士李冶(李季兰)和陆羽联系在一起,主要根据就是李冶生病时陆羽去看过她,她感极而赋诗一首。又因为陆羽还有两个重要的名字,名为疾,字为季疵。有人说,他被取名为疾,是因为他从小多病,而被称为季疵,则和李冶有关。因为陆羽幼时曾由智积禅师委托弃官卜居竟陵的李冶父母抚养,陆羽和李冶两人同窗读书,青梅竹马。陆羽在李家住了三年,因为李冶字季兰,所以陆羽也被李家许字为季疵了。因此,他们两人既是兄妹,又是青梅竹马,长大以后有一段情缘,那是再顺理成章不过了。

然而,在我看来,这只是人们的美好想象罢了。没有什么正式的史书记载过李冶父母和陆羽之间的那层收养关系,那一首唐诗也不能佐证李冶和陆羽之间的特殊关系。可以说,陆羽的童年时代和湖州顾渚山没有一点儿联系,他后来走向顾渚山,是有其深刻而又单纯的心路历程的。

而顾渚山,早已经在那里默默地等待着陆羽了。我们在这两者的关系中将看到这样一种诠释——一座山会因为一个人而"诞生",虽然这座山早已存在。

顾渚山位于湖州,从大的地理环境上看,它属于长江流域的太湖流域,人类最适合居住的地方之一。从长江上游的四川巴山开始,沿江东下,经过武汉、九江,就到了下游的太湖流域。这里的气候、雨量和土质,都是极适合茶叶生长的。而顾渚山的具体位置,则在吴根越角的浙北——浙江、江苏和安徽三省的交界地带。这里,天目山的余脉从西南延伸过来,缓缓地进入太湖之中,顾渚山就是这将入水又未入水的天目山余脉的最末端。顾渚山有三座山谷,每座都有一条溪涧,三条溪涧汇合成一条溪,我们叫它金沙溪。溪涧两侧石壁峭立,唐代湖州刺史张文规曾说:"大涧中流,乱石飞走,茶生其间,尤为绝品。"这茶与水,就构成了顾渚山的双绝。

顾渚山的茶,千万年默默生长,直到唐代。遥远的湖北竟陵,那长江上游的一座并不算名山大寺的龙盖寺里面,弃儿出身的小仆人陆羽正在为积公煮茶。我们不知道积公喝过的茶中,有没有来自江南顾渚山的茶,我们只知道,自童年时代开始,陆羽的天性与寺院就显然已经形成相斥又相关的剪不断理还乱的关系,这种关系以茶为载体,贯穿了他凄凉、丰富、寂寞而又辉煌的一生。

被僧人所救而在寺院长大的孩子,成为一个僧人,这太天经地义了,倒是如陆羽这样,虽生长在寺院中,却小小年纪就拒不剃度出家的人,世所罕见。从陆羽的自传中看,他不肯出家源自他对儒家学说的信仰,他认为自己没有父母可以孝顺已经非常不幸了,如果再出家,没有后人,岂非和"不孝有三,无后为大"的儒家精神更加背道而驰?因此,他是死活也不愿剃度的。这当然是陆羽成人之后对他当年真实想法的提高总结。然而,在我们看来,弃儿的身份,又加他天生的聪慧、天性的敏感,使他对人世间的亲情有着强烈的向往。而在寺院里,一个求知欲过于强烈的弃儿,肯定不如一个愚钝、憨厚的孩子来得让人喜欢。积公选择陆羽做他的茶童,说明积公知道陆羽的聪慧,因为煮茶是个很讲究的、极有分寸感的过程。对陆羽,积公或许还有更高的培养目标,没想到,到了剃度年龄,陆羽居然不同意。积公的暴怒是可以理解的,也是爱之深恨之切吧,这才让他去放牛。才十岁的孩子,要让他通过繁重的体力劳动,去悟出人生的空,但对陆羽而言,适得其反。因此,扫寺地也好,清僧厕也好,修院墙也好,养牛也好,不但没能驯服陆羽,还让他越发愤怒和反抗。这样,他又招致更大的压迫,经常被打得皮开肉绽。

我不太清楚,毒打陆羽的究竟是积公本人,还是积公的手下。连棍子和荆条都打断了,积公的形象,也就从当年的救命恩人变成催命鬼了吧。不管是不是积公亲自动手,总之应该是在积公默许之下的,因此,陆羽不跑也实在不行了。我在想,即便这时候陆羽同意做和尚,积公也已经伤了心吧,对这样一个斩断慧根的孩子,积公也只有放弃了。所以,陆羽十二岁那年,逃离了龙盖寺跑到戏班子里学戏。陆羽是个合格的伶人吗?从容貌上看,陆羽非白马王子;从天分上看,他还有口吃。这样一个孩子要演主要角色是不可能的,所以在戏班子里,他只能演丑角,演木偶戏。而且,从这时候起,他就开始了自己的诗文生涯。

尽管陆羽在寺院放牛时,就已经进入了自学阶段,但真正与文人交往,应该是在他十三岁时,李齐物到竟陵当太守那年。陆羽应该是在一次演出期间与太守相识的,当时的县令要陆羽所在的那个戏班子为太守洗尘演出,结果太守慧眼识人,一下子就看出了陆羽非凡人。我们甚至可以猜测陆羽为太守煮茶时二人一问一答的情景,李齐物慧眼识得这个不同凡响的天才少年,捡起了这粒掩埋在红尘中的明珠。李齐物是陆羽的自学生涯中第一个可以被称为先生的人,并且陆羽的戏班生涯也因李齐物的出现而结束。他被太守送到了火门山的邹夫子学馆处读书。在那里,陆羽安安心心地读了五年书,我个人倾向于认为陆羽此时也为邹夫子伺茶,直到唐代名臣崔国辅被贬为竟陵司马。

躬别邹夫子那年,陆羽十八岁了,风华正茂,而崔国辅则已经六十四岁了,几十年宦游生涯,想必看透了人生的多面,所以,这一老一少反倒成了忘年交。我们只要略作研究,就会发现,陆羽性格虽然急躁,但真正与他犯冲的,好像只有他的救命恩人积公。后来与他交往的士大夫、官人,都与他有着很深的友情,想来其中的因素是离不开茶的吧。

陆羽在崔国辅处待了三年,史书记载他们在一起鉴水、品茶、谈诗、论文,每日都开心得很。可是在我想来,如果要说崔国辅作为政府官员,又不是邹夫子这样的老师身份,就这样收了一个学生,显然说不上名正言顺。但您也不能说崔国辅雇了一名茶侍者,因为他们之间的关系远远超过了主人和仆人的那种关系。另外,陆羽离开崔国辅的时候,崔国辅也没有利用他的官场关系为陆羽谋一官半职,同时,也没有史书记载说陆羽要考科举。相反,崔国辅在送陆羽上路时,还送他白驴、乌犎牛、文槐书函等,可见他们之间的那种关系,并非雇佣关系。恰当地说,陆羽算是崔国辅的一个比较亲密的门客吧,所以三年之后,陆羽离开他时,他还资助了陆羽不少资金。

那已经是唐天宝十三年(754)的事情了,陆羽正式开始了他的远行,他这次是要到巴山、川陕去。那年陆羽二十一岁,显然是热爱茶的,但我不知道他是不是下了终生事茶的决心,而他的人生观和价值观,显然已经在那个时候初步形成了。无论如何,十二年的寺庙生活,进入戏班子后的流浪生活和接触到的那些失意的官宦,对陆羽是有着深刻的影响的。而在这期间,始终没有离开他的,应该是茶吧。

如果没有安史之乱,陆羽未必能够成为茶圣,因为我们并不真正知道青年陆羽当年除了茶之外,还有没有别的梦想,甚至有可能连陆羽自己也不完全清楚自己的选择,所以除了茶之外,他也写了许许多多的诗文。755年的夏天,他是在故乡竟陵度过的,他在离城六十里处的一个名叫东冈的小村子里定居,整理出游所得,开始酝酿写一部茶的专著。但安史之乱使青年陆羽沦为成千上万的难民中的一个,随着滚滚难民潮,南逃渡过长江,陆羽的信仰也发生了巨大变化。

《茶经》中大量的茶事资料,正是在这个时候收集的。我们可以想象,这样一个孑然一身的青年,孤苦伶仃地被扔在公元8世纪那个盛唐之后的历史转折点上。在那个兵荒马乱的年代,他势必会对这个世界产生巨大的疑问;他势必会对以往所接受过的一切教育,包括童年在寺院受到的教育,重新进行一番梳理;他对安详平和的佛教势必会有一番反思,因此也会对那个从小就渴望离开的地方重新有了回归的向往。正是带着这样一种人生姿态,757年,二十四岁的陆羽来到了太湖之滨的无锡。离顾渚山已经很近了,在那里,他结识了一位莫逆之交皇甫冉。接着,陆羽就开始环着太湖南游,穿行在顾渚之间,那里,另一位生死之交在虚席以待,他就是唐代名诗僧、谢灵运的第十世孙释皎然。

皎然比陆羽大十三岁,与陆羽相遇时也尚未到四十。虽为文豪世家子弟,到他这一代,也仅剩得废田故陂。他早年儒释道都学过,安史之乱后,就一心一意地进入了佛门,一边读经,一边写诗。他一生虽也游历,但总体是住在湖州杼山的妙喜寺,直到792年去世。

　　青年陆羽和皎然之间的那种关系,显然满足了他的几个层面的需要:一是品茶论道的需要,二是谈禅说经的需要,三是诗文唱和的需要,四是徜徉湖山的需要。最后,我们甚至可以猜测,这里面也有着陆羽回到童年的需要。在以后的几十年中,有亦兄亦父、亦师亦友的皎然始终相伴身边,对一个无家可归、寄人篱下的弃儿而言,这是怎样的慰藉! 以往我就一直为一个问题所困惑,那就是:陆羽何以为生? 因为他没有祖上的基业,也没有当官的俸禄,成年之后,没有谋生的职业,没有田产,也没有寺院的香火。从龙盖寺出逃以后,除了一年左右时间靠做伶人养活自己之外,他就开始依附于官宦人家,先有李齐物,后有崔国辅,当中有五年时间在邹夫子处读书,那时或还可以靠煎茶为自己缴学费、吃饭,但以后怎么办? 想必还是靠人资助。所以,这样的生活总非长久之计。陆羽在到湖州之前,生活一直漂泊不定,这里三年,那里两年,直到遇见皎然。虽然之后陆羽也曾出游四方,但总体上没有离开过湖州顾渚山附近,我认为有皎然的妙喜寺在,是重要原因。从心理上说,这个被寺院收留的流浪者,虽然曾经千方百计地逃离了寺院,但最后还是回到寺院心里才踏实,这就是我认为的陆羽能够在顾渚山留步的心理原因。

　　起初,陆羽就住在皎然的寺中,还因此结识了一大批朋友,比如写"慈母手中线,游子身上衣"的湖州德清人孟郊,比如写"西塞山前白鹭飞"的渔父诗人张志和,比如女道士李冶。皇甫冉、皇甫曾兄弟当然也在他朋友之册,还有刘长卿、灵澈等人。760 年,陆羽结庐苕溪,开始隐居生活。其中,皎然依然是他最亲密的朋友。陆羽常常外出事茶,皎然因访他而不得,写过一些诗章,有一首是《寻陆鸿渐不遇》:"叩门无犬吠,欲去问西家。报道山中去,归来每日斜。"还有一首诗这样写道:"太湖东西路,吴主古山前。所思不可见,归鸿自翩翩。"

　　可以说,在此期间,没有任何关于陆羽感情生活的记载,只有那首李冶的《湖上卧病喜鸿渐至》给后人留下无限遐想的话题,也流传最广:"昔去繁霜月,今来苦雾时。相逢仍卧病,欲语泪先垂。强劝陶家酒,还吟谢客诗。偶然成一醉,此外更何之。"

　　有人因为这首诗而认为李冶与陆羽之间有爱情,以至于陆羽后来写的那首《会稽东小山》，被人理解为李冶死后的悼亡诗："月色寒潮入剡溪，青猿叫断绿林西。昔人已逐东流去，空见年年江草齐。"诗中的确充满了哀婉凄凉之情，姑且就那么以假乱真吧，若要当真考据起来，也是没什么根据的。

人们一般认为《茶经》初稿就是 760 年至 765 年间在湖州完成的，《茶经》的完成使当时才三十二岁的陆羽声名大噪，可以说，直到这时候，陆羽才真正跻身高士名僧间而毫不逊色。而他来回穿梭的顾渚山，自然也因茶的优良，从此让世人刮目相看。

有一件重要的茶事发生在这期间。据说就在《茶经》成书之际，陆羽曾经来到长兴与宜兴交界的啄木岭下考察茶叶。正巧，当时的毗陵（今常州）太守、御史大夫李栖筠来到此地督造阳羡贡茶，并且为完不成任务而发愁。巧得很，这时有个山僧送上了顾渚山的茶，李栖筠知道陆羽是一位茶学专家，就向陆羽请教。陆羽品尝之后，明确地告诉李太守说：此茶芳香甘辣，冠于他境，可荐于上。李太守在茶叶方面，可说唯陆羽是从，当即决定，阳羡茶与顾渚茶一起上贡，果然获得好评。陆羽由此实践，又得出茶之真谛一种，于是便在《茶经》里加上这一条："浙西以湖州上，常州次。"而湖州的好茶则生于顾渚山中。

正是在那次的茶事考察中，陆羽在翻过啄木岭后，再一次来到了顾渚山。据说这一次他做了长期考察的准备，干脆在顾渚山麓租种了一片茶园，亲自品尝茶之真味。他跑遍了顾渚山周围的茶坡，在《茶经》中提到的地名就有山桑、儒师二寺，白茅山悬脚岭，凤亭山，伏翼阁，飞云、曲水二寺和啄木岭。在顾渚山的辛苦考察颇有心得，因此才有可能在《茶经·一之源》中得出著名的"紫者上，绿者次；笋者上，芽者次；叶卷上，叶舒次"的判断，并且在 770 年参与贡茶的制作，亲自命名顾渚山茶为"紫笋茶"，连同金沙泉之水一起推荐给当时的圣上，茶、水并列为贡品。

772 年，大书法家颜真卿到湖州出任刺史，后来，有研究者认为集结在他身边的士子高僧成立了一个"饮茶集团"，经常出入顾渚山间。在我看来倒更像是一个作家协会，每次集会又少不了诗与茶。颜真卿对陆羽刮目相看，是被史料证明的。他到任一年之后就开始编修一部巨著《韵海镜源》，规模大到足有三百六十卷，编者江东名士多达五十余人，陆羽的位置被排到第三，基本上就是一个副主编吧。这部巨著到777年完成，献给了朝廷。

就在修书的同时，这个文人集团相会于杼山，建亭纪念。因为是癸丑岁，十月癸卯，朔二十一日癸亥，陆羽给亭取了一个意味深长的名字：三癸亭。这个亭现在重新恢复了，许多茶人都把那里当作茶文化的祖庭。

颜真卿是777年离开湖州的，陆羽把颜真卿送走之后，又开始了漫游生涯，但此时他的名声已经传到京城了。他自己大概也觉得《茶经》的出版时机已经成熟了，因此，在皎然的资助下，于780年将《茶经》付梓。也是在那一年，他访问了病中的李冶，我想他应该是夹着一本《茶经》去看他的女友的吧。他可没想到，再过四年，李冶就将命丧黄泉。

总之，陆羽作为大茶人，得到了上上下下的一致认可和高度评价，由于名气太大，皇帝不可能不来过问了，于是给了他一个"太子文学"的头衔，让他当太子的老师。陆羽这时候已经有底气拒绝皇帝了，于是皇帝再给他加码，又改任为"太常寺太祝"，陆羽当然还是不去的，他已经在顾渚山深深地扎下了根。

后来，陆羽还是周游四方茶乡，804年，辞世于湖州青塘别业，终年七十二岁。生前好友把他葬在妙喜寺旁，好友皎然墓侧。

我已经读了三十多年的《茶经》，学习陆羽这位古代茶圣也已经有数十年了。可是越了解他，越觉得他不可思议；越走近他，越感觉他的伟大。而在今天夜里，在这昼夜均平的秋分时节，在《六羡歌》的歌声中，我再次领略到了他的深邃……

寒露

一代茶人一代茶

鸿雁来宾，
黄雀入海为蛤。
对菊黄华，
把盏话白茶。

寒露·登高望远品秋茶

寒露前后，是茶树生长的极好时期。每年寒露前三天和后四天，所采的茶叶，被称为"正秋茶"，秋茶自然是以正秋茶为最佳的。"老茶枪"们会说，寒露茶既不像春茶那样鲜嫩不经泡，也不像夏茶那样干涩味苦，它有着一种独特的甘醇清香。

不过，这些信息对安吉白茶基本无用，因为从总体上说，安吉白茶是不采秋茶的。当然，特殊情况例外。

寒露时节，原该是离情别意的季节啊，想起了那脍炙人口的《西厢记》词章："碧云天，黄花地，西风紧。北雁南飞。晓来谁染霜林醉？总是离人泪。"然而茶，却将离人的季节融合成了一次小小的聚会，寒露时光，我又见到了赖建红。

在白茶圈子里大名鼎鼎的赖建红，实际上是一位纤细小巧的女士——脸儿生得白白的，眉儿画得细细的，头发打理得柔柔的，江南女子一个，让您绝对看不出前一阵子她有多辛苦。夏天的酷暑让安吉白茶经历了严峻考验，8月，连续九天最高温度都超过四十摄氏度，那薄薄的茶片怎么经受得起这般毒日？十万亩茶园遭受不同程度的"伤害"，茶农们看着茶山枯叶，急得坐在焦土上拍着巴掌哇哇大哭。那些天，谁知道赖建红有多少日子是在安吉茶山中度过的！

其实，茶树抗旱灾的办法，赖建红他们以往也不是没有讲到过，她可是安吉白茶协会秘书长、安吉县农业局经济作物站站长啊。安吉白茶固然有许多优点，但是也有它很要命的软肋，那就是叶薄，经不起炎热与严冬。当然，她知道古老的"阳崖阴林"是好办法，知道铺好水管是好办法，可教育农民是个大问题，经济条件不好的茶农做不起来，条件好的茶农也会有侥幸心理，总以为百年一遇的灾害到不了他们身上。谁知今年就碰上了，这下子吃了大亏，不管有钱没钱，人人都想着要亡羊补牢了。

前几天，安吉县农业局农业广播电视学校在梅溪镇马村开办了白茶灾后自救培训班，八十五名茶农赶来参加。赖建红为他们讲解了安吉白茶灾后自救的技术和方法，要他们根据旱情损害，分别对茶树进行不同程度的修剪,对树势的恢复采取综合技术措施,对部分茶园进行改造。专家们的建议让茶农放宽了心,茶农说:"等下了秋雨后,我们就按专家意见,给茶树剪枝、除草、施肥,尽快复苗壮苗。"

对今天的老百姓而言,政府由两部分人组成,绝大部分人是基层第一线工作的同志们,长年累月贴着底层百姓的心奔波忙碌;极小撮是看得见摸不着的某些贪官污吏,往往直到他们被揭露上了法庭,老百姓才见到。这两拨人其实是在较量着的,安吉的干部素质较好,赖建红就是代表正能量的那群人之一。

以前也在一些茶事会议上见过赖建红,但都没有细聊。吕聃的田野报告,有一篇专门描述了赖建红的一个亮相。

昨晚下了一夜的雨,早上起来煞是凉爽。清晨,小强就打电话来喊我,说今天我要是不去"千道湾",那这回算是白来安吉了。

八点半,小强骑着小电驴来载我,到了"千道湾"我才知道,今天有一年一度的安吉白茶斗茶会,安吉二十几家主要的茶场都会拿出最好的安吉白茶茶样来评比。以往,每年安吉白茶的斗茶会,都要送茶样给权威专家去评审。今年,为了保证茶样选举的公平公正,专家们要求送大样,每个茶场选送最好的一批茶样十斤,然后由茶叶评审专家抽样一斤留作评比,退还剩下的九斤。专家评审完后,退还的茶样,安吉县农业局经济作物站又会组织送样者自己来对各家茶样进行评比,相互学习,取长补短。今年的斗茶会就放在"千道湾",所以小强才会说这次不来"千道湾",算是白来安吉了。

走进"千道湾",茶场老板们已经到了一部分了,他们很多人都围坐在一位四十多岁的女子身边讨论着什么。小强告诉我,那就是安吉县农业局经济作物站的赖建红站长,白茶人一般称她为赖工。真是巧啊,今天下午王老师本来就约好了去递铺镇采访赖工,这下好了,赖工自己"送上门"来了。

赖站长并不高大,尖脸盘,头发扎起,皮肤白,上着淡妆,说话行事干练。看得出来,白茶企业老板们都很敬重她,有些在向她请教安吉白茶的生产技术,有些在跟她讨论今年的产业发展情况。赖工一边跟他们聊天,一边做着笔记,不时地问他们一些问题,作为安吉白茶真正冲在一线的技术干部,她掌握的都是第一手的资料。

过了约莫半小时,该到的人都到齐了,赖工简短地做了一个发言,说明了今天活动的主要目的,然后大家经过一番准备,茶叶评比就热热闹闹地开始了。

茶样从样罐里拿出来后,那些平日里端着架子的老板一拥而上,完全没有了往日的样子,像一群孩子一样,相互看茶样。"这个茶样香气好。""那个茶样嫩度好。"……都点评开了。审评采用密码,大家事先都不知道哪个茶样是哪个茶场的。当然也有个别老板眼尖,能认出自家茶叶,宋茗白茶公司的许先平,一眼就认出了自家的茶,因为他家茶叶外形与众不同,加工工艺上采用滚筒杀青。他身材矮小,一米六左右的个头,留着一个小板寸,他对自己的眼力很是得意,一直跟边上的人说:"我可是一眼就认出来了,哪像你们连自己家的茶叶都找不到!"

这时候,从边上钻出了另一位白茶专业人士,他是溪龙乡的农办主任钱义荣。钱主任满脸堆笑,尖尖的脸盘留着两撇小八字胡,只见他拿着样盘对茶样逐一点评,一群茶场老板围着他,待他点评完一款马上又有另一款茶样被人塞到他手中,希望钱主任能看一看他们的茶样,并对他们茶叶的加工工艺提出一些建议。"先看我的吧!看一看我的吧!"他们这样喊着。

钱主任在溪龙乡浸淫白茶多年,在安吉县非物质文化遗产——传统安吉白茶加工工艺代表性传人的名单上就有他的名字。见识过这次他对安吉白茶的评鉴后,我对他甚是佩服。比如,他看到一个茶样就能知道这款茶的不足之处在哪里,哪一个加工环节中出了问题。他对某一款茶的评价是杀青温度不够,询问了老板当时炒制这款茶所用的机器,便立即点出了那款机器上的哪些缺点导致了这个问题的产生;另一款茶样被他指出,是机器转速上出了问题;他甚至点出了一款茶叶是炒制的时候茶油放多了导致产生异味……各茶场老板一边听一边仔细地研究这次出现的问题，大家都表示学到了很多。当然，钱主任也是长中取短，在好茶上挑毛病。毕竟，现在白茶并不是安吉一家独有，要面对来自外地白茶产区的竞争压力。

　　吃过中饭，我搭上了赖工的车，前往递铺镇，准备去她的办公室和王老师会面。这次采访由春江安排，赖工是以前的杭州市农业学校茶学专业毕业的，是春江妈妈的同班同学，这次采访任务的预约自然就由他来完成了。

　　春江是我的研究生，我们称他为"茶二代"，他母亲郭亚敏是赖建红在杭州市农业学校读书时的同班同学，也是我在中国茶叶博物馆工作时的同事。春江父亲周文棠当时也是我的同事，他是浙江大学茶学系的茶学硕士。记得我在中国茶叶博物馆工作时，郭亚敏怀孕生子，春江出生时是小不点一个。周文棠把他抱到单位里来，在茶史厅后门口的台阶上，我第一次见到春江，他那时也就一岁左右吧，还淌着口水呢。我从他爸爸怀里轻轻一捞，他就到我怀里了。以后我调离了中国茶叶博物馆，就再也没有见到过这孩子，倒是他的父母，我有时"回娘家"还会见到。

　　许多年以后的一个初秋，一天下午，我正在办公室备课，突然就冒出来一张熟悉的面容，他眉开眼笑地从门口进来，老远就向我伸出了手。这不是周文棠吗？周文棠这些年已经以"公刘子"著称了，认了老祖宗，三代周族的领袖为宗，也在热火朝天地做着茶文化。久不见了，怎么那么开心啊？正这么想着，但见他身后就晃着身子低头进来了一个细高个儿的小伙子，秀气的五官，小巧的下巴，要是往韩流风格里打扮一下，是有几分中性美的。倒是公刘子大变，以前挺严峻霸气的一个，此刻一脸笑意，紧紧握住我的手，开心地说："王老师，我把我儿子交到你手里来了。"我一听长吁一口气说："天哪，你儿子啊，我那时还抱过他呢，一眨眼工夫怎么就长成大人了！"

　　这个我抱过的小伙子就是周春江，长得倒是更像郭亚敏一些。小伙子一看就是个读书坯子，浑身上下也没有什么时尚的侵袭，懵懂少年一个，让我有一种做梦感。我们茶叶圈中的人，把像他这样出身的人称为"茶二代"。但严格地说也不是二代，因为前面还有好多代呢，这是套着"某二代"的格式来叫的吧。

　　没隔多久，又去了中国茶叶博物馆，见到了郭亚敏，她倒是比年轻时富态不少。我说："郭亚敏，你儿子成我学生了。"她说："王老师啊，儿子归你管了，你要骂就骂，要训就训啊！"若按照旧社会的套路，几乎要说"要打就打"了，我赶紧回答："春江是个好学生呢，哪里要我训啊！"

　　周春江的确是个好学生，大二时他突然给我发短信，要与我进行一场谈话。我们在学校露天花坛前进行了交流，他郑重地跟我说，要报考我的研究生。我一听自然是高兴，看他那张一本正经的稚嫩的脸，就忍不住问他有没有跟父母商量，他说商量了，父母说听王老师的意见。我一听这话，突然感觉身上有了茶人的责任，突然意识到"茶二代"意味着什么。我上了心，一步步陪着春江走到了大四。他开始考研了，然后就顺利考上了，还当了班长。这会儿，吕聃拉上他一起来与我做安吉白茶的田野报告，正好就用上他了。

　　一见赖工，我就说："今天可是把您老同学的儿子带过来了。您看看吧，什么是'长江后浪推前浪'啊。"

　　赖建红见了春江那是真亲热，说："你是继承你父母的衣钵了，你可是正宗的'茶二代'啊。"

　　我告诉赖工，学院里还有一个"茶二代"，叶青青，潮州工夫茶非物质文化遗产代表性传承人叶汉钟的女儿。我没告诉她，其实我女儿郭七月，包括我的两个外甥女也都考出了中级茶艺师，其中曹琳曾在育华中学帮着教茶文化，另一个张劼都把茶艺呈现搬到驻法大使馆去了。

　　春江对他的赖阿姨说："昨天晚上我跟我妈还聊过您，安吉白茶和您关系大着呢。"

　　赖建红也跟春江回忆起往事来了，说："1984 年，我们班的同学毕业了，基本上都回了原籍。我是安吉人，就被分配到了老家，你妈妈就被分到了萧山农技站，那时候我还去萧山看过你妈妈。中国茶叶博物馆引种的那一批安吉白茶，还是你妈妈从我这里拿过去的呢。"

　　我一听这话好亲切啊，那时我还在中国茶叶博物馆工作呢，那批白茶种下去的样子，至今想起来，都是历历在目啊。

　　赖建红当年读的是杭州市农业学校茶学专业的第一个班。安吉县当时还没有专门的白茶协会呢,你想,连白茶都没有,哪来的白茶协会呢? 所以,1984 年,赖建红毕业后去的安吉县农业局的经济作物站,不带"茶"字,经济作物站下面管着三个部门,倒是首推茶的:一是茶叶部门,二是蚕桑部门,三是水果部门。赖建红就直奔茶叶部门了,一晃三十年,她一直就吃着这碗"茶叶饭"。中间虽然也曾经去过乡镇,待了四年,但也是在农科站,也是搞农业技术的,没离开过茶。从 1984 年毕业开始,赖建红就参与了安吉县第二次茶园普查,所以说,安吉县的茶园,她这双纤细的脚,几乎都走遍了。

　　那时候,安吉县的茶园品种,主要是鸠坑种、老鸠坑种,茶园总面积五万多亩。随着安吉白叶一号品种性状成熟,大面积种植的就是白叶一号了。

　　前面我们说过,从 1979 年开始,浙江省农业厅就有了一个浙北良种选育的课题,湖州市属于浙北,安吉县属于湖州市,湖州市农业局茶叶科科长林盛有便牵头做了课题主持人。

　　当时的安吉呢,老百姓都知道有这么一棵白茶树,有时候他们在山上采了茶,想证明这茶是那山上采的,就抓一把白茶放在其他的茶叶上,以此证明没撒谎。从来没有人想过要将这一棵茶树变成几棵茶树,是这个课题项目,让人们想到这样的可能,可见国家在科技发展中的驱动力。

　　茶叶科有几个搞技术的,程雅谷、滕传英、王英芳、杨美红等。在赖建红看来,安吉白茶是经过几代人集体的努力和贡献才有的成果,从政府到企业到技术人员,少了哪一方面都不行。她回忆说:当时的安吉县政府曾经下过一个文件,安吉白茶的茶苗不准外流。那时候还有检查站,车子停下来都要检查,看你这个茶树苗是不是白叶一号,是白叶一号的话一律不准外流。政府想保护这个地域产品,我认为也没有错,就是不太现实。你想想,万一有人晚上跑山上去剪几根枝条下来偷偷运出去,这不就能移栽到外面了吗?

　　事情总有正反两方面的,白茶苗没有流出去,安吉白茶跟外面的竞争可能就没有今天那么激烈,但是白茶也可能没有现在这样的知名度啊!

　　1985 年赖建红开始工作时,是给茶叶科里一个叫滕传英的老前辈当助手,滕传英是浙江农业大学 1960 年毕业的技术员,一开始这四五年的白茶数据调查,都是她在做,实实在在的一线调查。赖建红又跟她在试验地里做了一年的数据调查,什么发芽进度、萌芽率、抗病性等,还有其他一些数据,是和中国农业科学院茶叶研究所的老师一起做的,到1986年、1987年,这个课题实际上就已经结题了。

赖建红本人呢,1984年除了参与安吉白茶茶园数据采集工作之外,还参与了一项重要的工作,就是安吉白片的加工。安吉白片在1988年时被认证为国家级的名茶。这款茶是用老鸠坑的品种做的,制作工艺跟安吉白茶也不一样,有压片的工序。她这一说我想起来了,我最先接受的安吉茶可不是安吉白茶,而是安吉白片。老百姓要接受一个茶品,可没有说起来那么简单,在一个品种成熟以前,大家必然会观望和等待,这是很现实的。现在安吉白茶胜出,也是顺理成章的事。

在赖建红看来,在整个安吉白茶的发展过程中,第一代茶人发现这棵茶树,并对此进行繁育,存活了,便在很少的几亩地上进行扩张,这都算是第一个阶段。

接着就是第二个阶段了,赖建红把它称为小规模试种。安吉白茶小规模的发展阶段应该是从1989年到1995年。开始做品种试验时,有白叶一号、龙井43、龙井长叶等品种,这些品种都是在一起做品种试验的。

1998年,安吉白茶到了第二代茶人杨美红这一拨人手里。20世纪90年代,赖建红跟着老站长杨美红一起搞白茶的技术推广,去乡里指导农民白茶的生茶加工技术。安吉白茶第二代茶人对整个产业面的扩张起到了一个极大的作用,特别是安吉白茶技术推广项目的实施,使白茶种植面积能够从几百亩迅速扩张到几千亩。那个时候,白茶种植主要还是在溪龙乡一带。因为当时茶叶苗木要卖到一元钱一株,茶叶也能卖到八百元到一千元一斤,所以扩展的速度是比较慢的,只有等到品种鉴定结果下来,可以扩张了,才有可能做大做强。

第三个阶段是大规模推广,那已经是在20世纪90年代后期了,因为一直到1997年,整个安吉白茶的面积都只有一千多亩。那时候,溪龙乡的乡长就是今天的安吉县政协主席叶海珍。她在这方面的贡献就在于她看到了这个产业的发展趋势,认为这是一个好东西。当时老百姓也没多少钱,又怕茶叶卖不掉,她怎么办? 就是鼓励乡镇干部每家每户都去种几亩白茶。
老百姓看你们政府的人都在做这个事情,就认为这肯定是一件有益的事情,
白茶种植面积就上来得快了。

　　规模扩大了,随着安吉白茶的知名度上升,价钱也开始涨起来了。1998
年,政府的工作中心放到了安吉白茶的品牌建设与营销上面。安吉白茶种
植面积扩大得最快的时期,正是 20 世纪 90 年代末至 2000 年初,第四个阶
段开始了。

　　第四个阶段是品牌建设营销,像"恒盛"、"千道湾"、"宋茗"、"龙王山"等
品牌,都是在 2000 年以后进入品牌化建设阶段的。1997 年,开始申报安吉
白茶原产地证明商标,2001 年拿到了商标,商标一拿下来安吉就举办了首
届中国安吉白茶节。白茶节一开,就扩大了安吉白茶的知名度。2001 年到
2005 年,每年都举办一次。特别是 2003 年,安吉举办的是"安吉白茶与《大
观茶论》"研讨会,以此追溯安吉白茶的历史。这一追就追到了八百年前的
宋代。安吉县请了程启坤、姚国坤等茶学专家来支持,就此奠定了安吉白茶
原产地的地位。2004 年,因为获得了国家质量监督检验检疫总局的"原产
地域产品保护"证书,安吉县在上海召开新闻发布会,起到了很好的宣传推
广作用。从 2006 年开始,安吉县每两年举办一届安吉白茶开采节,这些都
是在做品牌建设。

　　1998 年,由杨美红牵头,赖建红等参与,起草了安吉白茶的第一个地方
标准。安吉白茶跟安吉白片的地方标准是同一年做的。2003 年,安吉县标
准经过修改后被提升为浙江省推荐标准,2005 年变成强制性标准,2006 年
就上升为国家级标准了。省标跟国标的起草人主要是赖建红,因为杨美红
已经退休了,2004 年,赖建红成了安吉县农业局经济作物站站长,她应该算
是安吉白茶第二、第三代茶人的代表了。

　　在不同的历史阶段中,体现了政府形象的安吉基层领导们,都坚持实施
对企业的帮助,在企业的发展过程中,他们总是会站在技术和政府的层面,
提供相应的建议。比如杨家山茶场,可以说,赖建红他们是看着它成长起来
的。最早只种了十几亩地,然后到四十几亩地,再到六十几亩地,现在已经

有了一千多亩茶园。在这过程中，除了生产，还有品牌建设、企业形象、企业文化等问题，赖建红他们都代表政府提供了实质性的指导与帮助。

比如前面提到的"溪龙仙子"宋昌美，她最早是一个地地道道的茶姑，到湖州卖茶，卖的是白片、毛峰，回来种白茶，从十几亩到现在的八九百亩，从一个地地道道的农民，成为全国"三八"红旗手、党的十八大代表。可以说，这个产业不但使她致富，也把她培养成了一个杰出的人物。

又比方说，宋茗公司的许总，他从十七八岁开始从事餐饮业，是"一把好勺子"，后来又去做了黄沙生意；他们公司的罗总以前则是搞房地产的。这批人都是从其他行业转行过来的，属于第四阶段才进入茶产业的，但是他们对白茶产业是有大贡献的。如果就是小农制茶卖茶，可能还停留在原始的小农意识环境下，但是有了他们这些工商资本的注入，他们的眼光、立足点、发展思路就不一样了。以前安吉白茶就是坐在家里卖卖，宋茗公司一介入，就带着他们的团队，走了全国八十几个城市，去推销自己的产品。这第一步，其余茶叶企业也都在看，你出去了，我也跟着出去，去塑造自己的企业形象。所以"千道湾"、"龙王山"、"溪龙仙子"等，都跟上来了。品牌营销方面，以前大家都坐在家里，也不知道去申请什么市级、省级的著名商标，现在呢，光是浙江省著名商标就有六个，还有浙江省名牌产品三个，中国驰名商标四个。

不同的企业有着不同的管理模式，像大山坞公司，就是有点像法国老牌葡萄酒庄园的模式。像宋茗公司，就是一种非常现代化的公司管理模式。一加一大于二，它的前身是长思岭与灵芝山两家茶场，2007 年联袂组建公司，成为一家集茶叶种植、加工、研发、销售及茶文化传播于一体的省级农业龙头企业。自从宋茗公司将两家小的茶场合并成一家大茶企之后，千道湾公司、龙王山公司也走了一加一这种模式。接下来，安吉茶企又走了第二步：千道湾公司注资收购成立了一个子公司，恒盛公司也注资成立了一个子公司，接下去就成了一串，这就可以控股了。龙王山公司是很注意茶叶品牌宣传和茶文化传播的，他们眼光也放得很远。这就是安吉白茶发展到现在优于其他地方名优茶之处。

安吉白茶的品牌化运作一开始其实是政府在做的事情，首先介入的是政府,政府把这个大品牌大平台搭建了以后,逐步就要做企业的子品牌。那么,为什么要搞母子商标管理呢?2000年,开始做母子商标管理,母商标为安吉白茶,子商标为企业商标,这个过程中,母商标大家来推,子商标可以体现各企业的产品质量。现在安吉白茶的品牌价值已经达到了29.1亿元,也是一个不小的数字了。通过无性繁殖,长在高山之巅的一株野生白茶树,发展到了现在的种植面积17万亩、年产量1870余吨、年产值达22亿余元,成为致富一方的大产业。2010年白茶产业为全县农民人均增收2742元,成为安吉县农业的特色主导产业,也是产区农民增收的主要来源。这不能不说是一个伟大的创举,在中国茶叶发展史上书写了一个精彩的绿色传奇!

据我了解,目前安吉县内最大的黄浦江源合作社经政府授权,使用注册商标"黄浦江源",下有260余家茶农,140余家茶叶加工厂(全县共有茶农15800余户、加工厂370余家),茶园被分为八个区域,区域内茶园再编号,责任到人,使社员在使用合作社品牌时能更好地维护品牌形象,使整个安吉白茶生产企业形成一个较为严密的组织网络,做到了没有一个散户在生产"安吉白茶"。

经过几年时间建设,安吉白茶逐渐成为浙江茶叶市场中最具影响力的区域品牌之一,并在政府牵头组织茶商和产茶大户参加的各种评比会、展览会和博览会上屡获殊荣。企业具备了一定产品知名度的同时,也开始懂得市场推广对产品品牌的意义。长大成人的白茶企业开始另立门户,出现了一批具有较高知名度的企业商标。将原来的"母子商标"管理模式转变为"子母商标"管理模式,茶叶企业真正成为了市场经营的主体。

为了让安吉白茶走向世界,协会不断组织企业参与国内外各类名茶评比,到目前为止,安吉白茶已先后获得国内外各类大奖三百七十余项,并被评为浙江省十大名茶。2008年年初又喜讯频传,安吉白茶被国家工商总局认定为中国驰名商标,这是浙江省第一个被认定为中国驰名商标的农产品证明商标。溪龙乡黄杜村的茶农薛勇将"雅思"在韩国、德国成功注册了商标,安吉茶农将从此开辟国际市场,促进白茶产业新一轮的发展。

一株野茶树,成就了安吉的一项重要产业,并且造福一方,想想真是一个奇迹。从最初仅一寸长、五百多枝、零点八平方米面积的插株,到最终成功七十五丛、二百八十八枝的第一代安吉白茶，发展到后来的近四万亩，再后来的九万亩，乃至现在的超十七万亩种植面积，这般速度，这般规模，在安吉白茶种植史上可以说空前绝后了。

2009年12月中旬，"安吉白茶"在首届中国农产品区域公用品牌建设论坛上被农业部评为全国农产品公用区域品牌百强。赖建红说："安吉十多万亩茶园乃至外地种植的近百万亩白茶都是来自于这棵母树，不管是从经济价值还是社会价值来说，'白茶祖'的价值都是无法估量的，所以我们更应该采取措施来保护它。比如，我们可以像杭州人保护十八棵龙井树一样来保护安吉'白茶祖'。"

赖建红很为安吉白茶而自豪："每天喝上五克安吉白茶，比吃所谓的保健品更有价值，更具文化，更能给人带来健康。相信未来的日子里它将继续引领中国高端茶叶品牌的发展。"

听赖建红如数家珍般地诉说着白茶产业链上的种种，想起她那小小身躯中的巨大能量。她曾获得浙江省农业科技成果转化推广奖、浙江省农业科技入户工作先进个人、浙江省桑茶果工作先进个人、湖州市十佳农业科技人员、安吉县农村劳动力培训与转移工作先进个人、安吉县十佳农技推广人才、安吉县十佳创业女性提名奖、安吉县科协工作先进个人、安吉县科普讲师团先进工作者等荣誉。在这些荣誉后面，有一个伟大的背景——安吉白茶先后获得荣誉四百多项。

霜降

第一滴水

枯草霜花白，
寒窗月新影。
岁月归沉寂，
白茶开花养生息。

霜降·开花结果少茶籽

　　按理，霜降时节一到，便是茶农进山采摘茶籽的日子了。这时的茶籽打的油可说是又多又好。可是安吉白茶很奇怪，她的花开得特别茂盛，所以往往会引来养蜂人。但是，她结的果就很少，没法用籽来种植。所以，如果不用无性繁殖的方法，安吉白茶，直到今天，恐怕还只有那一株。

　　"枯草霜花白,寒窗月新影。"陆游的《霜月》将霜降季节刻画得十分精准。这时节就那么不可阻挡地冰冷下去,豺狼开始捕猎食物,以兽耳祭天报本;大地上树叶枯黄、掉落;蛰虫趴在洞中,垂下头来,进入冬眠。这岁时,茶还能干些什么呢? 这入冬前的最后一个季节,它不发芽了,它要开花了。

　　将冷未冷的感觉是最冷的,比真正的冷还冷。所以冷在我的心里开的不是雪花,是霜花。"冷若冰霜"这个词儿,大概就是从这样的感觉中滋生出来的。而在霜花中夹杂着茶花,那便是和霜降对着干的架势。谁说茶仅仅是温和的,茶真要拗起劲儿来,季节也拿它没办法。茶花一开,那股子不动声色的幽香,让霜花也不得不服了。

　　只是我一直还没有弄懂,霜降时节,白茶开不开花。如果开花,它结不结果呢?

　　按说茶树开不开花对我不应该是一个问题,从前在杭州龙井双峰山下的中国茶叶博物馆工作,一入 10 月,龙井茶蓬就开花了,小小的白色的花,长得有几分像水仙,特别香,一丛茶树,开花百朵,花期甚长,满园争艳,蔚为奇观。

　　那年,我应吴觉农先生的学生、茶学专家刘祖香先生之约,到他上虞的家中小住。他带我去看满坡的茶树,告诉我,茶树花的花梗,前端膨大为茶托,花托上生有花萼、花冠,花萼由五个绿色萼片组成,以保护里面的白色花瓣;花冠中则有众多由花丝和花药组成的雄蕊,它们包围着位于花中央的雌蕊。原来茶树花都是雌雄皆备的两性花,这可是我以往不曾听说的。

　　茶树花特有的香甜蜜素,主要是吸引蜜蜂为它授粉。当雄蕊的花粉散落在雌蕊的子房上时,子房的胚珠就可以受精"怀孕"了,不过要到第二年的白露时节,才可发育成茶籽。

明代的杭州文人高濂在他的《遵生八笺·四时幽赏录》中,专门就有一段关于茶树花的描述:"两山种花颇蕃,仲冬花发,若月笼万树。每每入山寻茶胜处,对花默共色笑,忽生一种幽香,深可人意。且花白若剪云绢,心黄俨抱檀屑。归折数枝,插觚为供。枝梢苞萼,棵棵俱开,足可一月清玩。更喜香沁枯肠,色怜青眼,素艳寒芳,自与春风姿态迥隔。悠闲佳客,孰过于君?"

陆羽在《茶经·一之源》中说,"花如白蔷薇";吴觉农在《茶经述评》中则说,"花冠白色,少数淡红色"。我从来不曾见过淡红色的茶树花,但当年读陈观沧先生《五十年茶叶研究录》,记得他曾说抗日战争时期他在祁门凫峰溪口,发现有数棵开着淡红色花朵的茶树,很像春天里盛开的桃花。

现代人经过观察,还发现茶树的花芽比叶芽的萌发率要高,特别是无性系茶园的花果更多,但安吉白茶大概不应该这样吧,毕竟,安吉白茶生理结构特殊,是与众不同的茶。它可是被称为"石女茶"的,不会生孩子的茶,应该不会开花结果吧。我每次去安吉,都碰不上茶树的开花季节,这会儿又到霜降时节,同样的问题又冒出来了。

心里没有底,发个微信给"大山坞"的盛老四。他有个网名,叫"茶长老",他的个性签名能吓死你:"为白茶生为白茶死为安吉白茶辛苦一辈子……"像"文化大革命"中表忠心的红卫兵小将。我问"茶长老":"白茶开花吗?"以为他会说不开花,谁知他回答说:"开花。与其他茶种比,花还开得特别多。"啊,这可真是出乎我的意料。我又问:"茶树花是白色的吗? 香吗?"回答说:"白色的花瓣,花蕊是金黄色的,每年秋天养蜂人都要过来的。蜜蜂要活命,靠茶树花呢,你说香不香?"

这可真让我大吃一惊,茶树花多得香得连养蜂人都过来了,还要靠茶树花活命! 连忙再问:"那结不结果?"回答说:"花多结果少。"

我明白了,白茶是个计划生育的模范,而且还是个丁克家族,它是会开花的女人,可就是不会生孩子。按说,霜降时节,气肃而凝,露结为霜,茶农往往要上山采茶籽的。霜降时分采摘的茶籽打的油又多又好,香得本分,香得淳朴,吃了对身体特别有好处。安吉白茶既然不结果,便没有茶籽,茶事中的这个环节就自动减免了。

其实不结籽的茶花，也是可以派大用场的，茶树花所含的各种营养成分和抗氧化成分，完全可以与茶叶媲美：它解毒、降脂、降糖、抗衰老、抑癌、滋补强体、美容养颜，含有蛋白质、茶多酚、氨基酸、维生素和过氧化氢酶，对人体具有解毒、增强免疫力等功效，是一种优良的蛋白质营养源。除了养蜂，不知安吉人有没有把白茶花利用起来呢？

千万别以为不采秋茶的季节诸事将息，恰恰相反，10月，是一个茶事繁忙的岁时。10月15日下午赶到长兴，参加禅茶活动，我的论文说的是"禅茶与漉水囊之间的关系"。第二天中午赶回临安，参加学院的茶事活动，见到了来自台北的久违的紫藤庐主周渝先生。二十多年前在陕西扶风茶事活动上见过他一面，他送我一副盖碗茶茶具，如今还在我的书柜里。10月21日，我去了武义，参加了三天的全国茶艺赛事。本届竞赛由农业部职业技能鉴定指导中心、中国就业培训技术指导中心、中国茶叶学会联合主办，中国茶叶学会、浙江省人力资源和社会保障厅、武义县人民政府承办，属国家级二类竞赛，为期四天。竞赛设个人赛、团体赛和茶席设计赛三个项目，分理论知识和技能操作两部分进行，竞赛总成绩由理论成绩和技能成绩两项组成，共有来自全国二十一个省、自治区、直辖市的一百六十九名茶艺高手一展技艺。记者们为这次赛事取了一个精气神十足的名："'武阳春雨杯'第二届全国茶艺职业技能竞赛总决赛选手武义'论剑'"。现在，不管论什么都说是"论剑"，其实准确地说，应该是"论茶"。

我作为第二届全国茶艺大赛的总裁判长，也算是大饱眼福，事茶的精道与品茶的浪漫，这一回算是酣畅淋漓地领略了一番。不由得想起了近代丹麦的地质学家与医学家尼尔斯·斯坦森的名言："我们所见的固然美好，我们明了的愈加美妙，我们尚未彻悟的更是不胜其美，美不可言。"比如"茶艺"这俩字儿，我们敢说我们已经彻悟了吗？正因为我们还没有真正领会透，所以才是不胜其美、美不胜收的吧。

在我的"茶文化通论"这门课程中，讲到过"茶艺"，其概念与我此刻在浙中武义看到的茶艺是不完全一样的。茶艺在我编写的教材中，特指制茶的技艺和品茶的艺术，它包含了有关茶的技术与艺术，是研究如何制好茶和如何享受茶的技艺。茶艺具有一定的程式和技艺，它与文学、绘画、书法、音乐、陶艺、瓷艺、服装、插花、茶席、建筑、美食等相结合，构成茶文化的重要组成部分。

中国茶艺的内容古已有之，不过有实无名，没有"茶艺"的叫法罢了。《封氏闻见记》记载："楚人陆鸿渐为茶论，说茶之功效，并煎茶炙茶之法。造茶具二十四事，以都统笼贮之。远近倾慕，好事者家藏一副。有常伯熊者，又因鸿渐之论广润色之。于是茶道大行，王公朝士无不饮者。"这里所谓的"茶道"，应该被理解为制茶的技艺和品茶的艺术。

陆羽是中国茶艺的奠基人。《茶经·四之器》与《茶经·五之煮》中，记录了煎茶二十四器并煎茶之法，对唐代流行的煎茶茶艺有详细的描述。宋代蔡襄的《茶录》、赵佶的《大观茶论》，明代朱权的《茶谱》、张源的《茶录》、许次纾的《茶疏》等，对茶艺内容都有翔实的讨论记载，虽无"茶艺"一词，其意尽在其中。

我们当下品鉴与评判的茶艺，其实是指茶的冲泡技艺。原来把一个劳作的完整过程艺术化、道德化、游戏化，是可以从茶的冲泡中鲜明地体现出来的。对茶的艺术的冲泡，便这样超越了对茶直接的、功利的冲泡。在这里，目的不是目的的全部，过程则构成目的的内涵。品饮中，茶艺每一个分解开来的动作，都是意味深长、耐人寻味的。

西汉以来，茶的烹饮方法不断发展变化。大体说来，从西汉至今，有煮茶、煎茶、点茶、泡茶四种烹饮方法。

所谓煮茶法，是指茶入水烹煮后饮，往往杂以其他的配料。自三国以降，鲜茶采摘后被制作成紧压茶，饮时捣碎碾成粉末入沸水煮饮。西汉王褒《僮约》说，"烹茶尽具"；西晋郭义恭《广志》说，"茶丛生，真煮饮为茗茶"；东晋郭璞的《尔雅注》说，"树小如栀子，冬生，叶可煮作羹饮"；晚唐杨晔的《膳夫经手录》说，"茶，古不闻食之。近晋、宋以降，吴人采其叶煮，是为茗粥"。同处晚唐的皮日休则在他的茶组诗《茶中杂咏》序中云："然季疵以前称茗饮者，必浑以烹之，与夫瀹蔬而啜者无异也。"可见，这种饮法从三国时就开始了。三国时期张揖著《广雅》说："荆巴间采叶作饼,叶老者,饼成以米膏出之。欲煮茗饮,先炙令赤色,捣末置瓷器中,以汤浇覆之,用葱、姜、橘子芼之。"芼茶即茶粥,源于荆巴之间,制作方法是将茶末置于容器中,以汤浇覆,再用葱姜杂和为芼羹。

唐代以后,茶叶品种渐多,但煮茶旧习依然因袭,特别是在少数民族地区较为流行。陆羽《茶经·六之饮》中记载:"或用葱、姜、枣、橘皮、茱萸、薄荷之等,煮之百沸,或扬令滑,或煮去沫。斯沟渠间弃水耳,而习俗不已。"晚唐樊绰的《蛮书》记:"茶出银生城界诸山,散收,无采造法。蒙舍蛮以椒、姜、桂和烹而饮之。"宋代苏辙的《和子瞻煎茶》诗有"北方俚人茗饮无不有,盐酪椒姜夸满口"之句,而黄庭坚的《奉谢刘景文送团茶》诗中则有"刘侯惠我小玄璧,自裁半璧煮琼糜"之句。宋代,北方少数民族地区以盐酪椒姜与茶同煮,南方也偶有煮茶。这种煮茶时往里加盐、葱、姜、桂等作料的方式,被称为芼饮,直到今天,依然在中国少数民族生活中广泛流行,是中华民族茶品饮习俗中重要的内容。

陆羽之后,人间相学事新茶,这个新茶正是"煎茶法",是指陆羽在《茶经》里所创造、记载的一种烹煎方法。具体做法是将饼茶经炙烤、碾罗成末,候汤初沸投末,并加以环搅,沸腾则止。煎茶法的主要程序有备器、选水、取火、候汤、炙茶、碾茶、罗茶、煎茶(投茶与搅拌)、酌茶。

煎茶法在中晚唐很流行,唐诗中多有描述。曾有茶文化学者总结摘辑说:有刘禹锡《西山兰若试茶歌》诗吟"骤雨松声入鼎来,白云满碗花徘徊";有僧皎然"文火香偏胜,寒泉味转嘉。投铛涌作沫,著碗聚生花"的雅句;有白居易"白瓷瓯甚洁,红炉炭方炽。沫下曲尘香,花浮鱼眼沸"的煎茶描绘;有卢仝《走笔谢孟谏议寄新茶》诗"碧云引风吹不断,白花浮光凝碗面"的赞叹;还有徐夤《尚书惠蜡面茶》之"金槽和碾沉香末,冰碗轻涵翠缕烟。分赠恩深知最异,晚铛宜煮北山泉"。而北宋苏轼《汲江煎茶》诗更以其"雪乳已翻煎处脚,松风忽作泻时声"的茶意千古流芳。

宋朝流行点茶法:将茶碾成细末,置茶盏中,以沸水点冲而成。具体方法是先注少量沸水调膏,继之量茶注汤,边注边用茶筅击拂。

点茶又被称为分茶,点茶法的起始当不会晚于五代。从蔡襄《茶录》、宋徽宗《大观茶论》等书看来,点茶法的主要程序有备器、洗茶、炙茶、碾茶、磨茶、罗茶、择水、取火、候汤、熁盏、点茶(调膏与击拂)。点茶法风行于宋元时期,《舜茗录》记载了点茶盛行时的风雅之举:"沙门福全生于金乡,长于茶海,能注汤幻茶,成一句诗。并点四瓯,共一绝句,泛乎汤表。"其诗曰:"生成盏里水丹青,巧画工夫学不成。却笑当时陆鸿渐,煎茶赢得好名声。"一个点茶的僧人都可以因为自己高超的技艺而看不起茶圣了。

点茶法虽从明代起就因为散茶出现而退出历史舞台,但在文人中间,一直保留着余绪。明朱权在《茶谱》中就记载了这种品饮法:"命一童子设香案携茶炉于前,一童子出茶具,以瓢汲清泉注于瓶而饮之。然后碾茶为末,置于磨令细,以罗罗之。候汤将如蟹眼,量客众寡,投数匕入于巨瓯。候茶出相宜,以茶筅摔令沫不浮,乃成云头雨脚,分于啜瓯。"这是对点茶法非常细致的描述。

泡茶法是将茶置茶壶或茶盏中,以沸水冲泡的简便方法。泡茶法直到明清时期才流行。朱元璋罢贡团饼茶,遂使散茶(叶茶、草茶)独盛,茶风也为之一变。明代陈师所著的《茶考》记载说:"杭俗烹茶,用细茗置茶瓯,以沸汤点之,名为撮泡。"这种用沸水冲泡瓯、盏之中干茶的方法,沿用至今。

明清更普遍的还是壶泡,即置茶于茶壶中,以沸水冲泡,再分奉到茶盏或瓯、杯中饮用。据张源《茶录》、许次纾《茶疏》等书的记载,壶泡的主要程序有备器、择水、取火、候汤、投茶、冲泡、酾茶等。现今流行于闽、粤、台地区的"工夫茶",正是典型的壶泡法。

人类品饮的习惯并非热饮一种。历史上最初的饮用,除了生水之外,有啤酒、葡萄酒、烧酒、咖啡,还有今天的碳酸饮料,如可口可乐等。今天的中国人完全习惯了热饮,即使在最贫困的乡村,人们也养成了烧水饮茶的习惯。即使出国在外,中国人也常常会为喝不到热茶而苦恼,因为大多数欧美国家的人习惯喝净化了的凉水。

人类发展史上曾经有过许多次大规模的疾病袭击,造成了人口大幅度的下降,这是与饮用不洁之生水有着密切关联的。生水煮沸之后会消灭诸多细菌,如在沸水中再加上可作药用的茶叶,那就更是如虎添翼。恰恰是热饮茶这种方式，为人类的生命健康、保健发挥了至关重要的作用。只有当社会普及饮茶之时，喝开水、沸水的行为才成为一种约定俗成的可能。而正因为水的高温消毒，杀死了生水中的许多有害病菌，使人类的生命与生活得以安全地延续。有专家论证认为，中国在唐宋之后不再出现特大规模的传染病，以至于人口猛增，是与喝茶有重大关系的。喝茶使人不得不饮用沸水，得传染病的概率大大降低。

沸水是用火炉烧出来的，而火炉同时又可用为炼丹的器具。中国神话中的太上老君，正是道教的鼻祖老子的化身。正因如此，陆羽《茶经·四之器》中，开门见山介绍的第一件茶器，便是一只燃烧着道家文化火焰的风炉。

煮茶器具不仅仅是煮水用的炭炉，还包括水煲、燃料等。古人以为煲水使用铜煲容易起化学作用，而且有铜锈异味，所以最好还是用瓦煲，既可保温，又可以保持水质原味。而使用什么燃料也极有讲究，用松柴、杂草等燃料，水会带有焦青异味，最好用木炭为燃料，其次是谷壳、秕糠、蔗渣等，易于掌握火候。而现在的城市生活中，一般使用天然气、石油液化气和电。

煮茶是要有技巧的，需要恰当的火候。茶圣陆羽是个煮水泡茶的能手，他认为水要"三沸"，第一沸即微闻水声，水面冒出蟹眼般大的水泡，第二沸边缘有如涌泉连珠，第三沸则如波涛鼓浪，过了三沸则属"老水"，不宜泡茶。以现代科学分析，不无道理。因为不同的茶叶所含的化学成分，如茶多酚、生物碱、蛋白质、维生素等物质构成茶叶色、味也不同。一杯理想的茶汤，必须掌握不同茶叶的质、量的多寡、茶叶与水的比例、水温高低和泡水时间的长短，比例协调才能芬芳可口，甘醇润喉。比如高档的绿茶水温须控制在九十摄氏度以下，方不会破坏茶的鲜嫩品质，而乌龙茶、普洱茶水温则需要一百摄氏度的沸水。所有这些都是有科学道理的。

宋代品茶，以斗茶为最。郑板桥说："从来名士能评水，自古高僧爱斗茶。"

斗茶是始于晚唐、盛于宋代的品评茶叶质量高低和比试点茶技艺高下的一种茶艺。这种以点茶法进行评茶及比试茶艺技能的竞赛活动，在"材、具、饮"上都不厌其精、不厌其巧，是流行于宋代的一种游戏。《舜茗录》中有记载:"近世有下汤运匕,别施妙诀,使汤纹水脉成物象者,禽兽虫鱼花草之属,纤巧如画。"注汤幻茶成诗成画,谓之茶百戏、水丹青,宋人又称"分茶"。分茶是以点茶为基础发展起来的茶之冲泡技艺,其艺术含量很高,惜今日已失传。

白居易《夜闻贾常州崔湖州茶山境会想羡欢宴因寄此诗》云:"紫笋齐尝各斗新。"其中的"斗新"已具斗茶的某些特点。而"境会"则可以理解为唐代为确保贡茶能按时保质保量地送到京城举行的品尝茶叶的质量鉴定会。

五代,和凝的汤社开斗茶先声。而到北宋的盛世之期,说茶论水,风气鼎盛,上自帝王,下至平民百姓,都喜欢斗茶,宋徽宗就是一位斗茶高手。

宋人诗词中对点茶、分茶之艺多有描写。如南宋杨万里《澹庵坐上观显上人分茶》诗:"分茶何似煎茶好,煎茶不似分茶巧。蒸水老禅弄泉手,隆兴元春新玉爪。二者相遭兔瓯面,怪怪奇奇真善幻。纷如擘絮行太空,影落寒江能万变。银瓶首下仍尻高,注汤作字势嫖姚。"宋释惠洪有《无学点茶乞茶》诗:"银瓶瑟瑟过风雨,渐觉羊肠挽声变。盏深扣之看浮乳,点茶三昧须饶汝。"

斗茶的核心在于比出茶叶品质的高下、点茶技艺的高低,除了要比较茶叶的品种、制作、出处、典故和对茶的见解,还要比较烹茶的用水、水温,以及汤花等。斗茶赢家的茶可做御茶进贡,献茶人也能升官发财。

斗茶器具中,汤瓶是点茶的标志性器具,在造型上的特点为:瓶口直,使注汤有力;宽口、长圆腹,口宽便于观汤,腹长能使执把远离火,用时不致烫手,且能有效控制汤的流量,使注汤落点准确;其次是茶臼、茶碾、茶磨。茶臼体积小、重量轻、价格低、携带方便,使用始于隋唐。唐代茶臼因适应多人聚饮,较大;入宋,盛行"斗茶",自点自饮,一般较小,质地多为瓷,制作亦更精巧。

比茶臼更常用的是茶碾。宋代要求茶碾"槽深而峻,则底有准而茶常聚;轮锐而薄,则运边中而槽不戛"。其用料以银为上,铜、铁、瓷、石等次之。

茶磨在宋代常用,一般是石制的,它不损茶色。而茶罗的罗底要细密、绷紧。茶筅是击拂用具,多用老竹制成,要求根部宽大,尾部略细。

茶盏最能象征宋代茶文化内涵。其中建窑黑釉茶盏胎质疏松,保温性好，能延长咬盏时间，使白色汤花鲜明。盏大多浅底，喝茶时能把茶末喝尽，盏稍宽，使茶筅能充分搅拌。

斗茶胜负的标准为：一比茶汤表面的色泽与均匀程度，汤花越白越厚越好；二比汤花与盏内壁相接处出现水痕的快慢。汤花紧贴盏壁不散退叫"咬盏"，汤花散退后在盏壁留下水痕叫"云脚散"，为了延长"咬盏"时间，茶人必须掌握高超的点茶技巧，使茶与水交融似乳。谁的茶盏先现水痕谁输。比赛规则一般是三局两胜，两条标准以第二条更为重要。品尝茶味也是重要的，蔡襄《茶录》中记载以为"茶味主于甘滑"。

随着散茶的崛起，斗茶之风消亡，但斗茶留下的丰富的经济及文化遗产至今仍鲜活地存在。斗茶对当时茶叶的加工起到了极大的促进作用，而斗茶倡导的评茶标准影响深远。蔡襄《茶录》中首先提出了品评茶叶品质的标准，即色、香、味三个方面，与当今色、香、味、形的评茶标准基本相符。

自明清散茶兴起，品茶之艺随之而起，工夫茶便成为翘楚。所谓工夫茶，乃是一种由主客数人共席、沸水冲之蓄茶小壶后再注入小杯品饮的方式。它有一套严格的程序，其品饮的流域，随着工夫茶方式的缘起到成熟，从最初唐代的长安，到宋代的开封，到江浙的苏杭，再到明末清初的闽粤、清中期以后的岭南广东一带，形成以潮州工夫茶为典型的工夫茶成熟风格。

在烹茶的过程中有择器、涤器、候汤、洗茶、熁盏、烹点、饮啜、涤器等一整套过程，诸如"关公巡城"、"韩信点兵"等一系列手法，都将在整个冲泡过程中体现。而充足的空闲时间加上茶人的素养，以及茶艺的造诣，会将工夫茶的冲泡过程推向深远的人文意境。故而，工夫茶的冲泡法，今天已经惠及大江南北、中外各国，成为中国当代茶文化的重要表现内容。

现代茶艺的盛行，与 20 世纪 90 年代以来茶艺馆的盛行密切相关，在这样的一种氛围中品饮，讲究茶艺、欣赏茶的艺术冲泡，仿佛成了一件理所应当的事情。虽然茶文化界对这样一种程序烦琐的样式一直持有争议，但真正从业于茶，尤其是开茶艺馆、搞茶旅游的人们，却乐此不疲，互相呼应，形成了吾道不孤的态势。

当代人在各种各样的茶艺茶道表演中，淋漓尽致地体现茶的这种特有的审美，这其中，深深地渗透了一个地域、一个民族，甚至一个国家的文化习俗。后来的人对其发扬光大，加以实践，形成流派，这才有了今天百花齐放、争奇斗艳的局面。

正是在这样的文化背景下的霜降之日，我正襟危坐，看了一场又一场的茶艺展示，全国各地来的美女帅哥们，个个使出了绝活，美器美席，美服美乐，着实让人眼花缭乱。虽然来了那么多的茶艺师，我几乎可以说是一个都不认识的，直到接近尾声时我才认出了台下备场的一位，啊，那不是"第一滴水"吗？"第一滴水"的小钱——钱群英啊。

我叫钱群英"小钱"是叫惯了，因为认识她许多年了，她开的茶馆就在安吉县政府的旁边，馆名"第一滴水"。

其实小钱的个头是着实不小的，她看上去胖得像富有美感的唐代女性。从她的发型上看，她应该是倾向欧式文明的，因为她完全彻底地把一头青丝剪成了像男孩一样的短发，干净利落，然而又并非比丘尼般剃得精光。她一身的着装却又完全是中国式的，对襟连袖衣衫，大大宽宽，麻布或者棉布，像布袍子一般。在我的印象中，不管冬夏，她都要围一块长长的大布围巾，绕脖子两圈。

"第一滴水"作为安吉县城里的一座茶艺馆，可谓安吉第一块茶馆牌子了。这家茶馆开得非常地道，因此人们倒是看不出来——钱群英女士，这位国家一级茶艺技师、国家二级评茶师，这位安吉第一滴水文化传媒有限公司的董事长、安吉第一滴水茶艺馆的馆主，做茶事也是半路出家的呢。1989年，她从安吉师范学校幼师专业毕业，然后耐心地在幼儿园中当了十年老师。直到进入了21世纪，她下海了，先是在安吉昌硕公园内开办全县首家园林式茶艺馆——紫藤茶苑，以后又同时经营管理起了安吉古驿茶栈及西街印象休闲吧。直到2006年，她放弃了原有经营项目，专心经营第一滴水茶艺馆，目前已有茶馆两家、茶园基地三块、茶叶专卖店一家。

钱群英这个人，胖乎乎的，白嫩嫩的，着实可亲可爱，哪怕坏人喝了她的茶，估摸着也会有一种"放下屠刀，立地成佛"的冲动。只要见她一次面，我们就会十分地信任她，就有一种非常可靠的感觉。她那宽大的袍子里，装着一衣襟的母爱，如果把她放到佛教文化的背景下，她应该是可以扮演观世音菩萨的变身的，因为她看上去有一脸一身的善良。

那天，"第一滴水"呈现的茶艺颇有禅意。上来一个小伙子，我一看就乐了，他完全就是钱群英的男性翻版——也是胖胖的，白白的，茁壮的，穿着浅色麻棉中式对襟衫。他们的茶艺很清淡素雅，泡的却是长兴寿圣寺的蜡梅花窨的安吉白茶，那便是花茶了。前几天在长兴举办了世界禅茶大会，由寿圣寺的界隆法师主持张罗，小钱带着一群志愿者也来了，大厅里用大瓷盆泡的菊花白茶，用竹勺取茶汤，那真叫一个韵味无穷。今天的茶品，可能就更加精美了吧。

我曾想向小钱买一些安吉白茶，给台湾的周渝先生寄一些去。小钱说，就寄这个蜡梅花与安吉白茶窨的花茶，那是头等绝品好茶啊，还取了个好名，叫"冬至梅花点"。此刻冬至虽然未到，还差几个节气，但显然是为冬天而准备的茶了。手法上是学习了宋人的点茶法，将那蜡梅花窨制的茶碾成了茶粉，那可就是陆游的"晴窗细乳戏分茶"的意境了。陆游虽然写在春雨中，但晴窗却让人想到冬天的阳光。此刻看着那幽静的气息下，一盏梅花白茶，心里却是想着自己什么时候能够参与一把，再到寿圣寺去访禅问梅呢？界隆禅师的茶，那是禅意无限的茶啊！

第四季

冬

之茶

立冬

从安吉白到安吉红

一候水始冰，
二候地始冻，
三候雉入大水为蜃。
茶青白转红。

立冬·给白茶美人穿上棉袄

浙北的冬天，湿冷湿冷，茶树极易冻坏。在立冬前，要做一件重要的工作，给白茶美人穿棉袄。白茶虽美，但对防寒衣物并无特殊要求，只要用稻草、杂草等来覆盖树冠，或在茶树根际培土，行间铺上干草就行了。另外，立冬前要施一次足肥，茶谚说得好："茶园冬前培培土，胜过施肥胜过被。冬前要施根底肥，春后要施催芽肥。"

这个季节的名称真是好听,冬,多美啊,俄罗斯的冬宫,京剧女老生孟小冬的"冬皇"……听上去就是一个收韵,内敛的,余音袅袅,但又是饱满的迷人的发音。立冬时节,"一候水始冰,二候地始冻,三候雉入大水为蜃"。水结冰了,地冻结了,野鸡变大蛤了,最后这一候当然是不科学的,但也是浪漫的啊。

《月令七十二候集解》对"冬"的解释为:"冬,终也,万物收藏也。"所以立冬不但表示冬季开始,还意味着万物收藏,规避寒冷。立冬重吃,北方人要吃倭瓜饺子,南方人吃鸡鸭鱼肉,比如,台湾人立冬那天要吃"羊肉炉"、"姜母鸭"。吃食需饮,饮酒之外,必饮茶也。

当然也不尽然都是吃,精神的品饮也是很重要的。自汉魏时期起,天子便要亲率群臣迎接冬气,对为国捐躯的烈士及其家小进行表彰与抚恤,请死者保护生灵,鼓励民众抵御外敌或恶寇的掠夺与侵袭,民间则进行祭祖、饮宴、卜岁。

如我这样的,自诩茶人,这种时节,自然还是要喝茶的,喝什么呢?绿茶也陈了,该喝点别的茶了。整个夏天和秋天,我都没将安吉红茶开封,今日立冬,我倒是想起它来了。

我的学生马云送了我一些红茶,看上去像是一条大红色包装的高档香烟。郑重声明,此马云非阿里巴巴的马云,我的学生马云是茶文化学院毕业生,现在早已是"恒盛"的技术骨干了,走路的样子也已经像煞一个江湖上跑惯了茶叶码头的老茶骨。他和莫彩虹同学一样,都是"安吉土著",毕业后就回乡"吃茶叶饭"。一次,在浙江农林大学文化学院沈学政、杨文剑老师与安吉恒盛、千道湾茶企合作的茶叶品牌设计课程上,马云作为企业代表来了。这个昔日的学生,除了脸上青春痘依旧,头发冲冠依旧,举手投足间,都显出有模有样的茶人范儿了。这次到"恒盛"探访,才发现,沈老师他们带的班里那些学生当初的毕业设计包装,什么"思美人"、"云中君",都已经放在架子上,成了企业设计包装的参考了。

那日清明,本是绿茶季节,安吉茶人却送了我红茶,"恒盛"为他们的红茶取了个好名,叫"安吉红"。当日从"恒盛"出来,我旋风般地跑了好几家茶企,去了龙王山茶场,前面说过,"龙王山"老总潘元清是个对茶文化有深度痴迷之人,在他的大楼里,二楼居然做了一个茶展馆。我也有学生在他那里实习,他也专门送了我"龙王山红茶"。真是怪事,茶界近来流行一句行话:"全国山河一片红。"比喻全国茶界哪儿都在制红茶。

红茶是制作过程中经过全发酵的茶,自然是红的,一般分为三大种:工夫红茶、红碎茶和小种红茶。在传统红茶中,"祁红"很有名,"祁红"是祁门红茶的简称,为红茶中的珍品,百年不衰,以其高香、形秀著称,并蕴藏有兰花香,清高而长,被国内外茶师称为砂糖香或苹果香,国际市场上称之为"祁门香",老外们都认这个牌子。还有"英红"和"滇红",也都是红茶中的上品。近些年来,红茶界杀出一匹黑马"金骏眉",是小种红茶的现代版,喜欢喝红茶的人,都认这个牌子。

绿茶怎么会变成红茶呢? 据说还是很偶然的,那都是近代的事了。我们得从正山小种说起。正山小种有烟熏味,英国人特别喜欢这一款,它也被称为世界红茶鼻祖,诞生在明代福建武夷山区的桐木村。那时的桐木村人,同中国其他茶区一样,也在极力仿制安徽的松萝绿茶。传说是一个偶然事件改变了一切。某个采茶季节,一支军队路过桐木村强行驻扎,村民们都跑光了。晚上,士兵们就睡在盛了绿茶鲜叶的麻袋上。士兵们走后,茶场主人回来,一看,茶叶发酵了,舍不得扔,无奈之下将茶叶揉搓后,用当地盛产的马尾松来烘干,制成后的毛茶乌黑,全无绿茶的色泽,只好挑到四十五公里外的星村茶市贱卖。不料第二年竟有人以两三倍的价格,专程前来定制这款"失败"的茶。就这样,桐木村人无意间创造了日后征服全世界的红茶技术,洋人喜欢,大量收购。英国人是最爱喝红茶的。中国人发现红茶暖胃,所以,有的老茶人,冬天喝红茶,夏天喝绿茶;白天喝绿茶,晚上喝红茶。

现在,红茶成了世界生产量最多的一种茶类了,世界上百分之八十的茶叶市场属于红茶。红茶属于全发酵茶,保质期长,甚至有人认为陈年红茶香气更加醇厚;红茶汤色鲜亮,酷似西方人钟爱的红酒;红茶包容性强,加什么都不难喝,不仅可以加糖和柠檬,还可加奶、肉桂、玫瑰花、果酱,甚至加冰、加酒。以绿茶为本的中国茶传统,经此演变成五味杂陈的红茶故事。而这红茶的种植和制作技艺,就成为西方植物学家、商人觊觎的珍宝。

中国人基因里实在是潜伏着吃因子的,无怪乎《舌尖上的中国》那么火,我想大概还是因为以前人口众多,靠天吃饭,常常忍饥挨饿,所以"民以食为天"了。中国人没有一个节岁与吃无关,尤其是那几个"立":立春、立夏、立秋、立冬,合称"四立",是古代中国社会的重要节日。现在轮到立冬了,农耕社会中,劳动了一年,立冬就要休息了,顺便犒赏一家人的辛苦。谚语"立冬补冬补嘴空"就是最好的说明。

冬季宜饮红茶,主要还是因为红茶暖。现在不是流行一个"暖"字吗,可爱的男人被称为暖男,那红茶就是标准的暖茶,好比《爸爸去哪儿》中的张亮,连他的儿子天天也成为小暖男了。我看着这对父子在屏幕上的神态,就想起了冬天的红茶,它味甘性温,善蓄阳气,生热暖腹,可以增强人体对寒冷的抗御能力。喝吧,喝红茶,喝安吉红茶。

但再怎么"全国山河一片红",也红不到安吉这个以安吉白茶打天下的茶乡啊? 大家都知道安吉白茶是白叶茶,本来就是一种珍罕的变异茶种,用绿茶加工工艺制成,是绿茶的一种,那安吉白茶怎么会变成红茶呢?

茶叶江湖上有种种传闻。其中一种说,研究出安吉红茶的,是溪龙乡的一个陈姓茶农。这个茶农利用采摘后期的白茶进行加工,制成红茶的,历经三个年头。那么,这个茶农研究的动机是什么呢?

原来,安吉白茶是只采春天一季的,而且每年4月中下旬采摘后期时,白茶市场就比较小了,再加上采摘工短缺,相对来说成本就增加了。同时,陈姓茶农还发现了白茶生长后期叶子偏大,色彩由白转绿,但依旧拥有高氨基酸、低茶多酚等特点,这样的叶子若连枝白白斫了实在可惜,正好可以利用这一点当成制作红茶的原材料。

有了这个想法,老陈就开始摸索。第一年失败了,因为安吉人真的没有制作红茶的传统。第二年虽然有点眉目,但依然没有探究出个所以然来。这期间,老陈虚心向专家请教,购买相关书籍,潜心研究。功夫不负有心人。第三年,老陈成功研发出八百斤红茶的干茶。冲泡成茶水后,吸吮一口,一丝甜味润心口,还有一股清香,确实酷似地道的红茶。

我猜这一位陈姓茶农,很有可能就是"恒盛"的陈锁,而传播这红茶传说的,说不定就是我的这帮茶界学生,说不定就有马云呢。如此说来,我现在打开喝的红茶,很有可能便是那试制成功的八百斤红茶之一呢。

实际上,如果一定要说谁是安吉红茶的第一个创制者,我是没有发言权的,但关于红茶在安吉的传说,却还有一些别的重要版本,我倒是很愿意在这里说一说。

说来话长,我们得先从几年前的一则报道开始。

2012年12月5日,中国台湾网上刊登了一则消息,《浙江高家堂村与台湾中明村共办"两岸邻里节"》,摘引如下:

中国台湾网12月5日湖州消息　日前,浙江湖州安吉县高家堂村与台湾南投县中明村在高家堂村共同举办了"两岸邻里节"活动。台湾南投县中明村参访团一行十五人与高家堂村村民一起经历了形式多样、内容丰富的"邻里节"活动。此次活动的主题为"联结姐妹情深,永续同胞厚谊"。

在高家堂村与中明村"两岸邻里节"暨结对签约仪式上,湖州安吉县山川乡高家堂村村委会主任潘小众说,因为台湾中明村是乡村旅游、现代农业发展比较不错的地方,我们想跟他们学习一下,借鉴一下,今后多交往多交流。台湾南投县鱼池乡中明村村主任杨昆欣表示,以后要进一步互动,发展观光和产业。仪式上,两村签订了"缔结友好村协议"和"妇女组织友好结对协议"。随后举行了座谈会,两村就相互情况进行了交流。两村村主任也亲手合力种下了"友好树"。

高家堂村号称"浙北魅力第一村",也是全国首个"生态村",资源丰富,风光秀丽。中明村坐落在闻名遐迩的日月潭景区旁,环境优雅,民风淳朴。两村结对正应了"秀美山川蓝天碧水盛迎客从远方来,浩瀚鱼池湖光山色诚邀同胞叙亲情"的美好期愿。

活动期间,高家堂村民为来自远方的客人献上了自己的"美丽家庭秀节目",用腰鼓队、老奶奶健身队排舞、美丽妈妈舞蹈等热情洋溢的表演向客人们展现了自己的幸福生活。中明村参访团兴致勃勃地观看了表演并参观了高家堂村,走访了部分农家,并进行了户与户结对,还在农户家共品"同心饭",共同上山挖竹笋,参与朴实的农家农务活动,两村村民结下了诚挚的友情。

中明村参访团一行还参观了千年古刹灵峰寺、陈英士故居,游览了湖州湖滨码头、中国大竹海,闲逛了"天下湖品"土特产市场,进一步感受了湖州的秀丽风光和丰富物产。

活动结束之际,中明村参访团中一位石先生谈道:在台湾,我只听说过浙江有个杭州,太湖边上有个苏州,对于湖州还真没听说过。来了后才知道,太湖边上还有这么美丽的一个城市。而且,这里的百姓生活竟然这么幸福,真是不虚此行。

高家堂村、中明村"邻里节"虽然告一段落,但两村的互动并没有结束。今后两村将轮流举办一年一度的"邻里节"活动,以此带动两村经济和社会发展,谋求两村百姓福祉。

时隔半年,又有一条新闻,这回是 2013 年 6 月 19 日的《新民晚报》数字报纸的头条:《两岸名茶相互嫁接——安吉白茶变"红茶"》。

一个是大陆品质超群的安吉白茶,一个是台湾久负盛名的日月潭红茶。日前,两岸名茶齐联手,通过相互嫁接,浙江安吉县山川乡高家堂村与台湾南投县鱼池乡中明村合作开发白茶制作红茶的协议签字生效,标志着安吉白茶只采春季茶不采夏秋季茶的历史一去不复返了,从此迎来了一个崭新的时代。

两岸名茶嫁接

浙江安吉高家堂村与台湾南投中明村相隔千万里,两株名茶缘何牵手喜结良缘? 这还得从去年说起。去年11月30日至12月5日,经安吉县台办负责人牵线搭桥,台湾南投县鱼池乡中明村十五名村民来到山川乡高家堂村,这里美丽的风景和淳朴的民风给台湾同胞留下了美好的印象,随后举办了"两岸邻里节",双方结对成友好村。今年5月6日至11日,作为回访,高家堂村二十名村民来到了坐落在日月潭景区里的中明村。

日月潭"青山拥碧水,明潭抱绿珠"的自然景观,令人有"山中有水水中山,山自凌空水自闲","但觉水环山以外,居然山在水之中"的奇妙之感,是宝岛台湾诸胜之冠,驰名于五湖四海。而坐拥美景的中明村制作的日月潭红茶是台湾一大名茶,有着百年历史。由于久负盛名,产量一年仅五万公斤,陷入供不应求的困境。在两村交流中,当得知安吉白茶只采一季、夏秋季不采的情况后,中明村结合日月潭红茶要采六茬的实事,立即表示要将夏秋季的安吉白茶利用起来。前段时间,中明村派出黄进耀、李文鼎两位老茶艺师来到高家堂村,以台湾日月潭红茶的炒制工艺,用夏秋季的安吉白茶青叶试制红茶,产值或增三倍。业内人士惊呼,以台湾日月潭红茶的炒制工艺,用从不利用的夏秋季安吉白茶青叶制作的红茶,将使安吉茶农在不增加一分钱成本的基础上,亩均产出至少将增加三倍,安吉白茶由此将书写"变红"的新纪录,年总产值从现在的十三亿元猛增到四十亿元以上。

"香、甜、甘、醇,胜过日月潭红茶品质!"经过萎凋、揉捻、发酵、干燥等制作工艺,在第一炉白茶试制红茶成功后,台湾两位茶艺师给出了这样的评价。他们推究了其中的原因:"安吉好山好水好环境,土壤里微量元素和相对温度、湿度培育出了优质白茶的青叶。"在试制出用安吉白茶青叶而做成的优质红茶后,双方决定合作开发安吉白茶制成的红茶,中明村以技术、设备和品牌入股,高家堂村以厂房、原材料和管理入股,这样一来,既解决了日月潭红茶无茶卖的难题,又拓展了安吉白茶加工新领域,填补了夏秋季茶不被利用的空白,使产值提升到一个新高度。

在湖州市十个"最具魅力村庄"评比中,高家堂村位居第一。她的美来源于自然生态与美丽乡村的完美结合,她的美体现了现代新农村建设和原生态相结合后的摄人魅力。"川原五十里,修竹半其间",安吉多竹,而高家堂村更可谓竹海中的竹海,中国毛竹现代科技园区安吉核心区就位于高家堂村。沿着林道蜿蜒而上,看到的是一望无际的竹海,嗅到的是清新香甜的"绿"味,听到的是哗哗不绝的叶浪声,这一刻,人就被淹没在竹海当中,心再也出不来了。那样的绿意磅礴之势,只有到过的人才能深切感受到。沿着林道的那一头缓缓而下,就是著名的景区芙蓉谷,这是一处集佛教文化、洞、瀑、岩、植被、野生动物等自然生态景观为一体的风景名胜区,主峰落伽山海拔一千一百六十九点六米,景区内飞瀑翠雨,潭水碧绿,竹林茂盛,犹如仙境。

高家堂村临山而建。此山当地人称为"赤豆洋",海拔一千一百六十七米,为浙北第二大高峰,山体北面地势较缓,有大量的野生板栗、猕猴桃、山核桃生长,山的南面怪石林立,古松相衬,鸟瞰下去,山川全貌尽收眼中,山顶还有一片未被涉足的高山湿地,自然奇观一步一景,真可谓野外生存探险的天堂。山上有一座庙,名曰石佛寺,庙始建于唐代天复辛酉年(901),距今已有一千一百多年,且长年香火不断。

围绕着村中心的仙龙湖,一个环湖休闲带已具雏形。休闲健身公园、观景亭、生态文化长廊等一一显现出高家堂村的新风貌。背山面水,是很多人向往的居住环境,也正因为如此,这里的优美环境,不仅为高家堂村带来了大批的游客,还吸引了不少投资者。紧临仙龙湖的村农家乐接待中心日趋完善,目前有一百六十多张床位的接待能力,除了惯有的农家乐项目,这里还增加了垂钓等项目。

高家堂村是安吉县生态建设的一个缩影,该村以生态建设为载体,进一步提升了环境品位。他们用自己的双手,在山沟里建起了仙龙湖生态景观水库,将一个普普通通的小山村建设成了一个新生态村。这里有浙江省农村第一个应用美国阿科蔓技术的生活污水处理系统,有湖州市第一个生态公厕,有湖州市第一个以环境教育、污水处理示范为主题的农民生态公园。以湖为镜,映射出村庄的整洁有序,村内民风淳朴,生活怡静,真正实现了"蓝天、碧水、绿地"的人与自然的和谐之美。

高家堂村紧紧围绕"生态立村——生态经济村"发展路子和争创全国环境优美村的目标,既保护好生态环境,又促进经济快速发展和社会全面进步。现在,村生态经济快速发展,以生态农业、生态旅游为特色的生态经济呈现良好的发展势头。富有浓厚乡村气息的农家生态旅游等生态经济对村财政的贡献率达到百分之五十以上,成为经济增长的支柱。高家堂村把发展重点放在做好改造和提升笋竹产业上,形成特色鲜明、功能突出的高效生态农业产业布局,让农民真正得到实惠。从 1998 年开始,对三千余亩山林实施封山育林,禁止砍伐。2003 年,投资一百三十万元修建了环境水库——仙龙湖,对生态公益林水源涵养起到了很大的作用,还配套建设了休闲健身公园、观景亭、生态文化长廊等。又新建林道五点二公里,极大地方便了农民的生产、生活。

同时,着重搞好竹产品开发,如将竹材经脱氧、防腐处理后应用到住宅的建筑和装修中,开发竹围廊、竹地板、竹灯罩、竹栅栏等产品,取得了一定的效益;积极为农户提供信息、技术、流通方面的服务;积极鼓励农户进行竹林培育、生态养殖、开办农家乐,并将这三块内容有机地结合起来。特别是农家乐乡村旅店,接待来自沪、杭、苏等大中城市的观光旅游者,并让游客自己上山挖笋、捉鸡,使游客亲身感受到看生态、住农家、品山珍、干农活的一系列乐趣,亲近自然环境,体验农家生活,又不失休闲、度假的本色。此项活动深受旅客的喜爱,得到一致好评,而农户本身也得到了实惠,增加了收入。

说到和高家堂村结对子的南投县,我的心里感到一阵亲切。数年前我去过南投,在日月潭上泛过舟,吃过他们的茶叶蛋,喝过他们的乌龙茶。南投的民情风俗,实在是给我留下了太好的印象。

南投县位于台湾本岛中部,与台中、高雄、彰化、云林、嘉义、花莲等六县市为邻,是台湾唯一无海岸线的县。县府驻南投市,在台中盆地南部猫罗溪左岸,初为土著部落南投社,闻名海内外的日月潭即坐落于此。台湾最高峰玉山、最长河流浊水溪的源头与台湾地理中心,皆位于该县。

南投县内得天独厚的自然资源,造就了玉山公园、溪头、杉林溪、惠苏林场和日月潭等天然游憩区,为南投赢得不少观光好评;而庐山温泉、东埔温泉、双龙瀑布、龙凤瀑布等,亦皆有可观;此外,充满怀旧风味的集集支线铁路和鹿谷一带的茶园风光,则提供游人另一种主题旅游。山林的气候和浊水溪含高养分的水质,让南投的特产、小吃丰富多样,如竹山的竹制品和红薯、集集的山蕉、埔里的绍兴酒、水里二坪山的古早枝仔冰……

南投这个好地方,产茶也是一绝。上回我去南投,开座谈会时,南投县的地方官员不停地给我们介绍他们的好茶。原本以为台湾主要生产乌龙茶,亲临现场才知道他们的绿茶、红茶都相当不错,尤其是他们的红茶。鱼池乡便有一家茶厂,名唤"日月老茶厂",由于多年来经营有成,已从单纯的制茶厂,转型成兼具生产红茶、有机农业、环境和健康饮食教育推广三合一功能的场所,2006 年更获"有机农业示范农场"的认定。他们把红茶厂做成了一个展示馆,展出的每座制茶机具都有鱼池乡红茶的老故事,都蕴藏有厚实的土地情感。

这样两块地方,红茶与白茶的交织之地,风物制作的互相渗透,真是再顺理成章不过了。虽然以前很难想象白茶制作成红茶后的样子,但一旦制作出来,继而品尝之后,竟也有非常地道的红茶之味呢。那细细的勾牵在一起的安吉红茶,就这样浸润着台湾茶农那满手掌的脂浆。两岸血浓于水,茶共与汤,安吉白茶的转红,真是让人感慨不已啊。

小雪

在不完美的世界追求完美

虹藏不见，
天气升地气降，
闭塞而成冬。
呵气但寻热茶盅。

小雪 · 暖冬寒冬捉摸不定

按理说，小雪时节就该开始下雪了，可是浙江茶区的平均下初雪的日期，要在"小雪"后约一个月。这些年来，经常出现暖冬现象，所以虽是小雪，白茶貌似还没到受不了的岁节。都说春插夏耕，秋收冬藏，此刻也是人茶两藏的季节。除了注意勿让寒气伤茶树之外，就不用去过多地打搅白茶了。

　　小雪,二十四节气中的第二十个节气,作为一个我不怎么待见的节气,它还是来到了。现在是有些阴郁的日子,一种半生不熟的冷笼罩着我,无怪乎唐代文人徐铉有"寂寥小雪闲中过,斑驳轻霜鬓上加"之句。在这样的日子里,是需要喝浓郁的红茶的。

　　想起了明代的郎瑛在他的《七修类稿》中说:"小雪,雨下而为寒气所薄,故凝而为雪。小者,未盛之辞。"呵,就在这阳气上升、阴气下降的季节,就在这天地不通、阴阳不交时,万物失去生机,天地由此闭塞,我们的生活进入严寒的冬天。也只有以前人诗句聊以自慰:"逡巡小雪年华暮,虹藏不见知何处。天升地降两不交,闭寒成冬如禁锢。"正是在貌似这样的日子开始时,一个让我振奋的好消息从京城传来,中央电视台大型茶纪录片《茶,一片树叶的故事》就要播放了。

　　网上的消息是这样报道的:

　　　　日前,央视纪录频道原创大型纪录片《茶,一片树叶的故事》在京首映……该纪录片将于 11 月 18 日 22:40 登陆央视一套"魅力纪录",随后将在央视纪录频道播出。

　　　　该纪录片分为六集,各集主题词分别为"土地与手掌的温度"、"路的尽头"、"烧水煮茶的事"、"故乡,他乡"、"时间为茶而停下"、"一碗茶汤见人情"。央视纪录频道总监介绍说,《茶,一片树叶的故事》是一部全面探寻世界茶文化的纪录片,"本片将呈现产茶地自然的奇观、制茶工艺的神秘、古老茶艺的复活、各国茶道的探究、茶叶之路的历险,以及生活在世界上不同国家的近六十位茶人的故事。本片由一片茶叶引领探寻世界的旅程，探寻这征服世界的香气背后究竟蕴含着怎样的秘密"。纪录片主创还为与会嘉宾泡了生普洱茶、大益普洱熟茶、竹叶青、白茶、茉莉花茶、昆仑雪菊六道茶，在与嘉宾品茗的同时，主创对每道茶的历史与故事娓娓道来。

其实，北京的这次首映，我和姚国坤老师都参加了。这部前后历经三年的六集大型纪录片，走访了八个国家，采访了数百个茶人，由姚国坤先生担任茶文化顾问，由我担任总撰稿，而我们的茶文化学院也作为唯一的学术支持单位参与其中。由于这个劳动的过程太长，有很长一段时间，我几乎对此不抱什么期待，反正总会播的，管他什么时候呢。然而，等到这小雪的岁节，片子真的要在中央电视台一套黄金时间段的《魅力纪录》中播放了，我还是如同被人在身后猛击一掌，一下子被拍醒了，藏在岁月深处的茶人茶事汹涌而来……

说来话长，就如端起茶喝了一口，刚刚放下，突然发现这一端一放已经长达二十多年。那时我乃杭州双峰村鸡笼山下中国茶叶博物馆资料室的一名工作人员。博物馆甫建，大家都是分工不分家的。我虽然在资料室工作，但其实就是个打杂的，卖过门票，洗过茶杯，大量时间都在做接待工作，主要是为来访者倒茶。当然，需要时我也会侃侃而谈，毕竟在资料室工作嘛，茶事还是能够聊得上的。

那时的我很喜欢给人倒茶沏水，也许是因为年轻时热情多得没地方投入，也许因为有许多的爱意正在心中泛滥，也许是那寂寞的山中有太多的思绪迫不及待地需要喷涌，总之，那段时间我给许多人倒过茶。记得有一次，湖州老作家、老茶人寇丹先生来中国茶叶博物馆，我们以座上宾接待。我不停地沏茶献殷勤，快结束时也不知怎么的，他发现我是王旭烽，有些惊讶，也许是因为以这样的方式识得了一个文学圈中人吧。但那时我对这样的服务工作是乐此不疲的，沏茶给人喝自有特殊的乐趣在其中呢。

当服务员也要当得到位，茶沏好后我总是坐在最后一排不显眼的地方，进行谈话记录。有的时候,我也是要忍不住插句把话的,因为客人们有时会问出一些主人回答不出的问题,而偏偏凑巧它们就在我的专业范围内。记得有一次,一位杭州市老市长来了,他问了许多问题,我发现我的领导们有些紧张起来了。于是,我的插话就越来越多,我一会儿倒水当服务员,一会儿回答问题当茶专家,一会儿手,一会儿口,一会儿手口并用,实在是爽。老市长告别之际专门指着我说:"你讲得很不错嘛。"那次我穿着一件蓝绸衬衣,这件衣服直到今天还在我的衣柜里,一看到它我就想起他夸奖我时的神情,很像电影《南征北战》里的首长对小战士说:"小鬼,打得好嘛!"

以上这段话可真不是胡扯,真是大有深意的。因为我被那老市长这一句夸搞得自信满满,便以为该插话时就插话没错,没过多久,就插到中央电视台去了。

我记得那一次来了一个中央电视台摄制组,制片人叫雷志民,他们是来寻找拍摄主题的,那时候他们已经看中茶叶"这片叶子"了,屈指算来,是二十多年前的事情了。我也是给他们倒着茶当着服务员,我们的领导和他们聊了一会儿,大概有事出去了。于是,我便陪聊,聊着聊着,老雷突然觉得我不应该是服务员,便问起我的工作和学历,于是,我便一一"从实招来",什么学历史的、资料室的、爱写作的、倒茶接待的,老雷给我一张名片,转手便让我塞到什么地方找不着了。倒是老雷认真地让我留了个通信地址,我也没有名片,顺手写了一个地址给他。这事情就那么过去了。大概又过去了将近半年吧,我突然接到了一封信,钢笔写的,有个叫雷志民的人,中央电视台的,请我出任大型纪录片《话说茶文化》的撰稿人。我完全把那档子接待央视记者的事情忘记了,因为那段时间接待的各路记者着实不少。仔细再读信,看到他让我去一趟北京,专门谈这个事情,我才想起来。原来,即使这么倒倒茶、插插话,只要你被人看上了,人家还是会尊重你的专长的啊。

这部十七集的大型纪录片《话说茶文化》是中央电视台第一部大型茶纪录片,我也算是前前后后做了两年。全片由《话说长江》里那个满头白发的潇洒的陈铎先生主持。陈铎先生很忙,只能见缝插针地赶来拍摄。但他很喜欢茶,我们在各个有茶的地方见面。他常常来不及背诵我的撰稿词,便对我们说:"抄大字报!抄大字报!"把解说词抄好了拎在手上,他远远地看着说,总是说得天衣无缝。我呢,这时候就往往充当那个举大字报的人。打下手,我总是很开心的,举自己写的"大字报",让名人念,不亦乐乎!

记得那次我带着摄制组还去了茶界泰斗庄晚芳先生家,我们拍了许多镜头,这些镜头,应该是庄先生生前留下的最后身影吧。他穿着深蓝色的毛衣,深深的老年斑,长长的寿眉,细瘦的手指,我蹲在他身旁,听他用闽南话讲"中国茶德"。曾经这些都有照片拍下来。两年后,庄先生去世了,去世前片子已经拍好了,但他住的房间里没有电视机,他的房间下雨漏了,电视机搬到了另一个房间。他让人把电视机搬回来,他要看片,还没来得及搬,他突然去世了。想到这些,我忍不住要落泪。对不起,老人家,为什么我总是会慢那么一步呢!

《话说茶文化》在中央电视台播出后,又被翻译成英文、日文等在全世界播放。从那以后,我和各个电视台合作过许多次,包括央视四套和二套。不知道为什么,这些片子虽然拍得很认真、很努力,却总不是我心里想的那种。渐渐地,我便以为,用影像是无法拍出我心中的那片茶叶的。所以,三年前那个冬天,也是小雪季节吧,在我事茶的娘家中国茶叶博物馆和平馆里,在阳光下,当我一边吃着盒饭,一边听姚国坤老师跟我讲中央电视台的记者们又出现了时,我已经完全不相信了。我说,不会吧,都拍过那么多了,该不会临时组织的什么班子吧。姚老师立刻拿出一张名片:"不会的,不会的,这真是中央电视台,绝对是真的。"姚老师那时刚在中央电视台拍了与茶有关的节目,他说真的,那就一定是真的。我看到那名片上的名字:王冲霄。

大概又过了几个月,姚老师陪着王冲霄编导来了。那时的我正病得歪歪斜斜,在以后的很长一段时间里,我一直就那么病着。王冲霄编导一直和我讨论着这部片子,包括我住院时的病床前。第一次见面,我只能躺在沙发上和他沟通,基于我当时的身体情况,我不想再费神了,能到位就做,不能到位就算了。但我发现自己终于能够和一位电视编导在一个层面上对话了,他听得懂我的话。我不是说别的电视片拍得不好,他们拍得也非常好,但我还是想做那种向内心深处走去的茶事,我想做一个体现茶与灵魂之间关系的片子,要有强烈的精神性,但又要有精确的科学性,那真是一叶双菩提啊。我自己偶尔会有被茶事茶人感动得潸然泪下的时刻,那种灵魂被击中的感受,在影像中能够呈现吗? 年轻的、苍白的、声音悠然的编导王冲霄说,这是能够做到的。

王冲霄的选题已经被中央电视台纪录频道选中,制作一部国际题材的茶纪录大片,便成为我们共同的目标。那个病恹恹的下午对我们多么重要,我想我们作为合作者是互相满意的。王导完全不是一个夸夸其谈的人,他也不是幽默诙谐型的人,更不是见面自来熟、拍胸脯发毒誓的人。他完全没有江湖油滑气,他很像一片茶叶,而且相当聪慧。他出的题目一开始叫"茶,一片征服世界的叶子",我说,"征服"二字不太好,能否叫"滋养",他立刻明白关于茶的这个重要的语境。这位年轻的编导是有很重的文艺气质的,关于音乐、主持、画面、节奏,我们都能够对上话,我们相互听得懂。这使得我们的姚老师非常高兴,他分别对我们各自说:"我介绍的人,不会错的。"

王导后来不止一次到我们学校,和我们茶文化学院的老师座谈。现在片中的许多国际茶人都是我们的老师提供的,而从一开始的提纲到最后纪录片的完成,这之间的变化之大或许真不是纯理工科思路的人们可以理解的。我们像写诗一样地面对我们的作品,但又要如纪实文学作品般地来对素材进行挖掘采访,然后如小说般地塑造人物。而作为茶文化圈中之人,我特别担心出现任何的硬伤,王冲霄担心的则是纪录片的可看性。为此,思路一再推倒重来是难以避免的。

记得暑假时,王导在剪片,电话打来询问关于非茶之茶的准确叙述。我那时很不巧地正在一家面馆与家人吃着面条,跑到门口,背着一屋子的面客,不得不讲解起来。王导悟性极高,关于茶的基础知识,总是一点就透,甚至最后当我们在北京举行新片发布会时,我发现他们这个摄制组的人,已经一个个都成为茶人了。我们的发布会,就是以六大茶类的茶席作为文化背景的。

现在,我们的小雪季节演绎得多么美妙啊! 每天晚上十点多,我们所有的师生、朋友,都守在电视机前观看片子,看完后便在网上热烈地讨论。时不时,安吉茶人们的身影会在我脑海中跳出来一下。想把片中的结束语传递给他们:"在不完美的世界里追求完美,哪怕只有一杯茶的时间。"这是小雪季节里听到的最温暖的话语。

大雪

携茶走塞尔维亚

寒号雪嗦，
虎交风生。
兰草霜下萌，
铁根老茶忍冬。

大雪·寒气逼人忍冰雪

　　虽说近年来暖冬多，但突降大雪的日子也不是没有，2012 年一次大雪，不但压塌了茶棚，还冻坏了白茶祖。可见防冻与防暑一样，也是安吉白茶种植保养的重中之重。不过总体上说，和抗热比起来，白茶更抗冻。有经验的茶农告诉我们，白茶要在地面温度十几摄氏度时才开始发芽。冬天下雪，冻死害虫，她在雪被下，基本是安全的。

箱内携带一盒安吉白茶，我与张立钦副校长、方彩琴老师一行三人，前往千山万水之外巴尔干半岛的塞尔维亚国。

从上海到伊斯坦布尔的子夜航班在二号航站楼登机。我感觉这个航班很好，可以在飞机上睡一觉，不用倒时差。

在上海机场，过安检，运行李，表面上不动声色，心中暗自激动。七年了，我现在还可以找到 2007 年时写的第一份孔子学院申报意向书。今天，终于把这一件事情做到了实处，做到了如此遥远的地方。

遗憾的是，行前的祖国雾霾相当厉害，在上海登机时，我看不到大雪时节洁白的大雪，看不到古人以为的那种壮丽情景，所谓"一候鹖鴠不鸣，二候虎始交，三候荔挺出"——天气寒冷，寒号鸟不再鸣叫；而阴气最盛，盛极而衰，阳气萌动，老虎开始求偶；连身为"荔挺"的兰草，也感到阳气的萌动而在雪下抽出了新芽。清亮的茶和雪，让我想起了《红楼梦》中的妙玉；可这样的雾霾天，只能让我想到呆子恶少薛蟠，真可怕，多么向往妙玉般的洁净天重新归返。

大雪可以不纷飞，但捷报依旧如雪花般飞来。八天前的大雪之日，我们的杭州品牌促进会入驻了西溪，所小茗老总浩浩荡荡地开了一大车来，送来安吉竹茶书房的茶具，真不知道该怎样感谢他们。来了许多的茶人，请他们喝了菊花茶；下午是讨论会，研讨中央电视台与我们合作的电视纪录片《茶，一片树叶的故事》。而此时，我的行囊中，已经放好了一张前往多瑙河畔塞尔维亚贝尔格莱德的机票。

行囊中还放着安吉白茶。上半年我曾看到过一张安吉白茶主要产地安吉县溪龙乡的图片,连绵的白茶山被一夜大雪遮盖得严严实实,一眼望去白茫茫一片。安吉白茶一般在地面平均温度达到十几摄氏度的时候才开始发芽,冬天下雪并不会使白茶受冻,因为安吉白茶还未到萌发期,仍穿着棉袄在冬眠,大雪不会对茶叶造成负面影响,反而会将茶树的害虫等冻死,对白茶生长更有利。只是现在雪未下,没有被子盖的白茶会不会被冻坏呢？乘长途飞机,怕上火,我还带了一些莲心,莲心茶清心火,可与白茶配着喝。

在飞机上读塞尔维亚的资料。这个国家,原来属于南斯拉夫,铁托统治时期,作为社会主义国家,是相当强盛的。我和同时代的人一样,对南斯拉夫的印象完全来自电影《瓦尔特保卫萨拉热窝》,还有著名的电影《桥》里那首插曲:"啊朋友再见吧再见吧再见吧……"后来铁托去世,东欧剧变,南斯拉夫分裂,战争不但把这个国家炸得四分五裂,甚至把我们中华人民共和国的大使馆都炸了,还说是误炸。后来,南斯拉夫消失了,代之而起的是六个小国家,其中最大的便是塞尔维亚。而美丽的诺维萨德,则是被称为"塞尔维亚的雅典"的地方。那里的诺维萨德大学,有四万多名学生,多瑙河紧挨着城市穿过,全球第一所以茶文化为背景的孔子学院,就建立在多瑙河畔。

此行所乘的土耳其航班,给我留下了美好的印象。空姐美丽,但全世界的空姐都是美丽的,所以这不是主要原因,主要原因是我觉得座位较舒适,细节很注意,洗手间里还插了一朵花。一应的细节都很到位,餐饮也很可口,准备了橄榄油,也有热茶,虽然对我们这样的中国茶人而言,茶不算太出彩,但热乎乎的还是很好喝。

椅背上有屏幕可看电影,睡觉也还算舒服。比起美国和英国的航班,土耳其航班算是优质的。没感到太疲劳,我们就到了中转站伊斯坦布尔,下机接了不少电话短信,其中有《青年时报》的报道,内容关于我表述的茶文化。土耳其茶事很盛,目前是全世界人均喝茶最多的国家,排全球第一,人们主要喝红茶和花茶。置身伊斯坦布尔机场,不由得想起了帕慕克,想起了他获诺贝尔文学奖的《我的名字叫红》,想起了他的随笔《伊斯坦布尔》,想起了他的呼愁,回去一定要再读一遍。

在机场待了近两个小时,我们出发去了贝尔格莱德,一个多小时就到了。塞尔维亚是一个非常欧式的国家,但带有东欧色彩,机场很小,让我想

作者王旭烽赴塞尔维亚参加茶文化交流活动

浙江农林大学的师生在塞尔维亚诺萨德大学孔子学院传播茶文化

宋徽宗赵佶《文会图》（局部）

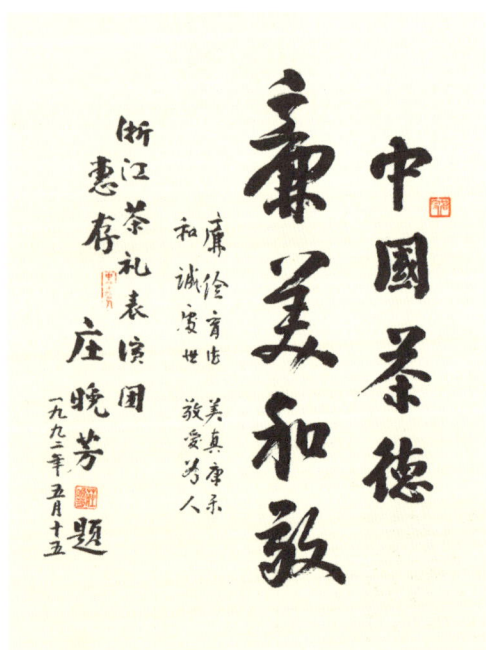

中国茶德

廉美和敬

浙江茶礼表演团
惠存

廉俭育德
美真康乐
和诚处世
敬爱为人

庄晚芳题
一九九二年五月十五

茶学家庄晚芳所题"中国茶德"

茶为国饮

刘枫 书

中国国际茶文化研究会名誉会长
刘枫所题"茶为国饮"

吴昌硕《梅雪煮茶图》

吴昌硕
《廉泉之乐图》

吴昌硕《地炉梅花》

吴昌硕所刻印章

起以前去过的古巴或者越南的机场。

天空灰灰的,是当地时间的八点多钟,来了两个人:一个是匈牙利司机;另一个是中国姑娘,叫房品言,二十五岁,细眉细眼的,可爱有教养,来自东北,从小由父母带到南斯拉夫,一口普通话,非常有专业素养。

此时其实已经是第二天,我们坐着中巴去了伏伊伏丁那自治省的省府城市诺维萨德,沿途感受到了自然生长的树林那无人问津的美。鸟叫,破败的广告,战争留下的痕迹,但又不是那种贵族式的破落,有一种深刻的文明背景,是公民的、平民的教养和美。尽管还未进入这座城市,这里的空气已经给我带来了这样的冲击。

在中心饭店下榻,此楼白色主调,对面有一家名叫"香港楼"的超市。这里是城市的中心地带,但是也带着城市边缘的气氛。张校长一路抓着个旅行茶杯,一入住就要泡茶喝。我这才注意到这次犯了两个小错误:一是没带万能电源插头;二是没带信用卡,只带了美元和人民币,也用不上。

饭店内饰比外观看上去要好得多了。白色的装饰和器物,非常干净、得体,艺术品摆放很有品位。大堂很小,放了很多的沙发,当中还有一架透明的电梯,完全的家庭气氛。感觉对极了!国内的大堂搞得和寺庙一样,超大,但是往往没有足够的座椅可供人坐,只满足一种气派的需要。电梯里没有关门的按钮,每到一个楼层都会逐渐缓下来,然后自动地慢慢地开门。这里有一个缓冲意识,慢下来的意识。

上午十点多入住,休息片刻,抓紧时间洗了一个澡,中午十二点,去了一家名叫鱼岛的西餐厅,在多瑙河边。终于见到了多瑙河,河面经常看不见,被大雾盖住,张校长说,雾像一床被子似的,盖过来盖过去。偶见野鸭群,让我想起了杭州西湖的冬天。有河柳,还有未经修剪的法国梧桐树——经张校长点拨才知道这是梧桐树,因国内是被修剪过了的,长得不一样。

我们大吃了一顿,所谓大吃,是指盘子特大,分量很足。面包很好吃,因为饿了,还有多瑙河的鱼,可惜没有茶。

下午去了几个地方,一个是要塞,现在已经是旅游区了,有极美好的雕塑,我拍了几张照片,打算回国给我们的老师看。要塞每年都举办大型音乐节,麦当娜也来过。从要塞上可以看到多瑙河,河上有战争中被炸沉的桥。

在要塞的画室见到了司机的画家朋友，买了明信片纪念，司机把明信片送给我们了，真不好意思。司机长得像个哲学家。我们又去了步行街，买了明信片，买了包，买了蜂蜜。

塞尔维亚人非常友好，人不多，但有教养。此地人多信奉东正教，圣诞节的气氛便不是很浓。他们的新年是 12 月 20 日，快到他们的新年了，街上人很少。

夜晚回宾馆，发现有了电热水壶，大喝安吉白茶，过瘾，这才知道什么叫"品饮中国"，真是陆羽的"饮啄以活，饮之时义远矣哉"。"品饮中国"是我编写的教材书名，但如果不亲自品饮，其实是无法知晓的，以前以为知道了，那也是一种片面的错觉。精神要过瘾，肉体上也要过瘾，身心两全、知行合一的意思，原来就在这里。

购了两盘当地的音乐 CD，打算带回去放给大家听，也可以就此设计一道中塞茶艺，或曰茶席。

2013 年 12 月 17 日上午九时，到了诺维萨德大学哲学院，大学就在多瑙河边上，没有校门，但一看就是一所欧洲的名校。和诺维萨德大学副校长及学院院长进行了第二次握手。上一回的那次接待太重要了，我们的茶文化长轴现在就在他们的学院里摆着。

相谈甚融洽，他们有一个伊琬娜，会讲汉语，在中国留学，她几乎是含着热泪跟我们讲她的中国情结的。到底是社会主义国家出来的人，真的是有感情。谈各种条件的时候，我都不忍心看他们谈，因为谈条件就会涉及你多少我多少，要讨价还价，但看到这个国家受到的战乱破坏，真是太不忍心了。好在我英语水平很差，连蒙带猜，听的也是个大概，基本不能发言，也就不用说这些了。

回国后要好好想想办法，为我们的孔子学院做一点什么。

中午在一家小饭店吃饭，很简单的，也没有什么台签之类的东西，感觉好极了。在简单的西餐桌前，两个大学的副校长讨论着两所大学的工作、文化交流、学术活动，真是对路。大学就应该这么办！这事情要是放在某些地方，光是吃饭排位置，又要花去多少精力？真正工作的时间又能够有多少？

为此,我对张校长留下了很好的印象。他外语好,懂业务,又非常信任下级,有商有量,一个事情很快就能够做出判断,立刻着手办理。他说真话,但不给人咄咄逼人之感。知识分子都是有感觉的人,点到为止便可以了,谁没有羞耻心呢?谁不想把工作做好呢?

下午去了诺维萨德大学的新大楼,校长会议室里一股新近粉刷墙面的味儿,我们在那里见到了各个学院的院长,进行了讨论。我本来准备的演示文稿全没用上,因为时间来不及了,语言又不通,这是个要命的软肋,回国后一定要死学英语,把还给老师的全部要回来。

双方签字通过合约,世界上第一所茶文化孔子学院终于成立了。然后是拍照。诺维萨德校长长得像个绅士——他本来也是一位绅士。副校长是个艺术家,他和哲学院院长是一对夫妻。从校长办公室望出去,多瑙河就在眼前,冬季依然美丽,春天还不知美成什么样呢!2014 年 6 月,是诺维萨德大学建校纪念日,此时进行孔子学院揭牌仪式,别有意义。

这里的天黑得快,也冷得快。下午五时前,我们就准备好一切,去机场了。当晚去了贝尔格莱德,带上了会说汉语的伊琬娜。当夜就到了贝尔格莱德,塞尔维亚的首都。再见了,使人感到温暖与顿生怜悯之心的诺维萨德,我爱这里的人们,他们给我留下了非常美好的印象。

夜幕下的贝尔格莱德,是我们在电视新闻中多次见到过的。在暴发户眼中,塞尔维亚有什么可取之处呢?一个在经济危机中苦苦挣扎的国家,一个战乱后百废待兴的国家,一个看不到多少商机的农业国。但在我眼里,这是一个我们用了七年时间相互寻找而终于找到的情人般的国家。

多瑙河之夜,我无心睡眠。从世界的这条大江到世界另一边的那条大河,有什么不一样的地方吗?多瑙河美丽,黄浦江也美丽;土耳其要塞的视野壮观,大竹海的竹林也壮观;诺维萨德的牛奶甘甜,安吉的白茶也甘甜;塞尔维亚的人民值得尊敬,中国人民也值得尊敬。那么我们之间究竟有什么不同的地方呢?我想起了伊琬娜眼中的泪水。这个民族的人民看上去又美丽又高傲,男的矫健,女的绰约,但毫无疑问,他们脸上都有着肃穆的神情。他们保留着他们的微笑,但显然他们是不轻松的。在万里之外品饮着故乡的鲜嫩白茶,袅袅的茶烟里浮出一张张面容。他们的焦虑藏在面容之下,呈现的是绝望,还是自信?

我能够感受到,这个国家的人民正在等待,正在迷茫中坚守;而在我生活的地方,人们尽管也有诸多的不满,但人民正在建设,政府正在引领着人民建设,一个国家的整体态势是奋发有为的。

这个夜晚我睡不着,起来看南斯拉夫获奖影片《地下》,那最后的长镜头,一边是狂欢的民族音乐,一边是狂热的新婚舞会,还有一边是分崩离析的越来越远的大陆板块,在水面越飘越远,不知去向何方。不禁想起我年少时看的《瓦尔特保卫萨拉热窝》,那如诗一般的地下工作者暗语:空气在颤抖,仿佛天空在燃烧……还有那优美而又悲壮的牺牲,烈士倒下,而鸽子飞起……突然有了要为我的新著《茶语者》写自序的冲动:

> 我虽在江南茶乡长大,少时参与茶事亦不算少,但真正形成饮茶习惯,还是工作以后的事情。至于以茶为业,视为安身立命之要务,更是在将职业与茶业合二为一的 20 世纪 90 年代初。
>
> 开始将茶作为笔下对象,也是不经意的,犹如您实际上已经遭遇了您的真命天子,但您自己并不特别清楚。我在陆陆续续写了一部分茶的随笔、散文、论文和小说之后,也曾心有旁骛,但这盏茶竟如魔汤一般迷魂,绕我身心难去。到末了我终于明白,不是我喝了这盏茶,原来是这盏茶将我喝了。
>
> 茶,您越喝,您就越爱喝;犹如茶事,您越琢磨,您就越爱琢磨。那个博大精深的绿世界,人性的一切都在此中得以观照,让我想起法布尔与他的昆虫世界。
>
> 作为华夏风物、人类饮品、世间万物中一种物质的存在,有关茶的知识性的解读自然是我多年来必须从事的工作,但如何判断茶在人类世界中的根本坐标,这更是我多年来一直困惑的问题。
>
> 有两位茶人引发我深入探讨这一有关生命终极意义的命题,一位是 8 世纪中国唐代茶圣陆羽,一位是 16 世纪日本幕府时代的茶头千利休。他们各自遵循着自己内心对茶的理解,以完全不同的方式实践完成了各自的命运。

我越来越执着地倾向于这样一种立场：茶，并非救世的灵丹妙药，更非狂欢的琼浆玉露。茶是这个纷扰迷茫的世界上，一盏试图慰藉人们心灵的净水。想到喝茶之人，我眼前往往会出现这样一个场景，傍晚的归途，孤独的旅程，抑或繁闹的十字街头，身心疲惫的行者，彷徨焦虑之中，眼前出现一座小小的茶寮。靠窗坐下，茶博士送上一盏洗尘之茶。一边就着干粮慢慢地品饮，一边看着窗外那万丈红尘的此起彼落，大千世界在眼前缓缓地爬过……

我的这些有关茶的文字，正是这样就着干粮喝着暖茶，缓缓地从被慰藉后的心灵里生长出来的。

或者我也可以说，茶把我喝了，然后呵了一口气，撒落了这一地的茶字。您翻阅也罢，不翻阅也罢，我都那样地渗透在茶里面了。

此刻，多想就这么端起手中的这盏安吉白茶，捧到塞尔维亚饱受创伤的人民面前，请他们喝茶，慰藉他们的心灵啊……

12月18日上午十一时，我们去了大使馆，见到了大使。这里已经不是当年美国人"误炸"的地方，大使馆很朴素，和这个国家有一种同甘共苦的姿态。我在大使馆喝到了正宗的中国红茶，只是茶杯不地道，属于咖啡杯，当然，是我太挑剔了。大使说了一些大使应该说的话，很对。我记住了大使的谈话精神：这个国家目前很困难，所以我们也要考虑他们的实情。我理解的意思就是，别太和他们算账门儿清，也要考虑他们的国情。

下午又去了几个地方：一是铁托墓地；二是正在建设中的东正教大教堂；三是旁边的图书馆，图书馆很有书卷气，读书的年轻人很多，还有各种展览；四是土耳其要塞，这里很值得一看，站在高处，看到了整个贝尔格莱德。贝尔格莱德被称为"白色之城"，原意是干净美好的光明之城吧。只要是这个国家的人民，都会为这缓缓流淌的多瑙河边的城市而深深地感动吧。

夜登飞机，与小房和司机告别，小房一直向我们挥手，直到我们见不到她。令人吃惊的是，司机竟然还送我们每人一瓶红酒，说是他所在的公司对我们的感谢。这简直是太过意不去了，本来应该是我们送他们礼物的。当然,我们赶快也送了领带之类的东西。依依惜别,人与人之间产生的情感,真是无比美好。

飞机起飞了,睡不着,想念女儿,此刻她正从美国洛杉矶起飞。这是一个多么奇特的家庭行动:我从欧洲的塞尔维亚出发,女儿从美国洛杉矶出发,先生从中国北京乘火车,周六,一家三口将在中国上海浦东机场重聚,夜里我们将在杭州家中享用晚餐。明天是冬至,中国人的节气。世界又大又小,我们是世界公民,我们的文化要如水一般流动,才能够有鲜活的生命力。

由文化的流转而想到了茶事。目前,在塞尔维亚想要靠卖茶盈利,好像不太可能。这个国家的人民目前生活还不太好,他们需要支持啊!他们爱喝茶吗?多瑙河与黄浦江可以对话吗?我们可以从黄浦江源头去找一些茶吗?我们可以把安吉白茶引入塞尔维亚,引入那里的孔子学院吗?……

冬至

最漫长之夜的茶祭

蚯蚓地府结泉，

林间窠角解，

微微暖水泉。

短日长，

清茶祭墓前。

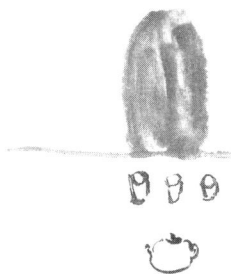

冬至·以茶祭祀的岁节

中国人爱说，冬至大如年，是说这个节气和过年一样隆重。这天除了吃饺子、面条、馄饨之外，最重要的事情是祭祀，还有很多老百姓会在这一天上坟。祭祀和上坟时，很多人是要敬茶的，尤其是在家中祭祖，少不了一杯热茶。安吉白茶在这种时刻，如同庄重的司仪。

　　难得一家人团圆的冬至，难得的一个晴好冬日，虽说杭州依旧雾霾沉沉，但薄日频在天空哈气，顽强地要为人间传递阳刚的消息。晨起取报，得知西湖终于又结冰了，这也是难得的冰讯了，我们已经度过了许多暖冬。

　　少年时住在西湖边，那可是每年都要去访湖上冰事的。记得有一年冰层太厚，整个西湖冻成陆地，杭州人乐得拖家带口，或骑自行车，或踩三轮车，浩浩荡荡地奔向湖中三岛，那些为了欣赏冬景而不顾死活的杭州人中，便有一个小小的我。年年在湖畔晃悠，便知晓西湖每年率先结冰的往往是孤山环抱的里西湖。落在孤山阴影里头的那一带湖面，从西泠桥一路延伸，结成一个大冰镜，点缀其上的残荷根茎，裹满了细细的裂纹，我们将石块投向湖中，冰就碎成一片晶莹。

　　那时少而鲁钝，真不知道还有一个无比风雅的成语，叫"敲冰煮茗"。它来自这样一段掌故："逸人王沐，居太白山下，日与僧道异人往还。每至冬时，取溪冰敲其晶莹者煮建茗，共宾客饮之。"此事说的是唐朝有个叫王沐的人，乃嗜茶高士，隐居太白山中，每到冬季，溪水结冰，他便敲开冻冰，取回煮茶待友，世人皆称其清高、风雅。

　　冰清玉洁的生活哪，令人神往的意境，让我想起另一个同样风雅的茶故事"雪水烹茶"。说的是历仕后晋、后汉、后周、北宋的翰林学士陶穀，得一婢女，曾是太尉党进的家姬，人称党家姬。党进是大字不识一个的赳赳武夫，而陶穀则是一个八面玲珑的文人。冬日遇雪，陶学士很风雅地取来雪水烹茶，并故意问党家姬曰："党家亦知此味否？"姬曰："彼武夫安有此？但知于锦帐中饮羊羔酒耳。"译成白话文是，陶穀问："党家会欣赏这个吗？"党家姬道："党太尉是个粗人,怎知这般乐趣?他就只会在销金帐中浅斟低唱,饮羊羔酒。"陶穀笑而不言。有人翻译说这党家姬是意在讥讽陶穀,认为比起党家富贵奢华的生活,取雪烹茶的风雅太显寒酸。我却不以为然。党家姬为什么要讥讽陶大人,她不想在新主人家过下去了吗?她不知陶大人的风雅吗?宋代可已经是人人品茶的时代了。

话说回来,即使我知道有一个"敲冰煮茗",还有个"雪水烹茶",我也已经不会取来冰雪煮茶了。西湖水唐宋时可饮,我是知道的。李泌引湖水开六井,专为杭人饮;白居易修白堤,也是饮灌皆宜的;苏东坡浚西湖,给皇帝打报告,直接说西湖水可酿酒,如今的"曲院风荷"处,就是当年的皇家酿酒厂呢。可今人谁还敢拿西湖水煮茶?连自来水都不敢直接煮茶,谁还有那样的奢望啊!至于雪水,陆羽虽称其为"天泉",如今也成了洗空气、扫雾霾的清洁水,落下来黑乎乎的,谁敢用啊!

今日冬至,又恰逢周日,女儿正在倒时差闷头大睡,先生外出忙事去了,我窝在家中,享受难得的安逸。从节气上说,今日其实是该动弹的,虽说冬至的"三候"中,一候蚯蚓结,那蚯蚓还蜷缩在冻土下冬眠呢,但只待五日后的二候、三候,便阳气初生,麋鹿解角,山泉就汩汩地流动了。阴阳五行推说,冬至正是阴阳转化的关键节气,卦称"冬至一阳生"。阴极之至,阳气始生,故曰"冬至"。

冬至原本是个大节,我从小就听人说"冬至大如年",它的地位起初高于一切节日。三千年前的先人用土圭观日,测出了冬至,此乃二十四节气中最早制定出的一个。这一天的北半球,全年中白天最短、夜晚最长,古人便在岁历中规定,冬至前一天为岁终之日,冬至便为开元之日,相当于后来的春节。虽然后来冬至的开元地位让给了春节,但冬至一直排在二十四节气之首,人称"亚岁",相当于我们今天比赛时得的亚军,古代科举考试中的榜眼。《后汉书》中有这样的记载:"冬至前后,君子安身静体,百官绝事,不听政,择吉辰而后省事。"那一天是规定要放假的。自汉代始,冬至成为"冬节",朝廷休假三天,举行祝贺仪式,挑选"能之士",鼓瑟吹笙,奏"黄钟之律",以示庆贺,名曰"贺冬"或"拜冬"。此时君不听政,军队待命,边塞闭关,商旅停业,民间歇市,亲朋各以美食相赠。

我知道今天的杭州人都不闲着,他们未必知道冬至曾经是用来祝贺的,但几乎没有人不知道,冬至是扫墓的日子——从周代起,冬至就有祭祀活动。《周礼·春官·神仕》:"以冬日至,致天神人鬼。"宋代以后,冬至便逐渐成为祭祀祖先和神灵的节日了,皇帝要到郊外举行祭天大典,百姓要向父母尊长祭拜。明、清两代,皇帝均有祭天大典,谓之"冬至郊天"。

我家不是杭州的土著,并没有冬至扫墓的习俗,但日久天长,耳濡目染,我也有了冬至之日为父亲做一点祭礼的仪式。往往便是为他包一些饺子,还有便是为他倒一杯酒,倒一杯茶。饺子是我自己包的,连面皮也自己擀,传说冬至吃饺子,是不忘"医圣"张仲景"祛寒娇耳汤"之恩,还说至今张仲景故乡南阳仍有"冬至不端饺子碗,冻掉耳朵没人管"的民谣。我不知道这样的来历,只知道饺子是我父亲的象征,是他手把手教会我做饺子的。

为他倒一杯酒,是因为我父亲曾经是一个爱喝酒的军人。父亲不是党太尉式的武夫,但也不是陶学士式的文人。他属于自学成才,一生戎马生涯,会写诗,也是个战斗英雄。每年八一建军节,他和他的战友们都会喝得醉醺醺回家,直到有一年,他没有回家,他喝太多喝坏了,直接送到医院去了。父亲住院时,医生不让他喝酒,我便成了他的地下酒童。他常常让我把空药瓶带回家,灌上白酒后再送来,他就把药瓶当了酒瓶。

我和母亲都非常纠结于他的酒瘾,我们一方面心疼他住院没酒喝,一方面又气他喝酒。直到有一天,父亲不想喝酒,开始喝茶了。母亲给他买了一只紫砂茶壶,有茶嘴,可以对着喝。那时候,父亲已经经常躺在床上起不来了,必须要一只有嘴的茶壶,以防躺着喝茶时水流出来。

那时候,喂父亲喝茶,心情是多么多么的沉重,一口一口,喂的都是伴着希望的伤心。父亲去世之后,他那把紫砂壶一直放在柜中,我们在它面前走来走去,从来不去碰它。

冰箱里放着从超市里买来的八宝糯米饭。在我们江南水乡,有冬至之夜全家欢聚一堂共吃赤豆糯米饭的习俗。我过去一直不知道这有什么来历,后来查了不少资料,才知道竟然这也是有说法的。相传那个用头撞不周山的共工氏,有个不肖子,因为作恶多端死于冬至。没想到他死后还变成了疫鬼,继续残害百姓。但是这个疫鬼最怕赤豆,于是人们就在冬至这一天煮赤豆饭吃,用以驱避疫鬼,防灾祛病。我没有赤豆饭,便用八宝饭代了。为什么魔鬼怕赤豆呢?不知道。父亲是个共产党人,无神论者,根本不相信这一套。其实我也不相信,但人之心意是另外一种逻辑,是说得通的。

最后,让我再为父亲泡一盏茶吧。以茶祭祀,向来就是中国人的传统。

我知道,冬天是喝红茶的季节,红茶含有丰富的蛋白质和糖类物质,还有助消化、去油腻的作用。我知道选用味甘性温的红茶,有利于蓄养人体阳气。但我还是为我父亲冲泡了一盏白茶,一盏真正的安吉白茶。父亲去世的时候,安吉白茶还养在山中人未知,父亲也不是茶人,他肯定没有喝过这种茶。正因为他没有喝过,我才要让他尝尝新。我觉得安吉白茶与我父亲还是很相配的,都很干净,不张扬。父亲是一位军人,非常爱整洁。安吉白茶也是很整洁的,干茶时就好看,秀气、条索紧凑,无论龙形还是凤形,都很得体。记得父亲生前每晚把军裤叠好了,都要放在枕头下,压一晚上,第二天就压出两条缝来,他说这样的军裤穿上很精神。父亲是个很讲规则的人,他认真地教我打背包,认真地教我叠被子,把被子叠得跟切过的豆腐干一样方正。父亲甚至教我如何扫地——必须两只手拿着扫把柄,一下又一下,必须两只手,他严肃地告诫我。我知道安吉白茶也是很讲规则的,只要是安吉白茶,泡出来就有那么一股鲜味,它可不会随便就变质,就消失,安吉白茶名声是很好的。因为名声佳,口碑好,大家都喜欢,所以到处都引种吧。我曾经到浙西南一些产茶县去品茶、评茶,没想到茶农拿出来参评的都是安吉白茶种。父亲的追悼会上,来了许多许多人,母亲因此在悲痛中感到欣慰,她认为父亲的人品得到了认可。

我父亲是一个有诗心的人,就像白茶一样,白茶无论看着还是喝着,都是那么诗情画意,那么富有美感。父亲曾经一字一句把他写的诗歌念给我听:"咔嚓咔嚓,是谁家的姑娘,一大早起来,就织布纺纱?"是谁家的姑娘呢?小小的我心里急得要命,坐在小板凳上,又不敢打断我的父亲。他卖了关子后,得意地继续念道："啊,是我们的插秧机……"原来是插秧机啊!我松了一口气。想一想,父亲、女儿、诗歌、插秧机,为什么会和安吉白茶沏到一盏中去呢?

安吉白茶是鹅黄嫩绿的,毫不世故,它不是开化龙顶的山中老衲式,不是六安瓜片的浓烈重味式,不是太平猴魁的日本相扑式,不是平水珠茶的凛凛金石式,不是大红袍的重重岩韵式,也不是普洱茶的历尽沧桑式。我父亲虽然是个军人,但他也是那种天真的、淳朴的甚至简单的人,就像安吉白茶一样朴素干净。记得有一个夏天,他匆匆忙忙地跑回家,兴奋地对我说:"巷口有一个鞋匠,他能把一双鞋变成两双鞋。"说完,拎上他的高筒皮靴就出去了。很晚他才回来,垂头丧气地拎着一双被割成了凉鞋的皮鞋,一声不吭地坐在桌前。我小心翼翼地问:"爸爸,还有一双鞋呢?"爸爸嘟哝了一下,我没听清,可是我也不敢再问他了。

父亲给我留下的最深的印象,是一个背影,是一个和我的母亲在一起的背影。那是我童年时代的一场惊心动魄的经历,我们家对面的草屋起火了,隔着一条小河。父亲和母亲还有许多人去救火,父亲穿着军装,一件绿毛衣,皮带系在外面,母亲穿着一件花衣服,我们四兄妹就在对面二楼的窗口好奇地看着他们,他们正在奋力地拉扯草棚,火就在他们身边燃烧。许多年以后我才会反思,难道我的父母完全没有意识到,他们有四个儿女正在烈火旁边,随时都有生命危险吗?

我相信他们绝对没有想到,他们是那样地忘我,奋力救火,就像那株山中的白茶祖一样,把她的一切都献给了需要她的人们。一片叶子,就这样滋养了一方土地的人们;我的父亲,就这样以身作则,教育了我们。

最长的夜晚,就这样到来了,女儿还在酣睡,丈夫还未归来,就让我独自一人,在这样的冬至之日,为我的父亲,祭茶一盏吧。

小寒

茗粥芼茶泡米饭

雁声春去日，
鹊巢始为筑。
雉人数九鸣。
寒意浓，
茶蕴阴阳重。

小寒·冷在三九冻成团

小寒时节，专家们一般都劝人们多喝点暖胃的红茶。但安吉的茶农们却希望大家多喝点安吉白茶，这是为什么呢？因为茶农们认为安吉白茶的茶氨酸含量特别高，增加其摄入量，会提高人体免疫力，从而达到事半功倍之养生目的。正所谓："三九补一冬，来年无病痛。"

"小寒大寒,冻作一团。"今日小寒,一家人没能抱团取暖,反倒成了一个离别之日。先生北上工作,女儿重又负笈求学万里去也。好在女儿此趟归家,已知为家人沏茶敬客,尤其是为老人上茶,甚为暖心。虽然她从前也事茶,但我知道她一直在文化上更认同咖啡,如今长大,渐渐地开始知道咖啡与茶的不同之好来,尤知茶所表达的敬意。

行前早餐,为女儿热了茶粥,用的是杭州永福寺僧人腊八施的粥罐头。广福寺就在杭州灵隐寺上面,寺内建了一座茶禅一味的茶舍,还是一个有古琴传统的教习之处。那住持是个美院毕业的画僧,整座寺庙在我看来就染上了浓浓的文艺范儿。

记得以往我们杭人吃腊八粥,都是要早早到寺庙门口去排队等的,如今僧庙也创新了,将粥制成了罐头,分给众信徒。我虽非信徒,也沾光收到了朋友送来的一纸盒,正好与女儿分享。

牛奶面包将就着吃多了,女儿觉得没必要那么复杂,一大早起来煮粥多此一举。我告诉她,中国人的传统,小寒之日是要喝腊八粥的。岁十二月,合聚万物而索飨之也,一是祭祀八谷星神,二是祝祷来年风调雨顺。腊八粥以八方食物合在一块,和米共煮一锅,是合聚万物、调和千灵之意。

听我那么说,女儿馋了,打开锅盖,见红红绿绿的一小锅,黄米、白米、糯米、小米、栗子、枣泥,加上桃仁、杏仁、瓜子、花生、葡萄、百合,还有莲子……

"老妈,怎么还有茶叶呢? 没听说腊八粥里放茶叶的呀?"她见我用热水浸开了小半缸子的安吉白茶叶子,正往粥锅里倒,很惊奇地问我。

女儿长期在外求学,不知道我是一个特别喜欢在茶上做各种实验的人,用茶做饺子,用茶水洗澡,绿茶里浸新鲜红玫瑰,绿茶加白糖,热红茶冲鸡蛋,茶汤里放盐搁生姜末,将茶叶末加肉末一起炒了煮汤喝,乌龙茶水加豆浆,茶与白酒加在一起龙虎斗,茶水里放葱白,茶水里浸蜜饯,等等。这回我又试了一个新的,在腊八粥里加上了春天的安吉白茶。

倒也不是因为今年主题是安吉白茶,所以非放它不可。恰是因为安吉白茶鲜嫩,氨基酸含量高,茶多酚含量少,吃起来苦味寡鲜味浓,况且叶片薄,色泽亮,嚼起来也方便,滑溜溜的,有一种莼菜入口之感。我对女儿说:"茶禅一味,佛门干什么都离不开茶。你看绿莹莹的茶点缀在红红白白的粥里,跟撒了葱花似的,多漂亮啊!"

一片片浅白绿的嫩茶叶,即便放了大半年,泡开了还是那么冰清玉洁,为了图颜色好看,我几乎放下去搅了一搅就捞上来了。腊八粥原本是甜的,加了茶叶汁,略作烹煮,尝一尝,微微的便有些甜中带苦,味道反而更丰富,更有层次了。女儿说:"有一点苦呢,老妈。"我说:"这算什么苦啊,这叫茶饭,是老祖宗的饮食文化传统,中国人、外国人都吃这个的。"

女儿笑而不答,不置可否。我知道,在那个肯德基与麦当劳的国家,没有茶饭这一说。但粥里加茶,或者饭里放茶,真不是我的新发明,三国时就有了,叫茗茶。

"茗"这个字,《诗经》开篇就出现了:"参差荇菜,左右茗之。"读音好记,念"冒"。它本来指的便是采摘可供食用的野菜或者水草,可这些野菜或水草身份特殊,被选来专门覆盖献祭时所奉的牺牲之体,故而便有了"覆盖"之意。所以,在《礼记·昏义》中便记载了这样一条:"教成祭之,牲用鱼,茗之以蘋藻。"而清代知名学者段玉裁《说文解字注》则这样说:"覒,择也。玉篇引诗:左右覒之。按毛诗作茗,择也。"茗后来便又有了提取、选拔之意。

当茗与茶结合成为茗茶时,出现了一个新概念,也就是混饮茶,在三国两晋时,它也可被理解为茶粥。西晋时,名流文人傅咸曾经为在洛阳南市的老妪打抱不平,愤而指责"城管"不公正,说的就是小摊贩要卖茶粥而被强行欺压赶走之事。

茶粥究竟是怎么回事?陆羽在《茶经》中转述了三国时期魏人张揖在《广雅》中的记载:"荆、巴间采叶作饼,叶老者,饼成以米膏出之。欲煮茗饮,先炙令赤色，捣末，置瓷器中，以汤浇覆之，用葱、姜、橘皮笔（掺和之意）之。其饮醒酒，令人不眠。"这是中国关于制茶和饮茶方法的最早记载。它告诉我们，当时饮茶方法是"煮"，是将"采叶作饼"的饼茶，烤炙之后捣成粉末，掺和葱、姜、橘皮等调料，再放到锅里烹煮。这样煮出的茶呈粥状，饮时连调料一起喝下。说到它的功能，则明确用来和酒对着干——醒酒。

今天的中国人，煮茶粥的可能真是不多了，但吃茶泡饭的还是不少。我小时候便常吃茶泡饭，尤其是夏天。制作十分简单，全是凉的，凉茶往凉干饭团里一倒，搅动几下，散开了就吃。但据说这样吃其实是错误的。茶泡饭是指专用热茶水来泡冷饭，讲究一点的，还要放上盐、梅干、海苔等配料，和着饭一起泡。我还记得读《红楼梦》时，那第四十九回"琉璃世界白雪红梅，脂粉香娃割腥啖膻"专门有那么一句形容宝玉吃饭的："宝玉却等不得，只拿茶泡了一碗饭，就着野鸡瓜齑忙忙的咽完了。"当时就想，什么是"野鸡瓜齑"啊，用茶来泡饭，怎么吃啊？后来才知道，"野鸡瓜齑"其实就是类似炒鸡丁一类的下饭菜。清代《调鼎集》中有云："野鸡爪，去皮骨切丁配酱瓜、冬笋、瓜仁、生姜各丁，菜油，甜酱或加大椒炒。"鸡爪子加那么些咸菜，自然咸了，加茶汤，能不好吃吗？

当然也有吃茶泡饭吃它本来面目的，比如明末清初时那个风流公子冒辟疆的妾董小宛，她自己精于烹饪，但性情却淡泊，对于甘肥物质无一所好，每次吃饭，均以一小壶温茶淘饭，还说这是古南京人的食俗，早在六朝时就已经有了。美人茶泡饭图，想想都是意境极美的。

专门做了茶的学问之后，我才知道日本有一部影片，很有名，就叫《茶泡饭之味》，是日本著名导演小津安二郎1952年的黑白片作品。说的是一个名叫妙子的少妇渐觉婚姻乏味，而丈夫茂吉在她眼里则是个大闷蛋。她喜欢享受生活，他却偏爱粗茶淡饭。夫妻终于在侄女相亲的问题上决裂，茂吉突然远赴乌拉圭公干，行前妙子也不知所终。不承想飞机延误折返家中了，夫妻相见时恍若隔世。再度离别前，两人共享了一顿茶泡饭，影片就那么结束了。小津电影的故事都稀松平常，写食物也都是平平淡淡，什么米饭、咸菜、拉面、白饭配烤肉串、绿茶、清酒、秋刀鱼……这些正是小津电影里的日本味、东方味。对我们东方人，单是这些吃食的名字就已经能唤起一种淡淡的共鸣了。对于西方人来说，也许他们并不熟悉绿茶泡饭的滋味，然而那餐桌旁的柴米油盐凡人琐事，却是不管吃面包喝咖啡还是吃米饭喝绿茶都一样要面对的，情感也是共通的。小津的电影看似漫不经心，可是随了自然的节拍，有着内在的旋律。这部电影如其片名一样，耐心的人会很喜欢，那茶泡饭中带着的一丝清香，真是值得回味许久。不过，看惯美国大片的人，可能坐不了三分钟就拍拍屁股走人了。

从日本学习茶道回来的老师们，也总会跟我说起茶泡饭。原来茶泡饭在日本还有着特殊的时代记忆。日本 18 世纪著名俳句诗人小林一茶写过："谁家莲花吹散，黄昏茶泡饭。"又有："莲花开矣，茶泡饭七文，荞麦面二十八。"都是淡到骨子里的美。

日本人食茶泡饭的历史很久，《枕草子》和《源氏物语》中就已经有了"开水泡饭"（汤渍）与"水饭"的记载。到江户时代中期，煎茶与粗茶普及至庶民，茶泡饭也取代开水泡饭成为更流行的饮食，名曰"茶渍"。米饭上放鲣鱼屑、海苔丝、梅干、纳豆等物，玉色茶汤冲泡，煎茶泡白饭，顶上嵌一粒梅子，海苔切得很细，佐以咸菜，有平淡而甘香的风味。此时，若人在乡间，山影下一方一方水田就会传来聒噪的蛙鸣。竹帘外圆月当空，清辉教细竹筛碎，流水般洒了一地，确是不可言说的茶泡饭的意境啊。

但日本也有一些不可吃茶泡饭的禁忌习俗。从前，樵夫、马夫、牛夫、猎人等在山中从事危苦工作的人，极其嫌恶吃茶汤泡饭，说吃了茶泡饭，会有不好的预兆。譬如炭坑内劳作的坑夫认为茶汤泡饭时米饭化开的样子有如山崩，很不吉利，他们的家人都会忌讳吃茶泡饭和汤泡饭。又如牛夫认为早上吃了茶泡饭，这一天的旅程即会中止，要多负担一日停留的费用。而且据说京都人给人下逐客令时会说一句"要吃茶泡饭吗"，意思是"家中只有茶泡饭这样的食物招待您，您还是快走吧"。客人即领会其意，起身告退。这是京都人暧昧婉曲的礼节。也有外来的人不知其意，当真以为有茶泡饭可食，那就等着看笑话吧。

从另一个角度说，茶泡饭也算是日本武士的一种军粮。原来，日本武士在行军作战中用热茶泡米饭，加上佐料，即饮即食，可以在最短的时间内充饥提神。如果选用没有发酵和高温处理过的茶叶,其中富含抗氧化剂,还可以预防败血症。所以,这种茶泡饭被称为"武士之食",成型于日本战国时期,也就是室町幕府后期到安土桃山时代之间那段日本政局纷乱、群雄割据的历史时期,时间大致应该在 15 世纪中叶到 17 世纪初吧。

茶泡饭本来是贫穷或困难时没有办法的烹调方法。第二次世界大战结束后,日本食物供应短缺,许多人只能吃茶泡饭,喝酱汤。然而,茶泡饭如今不但没有消失,反而成为日本料理中的"家常菜"。部分是因为日本的文学作品和电影里,常常出现当年的茶泡饭,令很多年长的人怀旧,想重温当年吃茶泡饭的味道;部分是因为茶泡饭几分钟就可以准备好,适应现代的快节奏和快餐文化。况且如今的茶泡饭,其营养和做工都大大改进,有很好的解酒、消食、养胃的功效,日本男人下班后都有与同事结伴去喝酒的习惯,微醉后回到家里,最想吃的就是一碗清淡爽口而又暖胃的茶泡饭了。如此看来,小津的影片实在是有很深的民族情结在其中的呢。

其实,要说到军人喝茶,中国人早在两晋时期就开始了。读《茶经·七之事》,里面还专门提到了西晋时这样一段茶掌故,说的是刘琨在《与兄子南兖州刺史演书》中写道:"前得安州干姜一斤,桂一斤,黄芩一斤,皆所需也。吾体中溃闷,常仰真茶,汝可置之。"这个想要喝茶的英雄,就与中国历史上那个著名的"闻鸡起舞"的故事有关。

刘琨为西晋政治家、文学家、音乐家和军事家。315 年任司空,都督并、冀、幽三州诸军事。318 年,刘琨及其子侄四人被段匹磾杀害。后人陆游曾无限感慨地诗曰:"刘琨死后无奇士,独听荒鸡泪满衣。"

刘琨与祖逖一起担任司州主簿时,感情深厚,不仅常常同床而卧,同被而眠,而且都有着建功立业、成为栋梁的远大理想。一天半夜,祖逖听到鸡叫,叫醒刘琨道:此非恶声,是老天在激励我们上进。于是,拉着刘琨就到屋外舞剑练武。刘琨还善吹胡笳。曾有数万匈奴兵围困晋阳。刘琨登上城楼,俯眺城外敌营,想起"四面楚歌"的故事,令会吹卷叶胡笳的军士全部到帐下报到,很快组成了一支胡笳乐队,朝着敌营那边吹起了《胡笳五弄》。他们吹得既哀伤,又凄婉,匈奴兵听了军心骚动。半夜时分,再次吹起这支乐曲,匈奴兵怀念家乡,皆泣泪而回。

刘琨无疑是《世说新语》中玉树临风式的人物。大司马桓温北伐归来,带回来一个刘琨家的老婢女,那老婢一见桓温便潸然泪下道:"公甚似刘司空。"桓温大喜,赶紧问哪里像。老婢答道:"眼甚似,恨小;面甚似,恨薄;须甚似,恨赤;形甚似,恨短;声甚似,恨雌。"原来哪儿都比不上刘琨,搞得桓温大为扫兴,郁闷了好些天。

爱喝茶的刘琨,被派往西北重镇并州出任刺史时,生活环境不好,再加上忧国忧民、夙兴夜寐,身体出了毛病,就给他那在山东兖州任刺史的侄子刘演写了一封信,说:"吾体中溃闷,常仰真茶,汝可置之。"

并州环境恶劣,刘琨的身体处在一种溃闷的状态,尤其是缺少必要的维生素,局部地方溃烂就在所难免。在生理上,茶叶对于刘琨是有益的。人若在心理上烦躁、闷乱,提不起精神来,茶叶中的咖啡碱也能够提神,多酚类能够舒缓紧张情绪,这些如今都已经得到现代科学证明,故用茶来除"闷"对刘琨来说,算是对症下药的了。可见茶在西晋时期,药用价值还是排在第一位的。

时代演进到南北朝,《茶经》中又引用了一封有关茶的信件,梁朝刘孝绰的《谢晋安王饷米等启》:"传诏李孟孙宣教旨,垂赐米、酒、瓜、笋、菹、脯、酢、茗八种……茗同食粲,酢颜望柑。免千里宿舂,省三月种聚。小人怀惠,大懿难忘。"刘孝绰,名冉,他写信的对象晋安王名萧纲,就是后来的简文帝。这刘孝绰是个文学家,很被昭明太子赏识,出任过太子太仆兼廷尉卿。而这封信是感谢晋安王送来的礼物,说:李孟孙君带来了您的告谕,赏赐我米、酒、瓜、笋、菹(酸菜)、脯(肉干)、酢(腌鱼)、茗这八种食品……大米如玉粒晶莹,茗荈似大米精良,酸菜一看就令人开胃。(食品如此丰盛)即使我远行千里,也用不着再筹措干粮。我记着您给我的恩惠,您的大德我永记不忘。

看这封信,会认为刘孝绰是个诚惶诚恐之人,其实他因为从小聪明,七岁便能写文章,是个神童,文采过人,被学人所推崇,有诗文集数十万言问世。他每写一篇文章,早晨写完,晚上便传遍各地,有些好事者背诵传抄他的文章,传播到极远的地方。据说他还是中国对联第一人,因做官数度被罢免,他干脆闭门不出,书写了"闭门罢庆吊,高卧谢公卿"这样一副对联贴于自家门板上。

这样一个人因为十分任性,盛气凌人,凡有不合自己心意的人或事,便极力诋毁人家。他若看不上的人则尤其轻蔑他们,虽然同在朝中做官,却从不与他们说话,公开称他们为马夫,只能询问些道路上的事,同僚们因此对他也很畏惧。时间长了,被人告状免职,发到京城之外去,此时收到佳物,却大唱起赞歌来呢。他在信中把茶与米相提并论,说茶似大米,大米似玉粒,因此推理而言,茶就是玉粒了。其实晋安王送刘孝绰的,都是日常可食之物,其中包括了茶。广东岭南一带的人,至今还有"茶哥米弟"的俚语,不知和晋代的饮茶扯不扯得上关系。

那么刘孝绰究竟是吃茶粥还是喝茶汤呢?我感觉他与陆羽可能是一路人,将茶做了精神品饮。前文曾提到,陆羽在《茶经》中公开这样说:"饮有粗茶、散茶、末茶、饼茶者。乃斫,乃熬,乃炀,乃舂,贮于瓶缶之中,以汤沃焉,谓之痷茶。或用葱、姜、枣、橘皮、茱萸、薄荷之等,煮之百沸,或扬令滑,或煮去沫。斯沟渠间弃水耳,而习俗不已。"陆羽是把茶中置放他物视为应该倒到沟渠中的弃水。他自然是看不上这种习俗的,但习俗才不管茶圣看不看得上,照旧不已,想放什么就放什么。《保生集要》说:"茗粥,化痰消食,浓煎入粥。"能帮助治疗急慢性痢疾、肠炎、急性肠胃炎、阿米巴痢疾、心脏病水肿、肺心病和过度疲劳等症,无怪乎唐朝诗人储光羲写了一首诗《吃茗粥作》:"淹留膳茶粥,共我饭蕨薇。"

女儿喝了母亲为她烹熬的祖国的腊八茶粥,便远渡重洋去了。从电视上得到的消息,小寒之日,纽约大雪,机场飞机停飞,人群滞留,不由得想起了刘长卿的五言绝句:"柴门闻犬吠,风雪夜归人……"

那风雪中的夜归人推开柴门,还应该有一碗热腾腾的茶粥端到眼前吧。

大寒

寒夜客来茶当酒

时尽鸡始乳,
征鸟厉疾促,
水泽坚如骨。
敲冰煮茗清供。

大寒·迎候来年春茶至

千万莫以为年关之际，大寒时节的安吉茶农已经袖手围炉夜话了。不是这样的，此时不忙更待何时！要为来年采茶大军做好准备了。除了住宿房间，还要准备好床板、被褥、锅灶、柴薪、面粉、年糕、腊肉、油盐酱醋……转过年来，天气渐暖，成千上万的采茶工就浩浩荡荡地来了。你不做好准备，年都过不安生呢！

　　大寒来了，冬天最后一个节气到了。夜空，北斗指丑，恰是生命凛冽至极的岁时。

　　白天忙，没顾得上大寒时节的打牙祭，这节日和吃最有关系，专门家祭土地神和先祖。农历二月初二"头牙"，每月初二、十六"普通牙"，十二月十六"尾牙"。中国人的吃喝，就是借感谢神的名义感谢自己，一桌子好吃的供台上敬过，便全进了活人的肚子，人神共欢。

　　每年大寒之前就是"尾牙"，大寒后几天就该"送神"——"小孩小孩你别馋，过了腊八就是年"。听说岭南那边的人从前最想得出万千吃法，一到大寒，就大伙儿一块儿捉田鼠，一来消灭鼠患，二来冬令进补。而我们旧时江南一带的人却想着干活，又随楚俗信鬼神，大寒后十日不必择日，说是"大寒可乱岁"，可以挖树整枝、砌猪圈、出葬、迁坟乃至结婚等，红白事皆不禁。大寒一过，水就成为"腊水"，用此水打年糕、糍粑是最好的，据说用"腊水"泡过的年糕、糍粑才能保持到第二年端午节。

　　大寒挖树整枝，怪不得我见此时茶树也可修枝呢，无论科学还是民俗都给了茶园劳作充分的理由。从前我在中国茶叶博物馆工作之时，天天要路过西湖区的茶园，每年深秋季节，便可见茶园深翻，那是为了来年的丰收。有时我还会看到一些茶树近根处被斫得像个秃头，非常难看。茶农们告诉我，那些茶园都是已经出了问题的，茶蓬面不整齐，采摘面过高，树冠面有较多的鸡爪枝，茶叶瘦小、荚叶多、产量少，只能采取台刈等重度修剪的方法拯救。修剪的时间，就必须定在秋茶结束后或者重霜结束后的"大寒"至"立春"时进行。

千万别以为不采茶的茶人就跟我此刻似的优哉游哉了。冬季,我曾去过许多茶农的家,他们这时往往是最辛苦的,大水缸里浸着大半缸的年糕,廊下挂着一串串的腊肉,门前整整齐齐地码着劈好的木柴,那都是为了等待开春后赶来的采茶工呢。

"大寒不寒,人马不安。"此刻,大寒寒了,灯下独坐案前,岁末惬意,一壶暖茶在握,翻着画册,脚下寒气渐消。趁还是我一人在家,赶紧地打我的尾牙祭,来上一壶安吉红茶。我知道,比起滇红、工夫小种来,安吉红茶味道还是薄了些,但架不住那迷人的鲜爽劲儿。我用的是宜兴的紫砂小壶孟臣罐,选了寸村坊的青花白瓷小杯,略比若琛瓯大些,可以喝普洱茶的那种。出了红茶汤,但见台灯下盈盈地透着琥珀之色,美极。

一个人的深夜,需要诗来助兴,且当是那些脍炙人口又最易吟诵的佳句。白居易晚年隐居洛阳时写下的《问刘十九》云:"绿蚁新醅酒,红泥小火炉。晚来天欲雪,能饮一杯无?"翻译成白话诗:"新酿的绿米酒醇厚香浓/小小红泥炉烧得殷红/天色将黑大雪欲来/我的朋友/能否共饮这一杯酒?"读来果然迷人。

但我是无酒瘾有茶癖之人,一盏茶在握,便以为与此酒诗最相匹配的茶诗,只有那一首宋人杜耒的《寒夜》了:"寒夜客来茶当酒,竹炉汤沸火初红。寻常一样窗前月,才有梅花便不同。"说的是那寒冬的夜晚,突然来了客人,立刻起身生火煮茗,火炉中的火苗开始红了起来。水在壶里沸腾着,屋子里暖烘烘的。月光照射在窗前,与平时并没有什么两样,只是窗前有几枝梅花在月光下幽幽地开着,芳香袭人,竟使得今日的月色与往日格外不同。

白居易大名鼎鼎,而这个杜耒要不是这首诗,真不知为何人也。据说杜耒是南宋时的江西诗人,当过书吏类的官,死于兵乱,也是不幸的书生。但毕竟有过这样的寒夜,这样的汤沸,这样的月光与梅花,虽然不幸但亦算是有所慰藉的人生了。

灯下翻读的恰是《吴昌硕书画集》,酷爱梅花的安吉人吴昌硕配安吉茶,相得益彰。影像中的吴昌硕完全是个江南书生,身材不高,面颊丰盈,细目疏髯。

提起吴昌硕这位西泠印社的首任社长,还真是说来话长。吴昌硕乃中国近现代书画艺术发展过渡时期的划时代人物,"诗、书、画、印"四绝的一代宗师。我年少时长居西子湖畔,孤山的西泠印社是常来常往之地,如自家的后花园一般。但见彼时的西泠印社冷石颓幢,倒还有几件封建"四旧"不曾被红卫兵砸光。其中一龛洞中置有一坐姿石像,双手抱膝,却是没头的。当时残破的石像到处都是,倒也不觉奇怪。后来"十年浩劫"过去,再去西泠印社,发现旧貌换新颜,那无头石像竟然配上了头,清人发型。身体石料是浅白的,头颅石料却是黝黑的,虽是两个年代的石料,却依旧十分相谐。直到这时方知,里面坐的那人,正是西泠印社首任社长吴昌硕。

以后便对这位大师级人物越来越熟了。吴昌硕(1844—1927),晚清著名画家、书法家、篆刻家,与任伯年、蒲华、虚谷同为"清末海派四大家"。我赏他的印章,还有他的书画,觉得最有趣的是他的那枚闲章:"一月安东令,弃官先彭泽令五十日。"好潇洒的林下之风!

吴昌硕名俊、俊卿,字仓石、仓硕、昌硕,号缶、缶庐、老缶、苦铁、破荷、大聋等。六十九岁后以字行。祖籍淮安,宋高宗赵构建炎元年(1127)避兵灾迁居安吉鄣吴村。吴家自明嘉靖年间始成望族,吴龙、吴麟、吴维岳、吴维京相继进士及第。吴维岳是明中叶著名诗人。吴昌硕祖父吴渊为清嘉庆年间举人,其父吴辛甲为清咸丰元年(1851)举人。吴家素以文学传家,吴昌硕幼承庭训,在其父读书楼启蒙,束发受书,即兼篆刻。

咸丰十年(1860),太平军自安徽进抵浙江,于鄣吴村一带与清军激战。吴昌硕先随父逃亡,后为乱军冲散,只身逃亡,其间,其母、兄妹及原配章氏(未成婚)先后饥病而殁,吴昌硕自己也历尽苦难。直到同治三年(1864)中秋战息,才会同其父返回故里。五年历乱,青春荒废,痛恨之余,却令他饱尝战争之苦,并有机会接触最底层百姓生活,锻炼其顽强性格,对他以后人生旅途影响至为深刻。

二十五岁,父逝。不久,吴昌硕便就读杭州俞曲园的诂经精舍。二十九岁才终于结婚。三十二岁至三十八岁是他的游学阶段。三十九岁至五十六岁,为吴昌硕宦游时期。这段仕途生涯是他人生入世济世之梦明暗恍惚,最终破灭时期,也是他中年觉悟转折之关键时期。五十七岁至六十八岁,是他退隐艺林后思想矛盾徘徊并最后稳定时期,也是他文艺逐渐成熟时期。六十岁始,自订润格,标志他正式退隐艺林,开始他卖艺谋生之人生旅途。

清光绪三十年(1904),杭州西泠印社创立,吴昌硕被推为社长。六十九岁至八十四岁,是他人生最后十六年,1927年春,因避闸北兵乱,吴昌硕率全家至浙江余杭塘栖小住。游超山宋梅,于报慈寺侧自觅长眠之所。是年11月,这位"清末海派四大家"之首,一代艺坛盟主、海上诗坛祭酒,于上海走完他的一生。

因为上课需要找一些有关茶画的佐证材料,翻选茶画,竟然找出好几幅吴昌硕的茶图,件件都是精品。

吴昌硕的茶图就内容而言,和丰子恺的完全不同。丰子恺的茶图,大多配人,是红尘中凡人企图脱俗地品茶。吴昌硕的茶图,全是器物,而且张张都有花意相配,却没有那喝茶的人。梅、兰、松、菊,再配以茶之器物,有壶,有杯,有瓶,有炉,还有扇炉的芭蕉扇……器物中还是以紫砂壶为最多,人"在"画中又无形无影,实在就是中国文人特有的清供意境。

我尤其喜欢那幅《廉泉之乐图》,一枝淡淡浅绿的山花衬在其后,前面一把浓浓的墨色瓦壶。画面左题:"廉泉一勺自得其乐,山花笑人不寂寞。"廉泉本是包公祠内的一口井泉,据说贪官饮此水必上吐下泻,清官饮此水则神清目朗。此处的山花、清泉加一把瓦壶,真是清正公明的象征啊。

吴昌硕爱梅,还嘱人在他去世后将自己葬在余杭的超山梅园。想必他也一定是爱茶的,精硕的梅花根下,置一壶一杯,意味深长。我选择作为教学材料的吴昌硕之茶图中,有一张恰是芭蕉扇、泥炉、炭火上的茶壶,以及一旁那株傲骨挺立的墨梅,你自然可以从那些茶器与花意的结合中看到中国文人的意境。吴昌硕的《梅雪煮茶图》中说:"折梅风雪洒衣裳,茶熟凭谁火候商。莫怪频年诗懒作,冷清之地不胜忙。"另有一幅《地炉梅花》的题图录的则是吾钱塘人士陈曼生句:"正是地炉煨榾柮,漫腾腾处暖烘烘。"这两幅图都标出时间为岁寒。

中国文人饮茶,原本便是特别讲究意境的,古人总结出来,大约有那么五种茶空间情境：一为蕉窗夜雨，那得在秋夜，孤客夜灯；二为石松听泉，那得是夏日临溪，松风阵阵；三为小院闲坐，三五好友，春季清明；四为山寺焚香，茶禅一味，青苔松竹；五为寒夜客来，引火煮茶，一夕长谈，不知东方之既白。吴昌硕茶图中多有"岁寒"之说，想必恰是偏爱岁寒夜深饮茶的。

春夏之交时我去过吴昌硕的故居鄣吴镇鄣吴村。鄣吴镇位于浙江省安吉县西北部，镇域面积四十九点五平方公里，境内三面环山，可谓山清水秀，历史遗存丰富，文化积淀深厚。作为浙江省"人水和谐"样本美镇、浙江省民间艺术之乡，鄣吴村先后荣获全国环境优美镇、中国最美历史文化小镇等称号，成功入选第六批"中国历史文化名村"、第三批"中国传统村落"名录。

村内有一条小溪，曲曲折折，溪水潺潺，清澈见底，时而穿过堂前，时而穿过屋后，时而隐没于墙脚。鄣吴村的生态环境保持得很好，走在古村的各条道路上，到处干净整洁，一尘不染。这群山环抱的鄣吴村，正向休闲旅游方向发展，已成功举办多次吴昌硕文化艺术节，吸引了不少海内外知名人士、企业家前来。

这个著名的画村，因村后高山森林郁郁葱葱，村前溪边古木参天，日照短，故又有"半日村"的雅名。身临其中，深感这是美丽干净疏朗之地，峰峦环抱、竹木葱茏。旧时生态未被破坏的江南村落，大多保留此番意境。铺着卵石的街巷纵横交错，虽经岁月风霜，总体上感觉修复得相当不错，与吴昌硕其人气质也相当契合。

这是个大村，人口有五六千，吴家是大姓，但又是移民，几度离乱，流落江南。北宋末年，吴家祖先吴瑾携家人为避战祸随高宗南渡，江苏淮安望族从此迁居于此。明清两代，科举连年报捷，鄣吴村人跻身于仕林者绵延不绝，故清末民初的歌谣"小小孝丰城（县城），大大鄣吴村"，一直流传至今。

鄣吴村与安吉县别的村落一样，都有一些民俗馆，但或许因为是吴昌硕故乡，在艺术上总是要高人一头的。最亮眼的当然要算扇子馆了。鄣吴村主业为扇产业，有三四十家扇厂，产品销往韩国、日本等国家。杭州王星记扇厂的不少扇骨扇面都是从这里出去的呢。作为吴昌硕的后世、乡亲，画扇面也是有基因的吧，集实用性、艺术性、欣赏性、收藏性于一体的工艺扇年产量达两千万把呢！此处还有极具地域文化特色的鄣吴金龙,已经被列入省级非物质文化遗产名录,惜未亲见。

此番专门拜访了吴氏故居。吴昌硕的出身也算是读书人家,从今天重修的这座四合院式深宅大院看,家道当初还是不错的。清道光二十四年(1844),吴昌硕诞生于此院。在他的故居就想寻找那株凄凉悲情的"明月前生"大桂花树,故事自然又与吴昌硕的印章有关。这枚印章在诸多关于吴昌硕的画集中多有介绍,说的是清咸丰十年(1860),十六岁的吴昌硕与同县过山村的章家之女定亲,不料太平军造反,战于浙西,生灵涂炭,民不聊生,章家女子避难吴家,吴昌硕却随父亲避难他乡,与缠足的未婚妻挥泪惜别。两年后,历尽千辛万苦的吴昌硕归家,斯人竟逝,生离死别,只在庭前桂花树下草草掩埋。吴昌硕亲自握锄,将埋骨处掘开,不料只有残砖断瓦,不见半根尸骨。

距章氏去世二十二年后,吴昌硕寓居苏州,某个秋夜忽然梦到了章氏夫人,往事引发了他的感触,当即作五言长古诗《感梦》一首。六十六岁时,吴昌硕又刻了一方"明月前身"的朱文印章。印石一侧据梦中的依稀印象,刻有章氏夫人的背面像,"明月前身"四字用小篆,婉转娟秀,与造像融为一体,便是一番明月皎洁之意境。印石另一侧有边款:"元配章夫人梦中示形,刻此作造像观。老缶记"。吴昌硕的弟子杨直之、谭建丞曾回忆说:"刻此印时,吴老悲不可胜,含泪奏刀,多次停刀,最后还是同邑好友陆培之的儿子帮助完成的。"

"明月前身"原本出于文学艺术的评论,是唐人司空图《二十四诗品》中专门讨论何为"洗练"的见解,以诗论诗,十分独特:"如矿出金,如铅出银。超心炼冶,绝爱缁磷。空潭泻春,古镜照神。体素储洁,乘月返真。载瞻星辰,载歌幽人。流水今日,明月前身。"少男少女的初恋,白发老身的追忆悲凉,尽在不言中。许是这真实的传奇太悲凉动人了,竟然也一再地触动今人的创作灵感。前些年,我还看到一款紫砂的明月前身壶,由宜兴青年壶艺家徐俊、都郡夫妇创制而成。壶嘴凤形,象征女子;壶把龙形,象征男子;壶上部为一块头巾造型装饰,那是出嫁的红巾,蕴少女羞涩及大婚喜气;壶钮则为一方冲天红印,印面恰是按吴昌硕原印仿刻的"明月前身"。

院中有桂树，不在乎究竟是不是那株明月前身故事中的桂树，只在乎那个悲情传奇代代深藏在印章中。我站在天井中，静静的，能够感觉到那个十六岁姑娘站在桂树下，欲迎欲送、欲喜欲悲的身影。手中一盏茶，桂花纷纷无声落于茶中。

鄣吴村的茶十分美好。我一到鄣吴村，先去拜访镇政府，鄣吴镇党委书记陈旭华是一位年轻的女士，听说我们一行来了，非常高兴，赶紧泡茶给我们喝，那白茶，真叫一个鲜爽，配上外面明丽的天空，花红柳绿之间，叫人欲罢不能。我问陈书记，此茶是否此山所栽，她连连点头说："那当然，那当然，我们这里的白茶，那才叫好茶呢。你们现在喝的，就是我们这里溪港茶场专门生产加工的'鄣吴村牌'安吉白茶。"

谁人不夸家乡好啊！鄣吴村人认为他们的茶是安吉白茶中的极品，此茶最大的特色，是鲜叶饱满丰腴，干茶金黄郁香，冲泡后白茶舒展，还原呈玉白色，茶汤郁香如兰，叶片莹薄透明，叶脉翠绿，枝茶匀称成朵。朵朵白色似镶翡翠之白玉，颗颗白玉卧底，汤色鹅黄明澈，香味持久，回味甘甜。

至于鄣吴村的白茶为什么那么好，自然又是和独特的环境、气候、土壤等自然条件孕育分不开的。鄣吴村茶人认为，这里的土层深厚、土壤疏松、土壤中有机质含量丰富，pH 值 4.5—6.5，微酸，土壤团粒结构良好，通透性好，排灌便利，漫射光照射的高海拔山地，红、黄土壤为茶树生长提供了优厚条件。

我走遍江南茶山，凡有茶之处，喝了主人的敬茶，没有不好的。但吴昌硕故乡的茶，的确给我留下了特别的印象：这茶除了好喝，还特别好看啊！如此美的茶，不知是她受了大师的影响，还是大师受了她的影响呢！

此时，大寒之夜许下一愿，一定要找个机会去参观吴昌硕纪念馆新馆。这已经是安吉县的第三个吴昌硕纪念馆了。那老馆我是去过许多次的，记得就在第一滴水茶艺馆的不远处，新馆却是安吉县为举行吴昌硕诞辰一百七十周年纪念大会而专门开的馆，建筑面积五千六百平方米，全方位展示了吴昌硕历经磨难、奋发图强、取精用宏、兼收并蓄、敢为人先，最终登上中国美术史高峰的一生。吴昌硕的画风，也深深影响了安吉人，此地文风甚浓，与吴昌硕极有关系。

不由从中国的书画家想到了外国的诗人，由雪莱的名句"冬天来了，春天还会远吗"联想到了中国有关大寒之际的阴阳学说。从前读雪莱的这句诗，总理解为：但凡最困难的时刻挺过去，一切就开始好转了。但古人的大寒说却给我另外的启示。《周书》记载："大寒之日，鸡始乳。又五日，鸷鸟厉疾，又五日，水泽腹坚。"说的是大寒到来的日子，正是母鸡开始孵蛋的时刻；而此时的鸷鸟因为寒冷不易找到食物，不但不曾孱弱反而变得更加凶猛；至于河川池塘，它们亦有力量把自己冰封了起来，它们有实力保护自己，潜伏起来，等待那来年的开春。

岁末寒夜品茶，悟出一个真理：世界万物的任何极致对立，都是同时存在的。阴时有阳，阳时有阴，最寒的冬里也潜伏着春，它们永远成双成对，不管力量此消彼长，启示的是危机中的力量，极致中的返生，比如此时此刻，我不正是在经历春天诞生的刹那吗？

一片竹海，一叶白茶，一枚印章，寒夜客来茶当酒，竹炉汤沸火初红……茗茶暗藏香，茶尽杯未凉，从立春开始的安吉白茶，到大寒之际的安吉红茶，嗨，一年三百六十日，春夏秋冬二十四节气，我竟然就这样喝了个轮回！

　　我是带着这部书稿赶到广西昭平的奇山异水间去的。因为事务实在是太忙,最后的校订只能在飞机上和旅途中完成。好在此次公务也与茶事有关,我和我的茶文化团队将为昭平这一产茶大县进行一次茶产业规划。同去的还有安吉龙王山茶叶开发有限公司的老总潘元清,特意请上潘总,是因为安吉和昭平这两个县有一些可以类比的地方,尤其是在茶产业的发展道路上。

　　也就在此时我又得到了一个关于安吉白茶经营的新通道的消息——电商。杭州艺福堂茶业有限公司加入安吉白茶协会,成功获得"安吉白茶"证明商标授权。这家由大学生创业的公司经过七年发展,其"艺福堂"品牌已成为淘宝网上的一大茶叶品牌。他们提出了一个很有意思的口号:"做有态度的安吉白茶!"一方面通过引入鲜爽因子的概念,着重打造安吉白茶的产品特性,发挥安吉白茶氨基酸含量高、酚氨比低、茶叶口感鲜爽、深受年轻白领尤其是女性和新茶客喜爱的特点,另一方面,提供VIP(贵宾)客户个性化定制服务,通过营养师对客户体质的分析,量身研制出适合客户需求的安吉白茶产品,让客户饮用安吉白茶更贴心。公司将甄选的态度、制药的态度、严控的态度、服务的态度和年轻的态度,作为健康力量元素,加入到安吉白茶产品的整个体系,这又无疑为安吉白茶增添了新气象。

　　所有这些,同时也是可贵经验,足可复制,使我在去昭平县的途中,又平添了一些信心。

　　说起昭平县,早知有一家颇有影响的茶企,名叫故乡茶业有限公司,茶的品牌就叫故乡牌。这样浪漫的品牌名称,还真是独树一帜。就在他们的接待室里,我喜出望外地发现了一条横幅,绿色底,白色字:"全民饮茶日,今天您喝茶了吗?"一下子,我的心被拎了起来:茶啊,了不起的茶啊,您真是太伟大了!七年前,我们在小小办公桌前讨论出来的口号、标识、色彩、字体全都通过茶的空间穿越时间的厚幔与空间的千山万水,一丝不变地传送到如此遥远的地方,让我们这些爱茶人在这样的口号下相逢——这个世界因为茶而编织出了怎样的中国结啊!

我的这部作品,想讲的正是这样的茶故事。茶的意义,在于其对人们生活与心灵的慰藉,正如茶圣陆羽所言:"饮啄以活,饮之时义远矣哉!"

有必要强调,安吉白茶能够走到今天,与政府一开始的重要决策、实际支持、大力推动是分不开的,这是安吉白茶得以成功的重要经验和模式。但安吉县领导们集体讨论决定,除直接参与者外,在此都不进行点名记叙。恭敬不如从命,我挺佩服,他们有茶人品相。

至于用节气与茶来做一个配套,不但是本书的结构,也是我们平时在努力的茶的实践。马上就要到大雪的节气了,这些年来,我们在创建一个名叫"节气与茶"的新民俗活动,已经轮回了好几年。明天下午,我将要去参加的便是专门为残疾人朋友设立的"温暖茶会"活动,就是在每年大雪节气,请残疾人朋友一起来喝茶。这个活动完全是志愿者行动,经费来源于我的《茶语者》的稿费。这次是杭州"你我茶燕"茶馆提供的场地和茶食,会上将为残疾人朋友送书吟诗。

我不厌其烦地说这些鸡毛蒜皮的事,仿佛与此书的宗旨不符,其实却正切要义。茶汤是由一片片叶子浸润的,人生也是由一点一滴构成的。本著虽然以安吉白茶为主题,但其实讲的还是浸润在茶中的人生,而有意义、有价值的人生,主要是以日常生活构成的。有茶的生活,就是贴着日常岁月,诚恳善良地去经历每一天。一片叶子要长好,一个人也要做好,一天的日子更要过好。这些话听上去就像茶泡饭一样淡,但我还是越来越喜欢吃。

按惯例,当然一定要感谢所有对此书做出重要贡献的朋友。安吉茶人们的支持协助自然不在话下,我的学生和同事们对此书资料的整理和田野调查的参与,都对此书的成稿起到了重要作用。节气与茶的大量知识,是无法创作的,那是前人的结晶,感谢前人。我还要由衷地感谢本书的出版方,包括编辑和装帧设计者,尤其是直接关注此书的邹亮总编辑。我们合作多年,一直是好朋友,他的耐心等待和细致安排,尤其是他对我们茶人事业的支持,都令我深为感动。

书中的一些图片,承蒙安吉方面提供,还要感谢前辈姚国坤先生的大力支持。

行文至此,我还是忘不了向读者们这样问候一句:"今天您喝茶了吗?"

当然,喝什么茶都可以,不管是不是安吉白茶。

图书在版编目(CIP)数据

一片叶子 / 王旭烽著. —杭州：浙江文艺出版社，
2016.11
ISBN 978-7-5339-4657-9

Ⅰ. ①一… Ⅱ. ①王… Ⅲ. ①纪实文学—中国—当
代 Ⅳ. ①I25

中国版本图书馆CIP 数据核字(2016)第 264776 号

策划统筹　邹　亮
责任编辑　冯静芳
封面设计　水　墨
责任校对　许龙桃
责任印制　朱毅平

一片叶子

王旭烽　著

出版　浙江文艺出版社
网址　www.zjwycbs.cn
经销　浙江省新华书店集团有限公司
印刷　浙江新华数码印务有限公司
制版　浙江新华图文制作有限公司
开本　787 毫米×1092 毫米　1/16
字数　295 千字
印张　20.5
插页　14
印数　15001-19000
版次　2015 年 12 月第 1 版
　　　2016 年 11 月第 2 版
　　　2016 年 11 月第 2 次印刷
书号　ISBN 978-7-5339-4657-9
定价　48.00 元

版权所有　违者必究
(如有印、装质量问题,请寄承印单位调换)